직격 新무협 판타지 소설

흡정마공

吸精魔功

FANTASTIC ORIENTAL HEROES

흡정마공 4

진격 新무협 판타지 소설

초판 1쇄 찍은 날 § 2007년 6월 19일
초판 1쇄 펴낸 날 § 2007년 6월 28일

지은이 § 진격
펴낸이 § 서경석

편집장 § 문혜영
편집책임 § 이재권
편집 § 유경화 · 유혜림

펴낸곳 § 도서출판 청어람
등록번호 § 제1081-1-89호
등록일자 § 1999. 5. 31
어람번호 § 제2-1226호

주소 § 경기도 부천시 원미구 심곡1동 350-1 남성B/D 3F (우) 420-011
전화 § 032-656-4452 팩스 § 032-656-4453
http://www.chungeoram.com
E-mail § eoram99@chollian.net

ISBN 978-89-251-0743-1 04810
ISBN 978-89-251-0545-1 (세트)

흡정마공

4

[움직이는 천기]

吸精魔功

진격 新무협 판타지 소설

FANTASTIC ORIENTAL HEROES

도서출판 청어람

흡정마공

목차

第一章

차앙.

검이 검집을 시원하게 빠져나오는 소리가 장내를 울렸다.
그리고 그 검명은 터지기가 무섭게 모든 이들의 시선을 사로
잡았다.

그런데 사람들은 검을 뽑아 든 자를 보며 묘한 반응을 보였
다. 그건 검을 뽑아 든 자가 한 소속인 청성파도 다르지 않았
다.

"자… 장문인……."

곡장음의 곁을 지키던 내원무사도 그의 용기있는 행동에
선뜻 기꺼움을 표하지 못했다.

지금의 형국이란 장문인이 몸소 검을 뽑아 들어도 절대 뒤집을 수 있는 성질의 것이 아니었다. 거기다 한창 싸움이 벌어지던 때가 아닌 지금에서야 검을 뽑다니…….

하지만 곡장음은 내원무사의 그런 심정을 풀어주지 않고, 오히려 더한 나락으로 떨어뜨리는 행동을 보였다.

뚝. 탱강.

“…….”

내원무사는 물론 모든 이들의 두 눈이 휘둥그레졌다.

도대체 검을 뽑은 이유가 오직 그것뿐이라는지, 뽑아 들기 무섭게 벌인 곡장음의 행동에 모두의 입이 아교라도 발라놓은 듯 단단히 붙었다.

하지만 정작 당사자는 사람들을 놀라게 할 일을 벌여놓고도 전혀 표정 하나 변하지 않았다. 그저 자신의 손으로 부러뜨린 검이 조금 아쉽기라도 한 듯 미간을 살짝 찌푸리다 주저없이 바닥에 그걸 떨구었다. 그리고 한 사람을 바라보다 그대로 그에게 걸음을 옮겼다.

“……?”

그 덕에 사람들은 또 한 번 감정의 변화를 겪어야 했다. 도대체 스스로 검을 분지른 자가 왜 적의 수장에게 다가가는가?

고경천 역시 눈에 떠오른 의문을 숨기지 못했다.

‘도대체 무슨 짓을 하려는 것이냐, 곡장음……?’

고경천은 홀로 청성파에 쳐들어왔을 때도, 또 마염성의 소성주 막교립과 그가 이끄는 지옥대를 상대했을 때도 찌푸리지 않던 얼굴을 지금에 와서 찌푸렸다. 정말 곡장음이란 자는 모든 것이 그와 맞지 않았다.

그런데 곡장음은 사람들의 그런 반응을 비웃기라도 하듯 입가에 여유있는 미소마저 지었다. 그리고 그에게 평생 잊지 못할 악몽을 남겨준 자에게 다가가면서도 발걸음이 가볍기까지 했다.

그사이 둘의 거리는 점점 줄어들었다. 거기다 고수들이라면 절대 넘지 않는 삼 장의 거리마저 곡장음은 우습게 무시하며 거리를 좁혔다.

그리고 둘의 거리가 일 장여 정도 떨어졌을 때, 곡장음은 자신의 행동이 이걸 위함이었다는 듯 거침없이 한 가지 행동을 실천했다.

털썩.

"장문인!"

곡장음의 그런 행동에 내원무사가 피를 토하듯 외쳤다.

또, 지금까지 목숨을 유지한 청성파의 하급제자들은 말 대신 손에 들고 있던 건을 떨구었디.

탱. 탱탱.

마치 그 소리가 멍해진 의식을 깨우는 종소리가 되어 사람들의 머리 속을 강렬히 두들겼다. 그 덕에 잠시 얼이 나가 있던 고경천이나 북신마교도들 모두 정신을 차릴 수 있었다. 그리고 정신을 차리기 무섭게 그들은 얼굴 표정을 싹 바꾸며 경멸, 분노를 드러냈다.

"이게 지금 무슨 짓이냐?"

고경천은 자신도 모르게 으르렁거리는 음성을 토해냈다.

하지만 정작 가장 많은 감정의 변화를 보여야 할 곡장음은 적 앞에 무릎 꿇고도 오히려 담담했다.

"보는 대로 지금 패배를 시인하는 것이오."

"패배를 시인?"

"그렇소. 나 청성파 장문인 곡장음은 오늘 북신마교의 교주인 당신에게 패배했음을 시인하고, 청성파의 사후 처리에 대해 승자인 당신에게 모든 걸 맡기겠소."

"……!"

고경천은 그 한마디에 입이 붙은 채 두 눈만 크게 떴다. 그리고 도무지 곡장음의 이런 행동을 이해할 수 없다는 듯 떨리는 두 눈으로 고개 숙인 곡장음의 뒤통수만 노려보았다. 그러다 더 이상 참지 못하고 으르렁거리는 음성을 토해냈다.

"그렇게 죽는 것이 두려웠느냐? 그러기에 일문의 문주란 위치를 길거리의 돌멩이보다 못……."

고경천은 차마 뒷말을 잇지 못했다. 지금 그의 분노는 말보다 더 강하게 그의 행동을 부추기고 있었다.

그러나 곡장음은 분노에 부들거리는 고경천을 앞에 두고도 조금도 위축되거나 하지 않았다. 오히려 더욱 당당한 음성으로 고경천의 끊어진 말을 이었다.

"못하지 않기에 난 이런 선택을 했소. 분명 무인으로서는 나의 이런 행동이 두 번 겪을 수 없는 가장 큰 치욕이란 걸 잘 아오. 하지만 난! 나의 치욕보다 문파의 존립이 먼저요. 그러기에 명예를 위해 문파의 맥이 끊기는 것을 보느니, 차라리 다음을 기약하겠소. 그래서 언제고 빼앗긴 청성산을 다시 되찾을 것이오. 그것이 일 년이 되었든 평생이 되었든 말이오!"

이유는 밝혀졌다. 곡장음의 행동이 무엇을 위함인지 그의 말을 곱씹어보지 않아도 충분히 알 수 있었다.

그러나 고경천은 곡장음의 흔들리지 않는 두 눈을 보고도 믿을 수 없었다. 과연 얼마 전까지 교활함의 진수를 보여준 그가 단지 그런 이유로 이런 행동을 하는 것인가? 정말 단순히 문파의 단맥을 막기 위해서?

그때였다.

고경천의 그런 마음을 아는지, 청성산에 도착하고 한 번도 입을 열지 않던 추일학이 그에게 전음을 보내왔다.

[교주님, 길을 열어주십시오. 자고로 병법에서도 한가닥의 살길은 열어주고 몰아치라 했습니다. 더욱이 우린 청성 문제를 해결하고 나서 북신마교의 기틀을 잡고, 사천도 아울러야 합니다. 그러려면 오늘의 이 결정은 반드시 많은 도움이 될 것입니다. 그건 발 없는 말이라도 천 리를 가기 위해선 일단 그 시발점이 있어야 하기 때문입니다.]

고경천은 미간을 찌푸렸다. 추일학의 이번 전음, 이해할 수 없는 것은 아니지만, 마음이 내키지 않았다. 지금까지 그는 곡장음만은 자신의 손으로 단죄하겠다 벼르고 있지 않았던가? 그동안 그가 보여준 교활한 면모들은 고경천을 너무나 분노케 해왔다. 그래서 고경천은 일단 추일학의 그 전음에 거부의 뜻을 보였다.

[문상, 내 다른 자들은 그렇게 할 순 있어도 곡장음만은 못하겠소. 이놈만 아니었으면 사천의 일도 이렇게 복잡하게 돌아가지 않았을 거 아니오? 특히 난 이놈으로 인해 팔자에도 없는 결혼…….]

여기까지 말하던 고경천은 잠시 전음을 멈추었다. 그러다 스스로도 치사하다 여겼는지 말을 바꿔 전음을 이었다.

[흠흠. 그걸 다 떠나서도 이자는 너무 교활하오. 분명 후에 귀찮음을 야기할 것이오.]

[하하. 교주님, 그렇게 귀찮음을 싫어하시면서 마염성은 왜 그냥 보내줬습니까? 정녕 그게 싫으셨다면, 살인멸구를 통해 그들을 막았어야 했습니다. 그리고 이자가 벗어나 봐야 갈 만한 곳은 마염성뿐입니다. 어차피 오늘의 일로 마염성과는 후에 부딪칠 터이니 아무 상관이 없지 않습니까? 지금은 차라리 그를 놓아주어 우리의 대단함을 천하에 알리는 것이 좋습니다.]

[음…….]

고경천은 추일학의 전음에 잠시 생각에 빠졌다. 그만큼 추일학의 전음은 고경천의 마음을 흔들 정도로 설득력이 있었다.

그사이 고경천이 아무 말이 없자 곡장음은 잠시 시선을 주변으로 주었다. 그러다 이쪽을 바라보는 추일학의 모습을 보고 지금까지 숨겨놓은 교활한 미소를 입가에 지었다.

'멍청하지 않다면 어느 것이 이익인지 잘 알 것이다. 죽여서 얻는 이익보다 때론 살려서 얻는 이익이 더 크기 때문에 말이다.'

곡장음이 내심 자신의 의도대로 돌아간다 여겨 기쁨에 잠기는 사이, 결정을 내렸는지 침묵에 빠져 있던 고경천이 입을 열었다.

"좋다."

"결정한 것이오?"

"그래. 더 이상 청성파에 손을 대지 않겠다."

그 한마디에 곳곳에서 참았던 한숨이 터져 나왔다. 누가 뭐라 하든 살아남은 하급제자들은 문파의 명예보다 자신의 목숨이 더 중요했다. 그래선지 청성파의 하급제자들의 눈에 사라졌던 생기가 조금씩 피어올랐다.

그러나 그와 반대로 마지막 남은 청성파 내원무사의 눈빛은 점점 죽어만 갔다.

"알겠소. 그러나 난 고맙단 말은 하지 않을 것이오. 어디까지나 우린 적이니까."

　허락이 떨어져서인지 곡장음이 천천히 자리에서 일어났다.

　"아직 내 이야기가 끝나지 않았다. 난 네 부탁을 들어주는 대신 한 가지 조건을 걸 테니까. 오늘의 성사 여부는 네가 조건을 받아들이냐 들이지 않느냐에 달려 있다."

　굽혔던 무릎을 펴고, 이제 막 허리를 세우려던 곡장음의 미간이 짙게 굳어졌다. 그러나 그 표정은 금방 사라지고 그는 여유있는 표정으로 교묘한 한마디를 했다.

　"난 당신이 말의 의미를 제대로 파악했기를 바라오. 단맥을 막자는 의미는 단지 오늘의 살길을 풀어준다는 것만이 아니오. 무공이란 그저 입으로만 전달될 수 없소."

　"후후. 걱정 마라. 난 네놈처럼 교활하지 않으니까. 단지, 나는 포악한 호랑이는 신경 쓰지 않아도 교활한 여우는 신경 쓰여 족쇄 하나를 채워놓으려는 것뿐이니 걱정하지 말아라."

　"족쇄라… 부디 그 족쇄가 무겁지 않길 바랄 뿐이오. 조건을 말해보시오."

　"조건이란 간단하다. 그저 나에게 하나의 금제만 당하면 된다."

　"금제? 지금 자신이 내뱉은 말을 번복하는 것이오? 분명 난 무공은 입으로만……."

"걱정하지 마라. 금제를 당하더라도 절대 무공을 펼치는 데는 이상이 없다. 단, 몇 가지 주의 사항이 있지만 그건 그리 큰 문제가 되지 않을 거라고 내가 장담하마."

"음……."

곡장음의 두 눈이 흔들렸다. 어디까지나 그가 노린 수는 상대가 현명하게 이해득실을 따질 줄 알았을 때 통하는 이야기지, 성질을 부리기라도 하면 만사 모든 것이 물거품이 될 수 있었다.

"좋소. 내 당신의 말이 거짓이 아니길 바랄 뿐이오."

고경천은 마지막까지 상대를 믿지 못하는 곡장음의 모습에 입가에 비웃음을 지었다.

'역시 네놈은 그 정도밖에 되지 않는다. 처음부터 남을 믿지 못한 인간이 지금에 와서 믿을 순 없겠지. 그래서 내가 그런 너에게 선물을 주려는 것이다. 네놈으로 인해 탄생된 무공! 바로 염라부(閻羅簿)를 말이다.'

여기까지 생각을 하던 고경천은 생각을 멈추고 입을 열었다.

"뒤로 돌아라."

곡장음은 대답한 것이 있어 재빨리 등을 보였지만, 긴장으로 인해 몸이 굳어 있는 것이 눈에 보일 정도였다.

고경천은 그 모습에 입가에 차가운 미소를 지었다. 그리고 검지와 중지를 곧추세워 그 끝에 기운을 모았다.

그러자 검지와 중지가 처음엔 탁한 검은색, 그다음엔 투명한 검은색, 후에는 새하얀 빛으로 뒤덮였다. 각각 독, 빙, 화의 기운이 모여든 것으로 고경천은 그 기운들을 손끝에서 손톱 반만 한 구슬로 만들었다.

그 후, 고경천은 곧추세운 중지를 들어 곡장음의 허리 중앙을 찔렀다.

"윽!"

곡장음은 신음을 흘렸지만 생각처럼 고통을 느끼지 못했다. 단지 이질적인 느낌이 전부일 뿐, 그것도 고경천의 손길이 거둬지자 거짓말처럼 사라졌다. 하지만 일단 금제를 당한 것이기에 곡장음은 눈치 채지 못하게 빠르게 대주천을 해보았다.

일반적으로 금제란 것이 주로 혈의 흐름을 막아놓아 그 사람의 신체 의지를 앗아가는 것이다. 그래서 주로 사지 관절에 영향을 주는 대주천 혈들과 관계있기 마련이었다.

그러나 마치 얼마 전의 꿈인 듯 신체에 조금도 이상이 남지 않았다. 그래서 곡장음이 다시 고경천을 바라봤을 땐 얼굴 표정이 밝게 변해 있었다.

"역시 소문의 북신마교주답소. 언행에 거짓이……."

"아직 기뻐하긴 이르다."

고경천은 그의 밝은 표정이 싫은지 차게 말을 잘라 버렸다. 그리고 입이 붙어버린 곡장음을 향해 말을 이었다.

“내 처음에도 언급했지만, 내 금제에는 몇 가지 주의 사항이 있다. 그러니 주의 사항을 듣고 나서 기뻐해도 늦지 않는다.”

“명심하겠소.”

“좋아. 첫째, 앞으로 절대 소주천을 하지 마라. 네놈도 알다시피 명문혈은 내기를 쌓는 소주천과 관계된 혈이다. 그러니 괜히 소주천을 행해 명문혈을 자극하지 마라. 둘째, 내 금제는 한시적이다. 그렇다고 시간이 흘러 사라지는 것이 아닌, 시간이 흘러 다시 금제를 당해야 한다. 만약 그렇게 하지 않으면, 명문혈에 잠재시켜 놓은 내 기가 단전으로 흘러들어 넌 지옥을 오가는 경험을 하게 될 것이다.”

“음…….”

두 가지 주의 사항으로도 곡장음은 신음을 참지 못했다. 첫째는 더 이상의 무공의 발전은 기대할 수 없고, 둘째는 심적으로 벗어날 수 없게 되는 것이다.

고경천은 점점 나락으로 빠지는 곡장음의 표정을 보다 조금 안되었다 싶었는지 추가적인 이야기를 했다.

“단, 명심해라. 네가 내가 말한 주의 사항만 잘 지키면, 난 너의 금제 기간을 매년 늘려줄 것이다. 지금은 일 년, 그다음은 이 년, 그런 식으로 해서 네 번째 금제를 하고 십 년째 되는 날 나는 너의 금제를 완전 풀어줄 것이다. 그 정도면 다른 생각은 하지 않고, 십 년 동안 청성파의 비전을 전승하는 데 조금도 위험이 없을 것이다. 그리고 노파심에 하는 말이지만, 언제든지 명문혈에 이상한 징후가 보이면 한 달 안에 나를 찾아와라. 그러나 한 달이 지나면 나도 어쩔 수 없으니 꼭 명심하도록 해라. 그럼, 이제 네 소원대로 떠나라. 북신마교 어느 누구도 너를 막지 않을 것이다.”

고경천은 이제 볼일이 없다는 듯, 그에게서 신형을 돌려 북신마교의 수뇌부들이 있는 곳으로 향했다.

북신마교의 수뇌부들은 지금까지 고경천의 분위기에 선뜻 말을 걸지 못하다가 그가 다가오자 각자 인사를 건네왔다.

고경천은 그들의 인사에 답하고 슬쩍 곡장음을 바라보았다.

곡장음은 얼이 나간 사람처럼 제자리에서 쉽게 움직이지 못했다. 지금 그의 모습은 육체는 멀쩡하지만, 정신에 엄청난 제약을 당한 사람처럼 보였다.

“교주님.”

고경천은 곡장음을 바라보다 그를 부르는 소리에 고개를 돌렸다.

제갈효는 고경천이 다가올 때부터 심통난 표정을 짓다가 이제 말할 기회가 생겼다고 소나기처럼 퍼부어댔다. 그러고 보면 요즘 추일학이 조용해진 이유가 제갈효가 이렇듯 추일학을 대신하는 부분이 많아서일지 몰랐다.

“교주님, 이번 일 정말 실망했습니다. 도대체 이렇듯 수하들을 무시하며 단독으로 하는 일 처리가 어디 있습니까? 응당 싸움은 장(將)이 길을 열어 졸(卒)이 그걸 메우며 수장(首長)이 그 뒤를 받쳐 준다고 했습니다. 한데, 이번 일은 수장이 길을 열고, 메우고, 그 마무리까지 다 했습니다. 기껏해야 저희 장과 졸은 그저 뒤에서 받쳐 준 것이 전부고. 과연 이런 식이면 도대체 저희의 존재는 무엇입니까?"

"……."

고경천은 정곡을 찌르는 그 한마디에 말을 할 수 없었다. 이런 이야기는 전에도 종종 들어온 터라 그로선 무조건 꼬리를 내렸다. 그래서 혹시나 하는 심정으로 추일학을 바라보았는데, 추일학은 얼마 전까지 미소 지으며 이쪽을 보다 고경천과 눈이 마주치자 언제 쳐다봤냐는 듯 시선을 하늘로 보내고 있었다.

'으득. 서생, 이젠 스스로 진탕에 발을 담그지 않겠다는 건가? 교묘히 수재를 이용해 나를 옭아매다니…….'

그러나 그렇다고 그 속내를 그대로 터뜨릴 수 없었다. 지금 말만 제갈효가 할 뿐이지, 다른 자들도 그와 다르지 않아 보였다. 그들의 눈 속엔 '도대체 백호칠수와 손을 잡은 이유가 무엇이냐?' 란 의미까지 담겨 있을 정도로 불만이 넘쳐 났다.

그래서 고경천은 별수없이 백기를 들었다. 그가 아무리 교주라 해도 제갈효의 말은 백번 옳은 말이었다.

"죄송하오. 다 나의 실수요. 난 성도의 싸움을 빠른 시간 안에 끝내고 싶은 마음에 여러분을 생각지 않고 내 고집대로 일을 진행했소. 정말 입이 열 개라도 할 말이 없소. 내 다시는 이런 일을 하지 않는다고 약속하겠소. 앞으로는 모든 일을 여러분과 제대로 상의하고 실행하겠소.”

마치 고경천의 그 말을 기다렸던 것인가? 지금까지 하늘만 바라보던 추일학의 시선이 번개같이 고경천에게로 떨어졌다.

“그 말씀… 진정이십니까?”

“진정이오.”

고경천은 얼떨결에 추일학의 말에 대답했지만 가슴 한편에 왠지 불길함이 피어올랐다.

“그래요? 저는 무슨 일인지 그 말이 조금도 진정으로 느껴지지 않는군요. 아마 전에도 이 말을 들어본 거 같은데… 교주님은 어떠십니까? 마치 이 순간이 전에도 있었던 것처럼 느껴지지 않으십니까?”

“역시 이번에도 거짓말로 상황을 넘기시려 하시는군.”

“정말 이렇게 가다간 싸워 죽을 일보다 속병으로 죽을 일이 많을 거야.”

“그래서 난 요새 보심환(保心丸)을 입에 달고 살지.”

마치 사전에 짜놓기라도 한 것처럼 곳곳에서 수뇌부들의 불만이 하나씩 터져 나왔다.

‘뿌득. 서생……’

유들거리는 추일학의 한마디가 고경천의 어금니를 괴롭게 만들었다. 그러나 고경천은 지은 죄가 있어 분노를 삼키고 다시 입을 열었다.

"아니오. 이제 달라질 것이오. 다시는 내 단독으로 일을 처리하지 않겠소. 내 맹세라도 하라면, 맹세라도 하리다!"

고경천이 맹세까지 들먹이자 그제야 추일학과 서생이 시선을 교환하더니 입가에 승자의 미소를 지었다.

"그럼 이 자리에서 맹세를 하시지요."

제갈효가 기다렸다는 듯 쐐기를 박아왔다.

"…조, 좋소."

"자! 그럼 교주님, 저를 따라 하십시오."

"말하시오."

"나는 앞으로 절대 내 독단적으로 일을 처리하지 않겠다. 만일 내 독단으로 일을 처리하면 악처를 만나 늙어 죽을 때까지 바가지에 등골이 휠 것이며, 나와 똑같은 자식을 낳아 평생 그 업보를 짊어지고 살 것이다."

"……."

고경천은 할 말을 잃었다. 이 무슨 살 떨리는 맹세란 말인가? 차라리 벼락을 맞아 죽었으면 죽었지 이런 맹세는… 하지만 고경천은 자신을 초롱초롱하게 바라보는 사람들로 인해 어금니를 악물고 그 맹세를 따라 했다.

"나 고경천은 앞으로……."

“크큭.”

“키킥.”

고경천이 맹세를 하는 동안 몇몇 자들이 웃음을 터뜨렸다.

그러나 고경천은 그 모든 걸 감수하면서 모든 걸 끝마쳤다. 그러자 수뇌부들은 언제 고경천을 괴롭혔냐는 듯 표정을 진지하게 바꾸었다. 그리고 허리를 숙여 고경천에게 감사 인사를 해왔다.

“교주님, 저희 수하들은 교주님의 무사하심에 기쁨을 금할 수 없습니다. 무사하셔서 정말 다행입니다.”

고경천은 그들의 그 한마디에 어금니에 가해졌던 힘이 슬그머니 풀렸다.

‘빌어먹을! 병 주고 약 주고 있군.’

그러나 투덜대는 내심과 달리 고경천의 입가엔 진한 미소가 맺혔다. 그리고 이 순간 가슴 가득 채우는 무언가에 왠지 모든 피로가 눈 녹듯 사라지는 것도 느꼈다.

한편, 이렇듯 정을 나누는 곳과 달리 한쪽에서는 함께해 온 정을 끝내는 일이 벌어지고 있었다. 정신을 차린 곡장음이 살아남은 제자들을 향해 소리치고 있었다.

“모두들 이 시간부로 청성파를 떠나라. 그리고 각자의 살 길을 찾아 열심히 살아가도록 해라. 청성파는 앞으로 힘이 갖춰질 때까지 무기한 봉문에 들어가게 될 것이다.”

"자… 장문인."

"크흑."

"휴우……."

어떤 자는 놀라고, 어떤 자는 아쉬워하고, 어떤 자는 크게 한숨을 쉬었다. 하지만 그 누구도 이 순간 눈물을 보이지 않았다. 아쉽게도 그들은 청성파의 영광을 아는 자는 모두 숨이 끊어져 이 자리에 있을 수 없었다. 대신 한 사람만은 죽은 자를 대신하려는 듯 아랫입술을 꽉 깨물고 비통한 표정을 짓고 있었다.

그래서 곡장음은 그에게만은 직접 말을 전하려 했다. 그가 이 모든 일을 벌이게 된 이유와 앞으로의 계획에 대해…….

"너는 나를 따라갈 곳이 있다. 그곳에서 우리는…….."

불행히도 곡장음은 여기까지밖에 말할 수 없었다. 그다음 말은 내원무사의 입가에 흐르는 선혈로 인해 더 이상 이어지지 못했다.

"자… 장문인, 단맥을 막았다 하나 이미… 청성파는 끝났습니다. 저… 정신이 죽은 청성파… 몸만 살아남은들, 무슨 의미가 있겠습니까? 쿨럭!"

내원무사는 이 말 끝에 격하게 피를 쏟으며 서서히 무너져 갔다.

곡장음은 얼른 그를 안아 들었다.

"뿌득. 멍청한 놈. 한순간의 치욕을 참지 못하고 어찌 복수를 할 수 있단 말이냐? 또 죽어 도망치는 것보다 살아 복수하는 것이 더 어렵다는 것을 왜 모른단 말이냐?"

곡장음은 이를 갈 듯 소리쳤지만, 그 소리는 오직 죽어가는 내원무사 한 사람밖에 들을 수 없을 정도로 너무 작았다. 이젠 청성파는 그의 분노조차 받아줄 수 없는 곳이 되었다. 앞으로 청성산의 주인은 다름 아닌 북신마교였다.

곡장음은 숨을 거둔 내원무사를 조용히 바닥에 뉘었다. 그리고 처음으로 두 눈에 격렬한 분노와 후회라는 감정을 만들었다. 하나 그것도 신형을 돌렸을 땐 언제 그랬냐는 듯 흔적도 남지 않았다.

그러나 그의 얼굴은 곧 휴지 조각처럼 구겨졌다. 지금 북신마교가 열어준 생로를 통해 빠져나가는 청성파 하급제자들의 모습이 마치 청성파의 진짜 정체를 드러내는 것처럼 보였다.

"그래, 이것이 현실인 것이다. 넌 내가 항복하면 모든 것이 끝났다 했지만, 이미 청성파는 예전부터 끝나 있었다. 그러기에 난 그걸 살리고자 그렇게 발버둥 친 것이다. 하지만 그건 바보 같은 나만의 바람이었을지 모른다. 공동파, 마염성. 모두 그런 나의 바보 같은 마음을 파고들어 온 심마였던 것이다."

곡장음은 잠시 눈을 감았다. 그리고 눈을 떴을 때는 모든 감정을 다 지워 버렸다.

"그래서 난 동쪽으로 가련다. 동쪽으로 가서 저놈을 죽이려 했던 그들과 손을 잡고… 이젠 청성파의 부활이 아닌 복수를 꿈꾸며 살아갈 것이다.”

곡장음은 과거 자신과 손을 잡았던 암중의 무리가 말하지 않아도 대충 어디라 짐작하고 있었다.

천하에 있어 마염성을 제외하고 그만한 고수를 낼 곳은 그곳밖에 없었다. 특히 고경천과 현무칠수란 존재에 대해 그런 증오를 갖고 있는 곳이라곤…….

그래서 곡장음은 사천을 떠나 목적지를 그곳으로 잡았다.

비록 일 년이라는 한시적인 자유지만 그 정도의 시간은 충분했다. 그동안 그가 사천에 모든 관심을 쏟았지만 그도 무림이 점점 변해가고 있다는 것은 충분히 느끼고 있었다. 흡정마공의 등장! 이는 이미 무림이 변하고 있단 예고와 같았다. 특히 흡정마공이 무림의 강자라는 마염성과 그곳을 건드려 놓은 이상, 이는 예고가 아닌 정해놓은 수순이었다. 천하에서 가장 강하다는 이 인이 있는 두 곳, 그들이 당한 채로 가만히 있는다면, 결코 그 둘을 무림 최고 고수라는 천중삼원의 두 자리에 앉혀놓지 않았을 것이다. 또 그게 아니더라두 육파일방이 움직일 기미가 있었다. 과거 흡정마공과 가장 큰 원한이 있는 그곳이 움직인다면 무림의 변화는 정해진 사실과 다름없었다.

곡장음은 잠시 이 모든 일을 일으킨 주범을 바라보았다.

그는 무림에서 고수라 일컬어지는 무림이십팔수 중 십사
수의 인물들에게 둘러싸여 있으면서도 오히려 더 큰 존재감
을 보였다.

"고경천, 네놈이 나에게 일 년이란 금제를 가했지만, 그 시
간은 곧 너에게 주어진 금제도 될 수 있을 것이다. 아니, 내가
그렇게 만들 것이다!"

차가운 한마디를 남긴 채, 곡장음도 몸을 피하는 청성파의
무리들을 쫓았다. 비록 아무것도 가져가지 못하는 마당이지
만, 그는 오직 하나의 감정만으로도 충분한 듯 미련없이 보금
자리를 떠났다.

"곡장음이 떠나오."

당협기가 제일 먼저 곡장음이 떠나는 걸 보고 입을 열었다.
그나마 같은 사천 출신이어선지 계속해서 곡장음을 보고 있
던 듯했다.

고경천을 필두로 모든 이들은 멀어지는 곡장음의 초라한
뒷모습을 바라보았다.

"다섯째야, 그런데 곡장음은 어떤 놈이냐? 내가 서사천에
근 이십 년을 틀어박혔지만, 별 관심이 없어선지 저놈에 대해
선 요 근자에 들어본 거 말고 아는 것이 없다."

문득 이제야 궁금함이 일었다는 듯 갈음심이 질문을 던졌
다.

당협기는 질문을 받자 과거를 생각하는 듯하더니 곧 떨떠
름한 표정을 지었다.

"모르겠소. 단지… 예전 당가와 청성파의 사이가 틀어지기
전, 그러고 보니 당진용 그놈이 그 당시 소가주였소. 여하튼
그놈이 말하길, 곡장음이야말로 청성진속(靑城眞俗)이라 했
소."

"청성진속?"

"그 말인즉슨, 곡장음 저놈은 도가가 기반인 청성파의 제
자 중에서 가장 속가다운 자라는 말이오."

"도대체 그게 무슨 말이냐?"

갈음심은 그 말을 들으며 고개를 갸웃거렸다.

"나도 잘은……."

당협기도 막상 말을 꺼냈지만 잘 모르는지 어깨를 으쓱거
렸다.

하지만 머리 좋은 둘과 그나마 곡장음을 겪어본 고경천은
대충 그 의미를 알 수 있었다.

'아마 장인은 예전부터 그놈의 교활함을 눈치 챘던 것일지
모른다.'

고경천은 여기까지 생각하다 스스로 놀라고 말았다. 자신
도 모르게 당진용을 너무 쉽게 장인이라 생각했다. 그러고 보
면, 그동안 성도부의 의부 내외와 당아영의 관계를 지켜보다
보니 그도 어느덧 완전 물들어 버린 것이다.

그런데 아불승은 그런 쪽에는 전혀 관심이 없는지 다른 걸 물어왔다.

"교주님, 내 아까부터 궁금한 것이 있었는데, 도대체 곡장음에게 무슨 금제를 가했습니까? 저렇게 멀쩡하게 돌아다니는 금제는 조금도 들어본 적이 없는데… 거기다 일 년이란 시간까지 정할 수 있는 금제라니 도통…….."

아불승의 그 한마디가 사람들의 얼굴에 다시 한 번 의문의 물결을 만들었다.

그 덕에 고경천은 또 한 번 사람들의 뜨거운 눈길을 받아야만 했다.

그러나,

"비밀이오."

고경천은 이 말을 하며 입가에 장난스런 미소를 지었다.

"……."

일순 싸늘한 정적이 찾아왔다.

그래서 고경천은 미안한 마음에 부가 설명을 덧붙였다.

"뭐 사실은 나도 딱히 해줄 말이 없소. 단지 이 모든 것은 흡정마공이 갖고 있는 혼돈의 묘리에서만 답을 낼 수 있다는 것이오. 그렇지 않으면, 절대 이 무공을 이해할 수 없소. 이건 한 사람이 상생과 상극인 기운을 다 갖고 있어야 하오. 그래서 상극의 기운들이 점차 소모되고, 거기다 나머지 기운들이 상생을 통해 활발히 움직인다. 이런 원리요."

“……”

고경천의 노력에도 싸늘한 정적은 가시지 않았다. 결국 그는 조금 창피한 부분까지 언급했다.

“사실 나도 이 무공을 오늘 처음 사용해 보오. 전에 설묘를 목욕시키다 깨달음만 얻었다 뿐이지, 이번이 첫 시전이라 나도 확실히 그 효과를 모르겠소. 때문에 말이 일 년이지, 그 잠복 기간이 일 년보다 짧아질 수도, 아님 더 길어질 수도 있소. 단지, 그동안의 실험을 통해 이 정도면 되지 않을까 하는데… 뭐, 이상이 오기 시작하고 나서 한 달은 그나마 견뎌낼 수 있으니 그 안에 나를 찾아오면 아무런 문제가 될 것이 없소. 단지… 그 이상은 아마 대라신선이라도 견딜 수 없다는 것이 문제지만, 그건 다 저놈 복 아니겠소? 하하하.”

사람들의 반응은 설명을 해줄수록 안 하느니보다 더 못한 반응만 나왔다.

“아미타불.”

그나마 이 덕에 아불승이 처음으로 제대로 된 불호를 읊었다는 것이 소득이라면 소득이었다.

사람들은 곡장윤이 참 불행하다고 생각했다. 집을 잃은 것도 모자라 언제 터질지 모르는 일촉즉발의 벽력탄을 안고 있다니……

‘쩝. 무공 이름이 염라부란 말은 꺼내지도 못하겠네.’

결국 고경천은 그들의 표정에 여기서 말을 멈췄다. 만일 그 무공 이름이 염라부란 사실까지 알면 그들이 어떤 표정을 지을지 상상하기도 싫었다.

그나마 다행인 것은 눈치 빠른 추일학이 입을 열어 어색한 분위기가 새롭게 바뀌었다는 것이다.

"자! 조만간 있으면 청공장으로 향한 자들도 돌아올 것이오. 그러니 그전에 청성파를 정리하고 승리의 축배라도 들 준비를 합시다. 교주님의 말대로 우리는 오늘 이곳 청성산에서 새로운 역사를 만들 것이오!"

"와아아아!"

추일학의 그 말에 사람들이 환호를 보냈다. 비록 싸움의 처절함을 알리는 시체가 주변에 산재해 있어도, 그들은 무림인이고 무림인에게 있어 죽음은 패배와 직결되기에, 승리자인 그들은 살아남았다는 사실 하나만으로 이렇듯 환호성을 질러 댔다.

하지만 고경천은 달랐다. 그는 이런 환호 속에서 오히려 더욱 깊게 가라앉으며 새로운 싸움을 준비하고 있었다.

'내가 사천에서 할 일은 이제 끝났다. 앞으로 해야 할 일은 십 년을 기다려 온 나의 복수에 종지부를 찍는 일! 그걸 위해 난 무당으로 갈 것이다.'

그동안 고경천이 사천의 일을 서두른 것은 모두 이 하나를 위해서였다. 그러기에 왕건묘의 일도 벌였고, 막무가내로 청성파를 단신으로 쳐들어오는 만행도 저질러 온 것이다.

　그래선지 어느새 고경천의 시선은 환호를 지르는 북신마
교도들이 아닌 동편 저 너머를 바라보며 새로운 열기를 불태
워 갔다. 그 때문인지 고경천은 이 순간 자신의 그런 열기에
빠져 한 사람이 걱정스런 눈길을 보내는 것을 미처 발견하지
못했다.

第二章
보금자리를 떠나는 사들

동악 태산(泰山).

태산은 예로부터 영산으로 떠받들어져 고대 제왕들은 산꼭대기와 산기슭에서 봉선(封禪) 의식을 치러왔다.

그러나 그 이름과 달리 태산은 높이 면에서는 오악 중 화산과 항산에 미치지 못했다. 그래도 태산은 평야에 덩그러니 솟은 그 모양새처럼 주변에 다른 산을 두지 않았기에 오히려 그 당당함이 다른 산들이 따를 수 없었다. 그래서 태산은 오악 중 제일의 산으로 해마다 수많은 유람객들을 불러 모았다.

유시 초(酉時初:오후 5시).

슬슬 태양이 만드는 그림자가 본래의 것보다 점점 길어져

가는 시각이다. 그래선지 평야에 덩그러니 솟은 태산 자락의 크기가 그 늘어진 그림자로 인해 더 크게 보였다. 마치 그림자 자체가 하나의 산줄기가 되어버린 듯 태산은 동으로 그 길이가 더 늘어나 있었다.

그런데 점점 해가 지는 이때에도 태산을 유람하려는 것인가? 대략 이십 초반과 사십 중반을 바라보는 도사 둘이 태산을 향해 걸음을 놀리고 있었다.

그중 이십 초반의 젊은 도사는 무엇이 불만인지 조금씩 얼굴을 찌푸리다 결국 참지 못하고 불평하듯 입을 열었다.

"사부님, 이런 식으로 가다간 한밤중이나 되어야 태산 와룡곡(臥龍谷)에 다다를 수 있겠습니다. 아무리 이곳이 관도라도 조금 서두르는 것이 어떻습니까? 사실 근 반 시진 동안 사람 구경도 못했지 않습니까?"

중년 도사는 해가 기우는 정도를 살피더니 젊은 도사 말에 고개를 끄덕였다.

"그래, 지금은 어쩔 수 없구나. 비록 함부로 무공을 드러내지 말란 장문인의 말씀이 있었더라도, 이대로 가다간 너무 늦게 와룡곡에 도착해 옥 대협에게 결례를 보일 수도 있겠다."

그들이 찾으려는 와룡곡은 태안(泰安), 제남(濟南), 장청(長淸)과 인접한 산자락이 아닌, 유일하게 현과 맞닿지 않은 태산의 북동쪽 산자락에 자리 잡고 있었다. 그래서 산동성 남서부 쪽에서부터 북행해 얼마 전 태안을 지나 태산을 오르려던 둘은 태산을 거의 다 넘어야 와룡곡에 다다를 수 있는 판국이었다.

중년 도사의 말에 젊은 도사의 얼굴이 환해졌다. 그래서 내뱉는 음성도 조금 들떴다.

"사부님, 그럼 한번 신나게 달려보죠."

"그래, 서두르자."

"예."

젊은 도사는 말이 떨어지기 무섭게 땅을 박차고 앞으로 쏘아져 나갔다. 그리고 중년 도사도 조금 늦게 출발한 것을 메우려는지 더 빠르게 몸을 움직였다.

그러자 그들의 몸이 구름 사다리를 밟듯 허공으로 조금씩 떠올랐다. 그리고 마치 바람을 타고 몸을 움직이는 신선처럼 그들은 관도 위를 거의 날 듯이 달렸다.

제운종(梯雲縱).

사람들에게 무당 진산경공이라 알려진 무공이 두 도사의 발에서 펼쳐졌다. 하지만 정작 지금 중요한 건 그들이 펼치는 경공이 제운종이란 것이 아니었다. 바로 이십 년 만에 호북 외에서 이 무공을 볼 수 있다는 것이었다. 이 말은, 즉 무당이 오랜 침묵을 깨뜨리고 드디어 정식 무림 활동을 시작했다는 놀라운 뜻을 담고 있었다.

태산의 북동부에 위치한 와룡곡 입구.

한 여인이 초롱불을 들고 곡으로 들어오는 길을 밝히고 있었다. 이미 주위는 어둠의 시작을 알리는 낙조마저 사라져 모든 것이 어둠 속에 자리했건만, 여인은 전혀 두려움이 없는지 그런 어둠 속에 홀로 누군가를 기다렸다.

그런데 호롱불 아래 드러난 여인의 자태가 밤의 두려움을 날릴 정도로 고왔다.

이제 이십에 갓 다다른 나이라 풋풋함이 주를 이뤘지만, 이대로 여기에 성숙함만 더해지면 몇 년 안에 천하를 울릴 충분한 자질을 갖고 있었다.

"분명 할아버님께서 선몽(先夢)이 이르길, 오늘 귀인이 온다고 하였는데… 아!"

초롱불로 어둠을 물리치던 그녀의 입에서 작은 탄성이 터져 나왔다.

정말 그녀 말대로 와룡곡으로 향하는 입구에 사람의 그림자가 보였다. 둘 다 무척 서두르는지 두 그림자는 빠르게 거리를 좁히며 그녀에게 다가왔다.

두 사람도 불빛을 봤는지 얼마 안 있어 곧 그녀의 앞에 다다라 있었다.

"무량수불. 미리 이렇게 길을 밝혀주시고, 역시 재녀로 잘 알려진 옥 소저의 명성은 과연 사람을 놀라게 하오."

제일 먼저 중년 도사가 여인에게 인사를 건넸다.

"재녀라니… 광효(廣曉) 도장께선 감당키 어려운 말씀을 하시는군요. 소녀야 할아버님이 곡의 입구를 밝히란 명이 있기에 행한 것뿐 별로 한 것이 없습니다."

이미 안면이 있었던 듯 여인과 중년 도사 광효는 자연스레 인사를 나누었다.

"과연……."

말을 건넨 도사의 얼굴에 감탄이 서렸다. 확실히 이곳에 은거한 한 사람의 명성은 명불허전이란 말을 무색케 했다.

"그럼 안으로 드시지요. 할아버님께서 벌써부터 두 분을 기다리고 계셨습니다."

"그럼 안내를 부탁드리오."

"따라오시지요."

여인이 앞장서서 초롱불을 밝히며 곡 내로 향하는 소롯길을 따라 걸었다.

광효는 잠시 얼이 나가 있는 젊은 도사를 쳤다.

"청연(淸然)아, 수도자로서 예를 지켜라."

"아! 죄… 죄송합니다."

청연은 곧 자신의 실태를 깨닫고 부끄러운 낯빛을 보였다. 그만큼 그에게 여인의 미모는 충격 그 자체였다. 이미 그 명성을 알고 있었지만 실제로 보는 것은 너무나 달랐다.

그렇게 그들은 앞서 가는 여인을 따라 곡 내로 들어섰다.

곡 내는 어둠 속에서도 확연히 그 경치를 느낄 수 있을 정도로 청량한 꽃 냄새가 코끝을 자극했다. 더욱이 한편에 자리한 절벽을 따라 흘러내리는 폭포와 그 아래 넓게 자리한 용소. 정말 곡 이름 그대로 용이 날아와 몸을 누일 만한 곳이었다.

그런 이유로 청연은 또 한 번 멍해졌다. 비록 야색(夜色)으로 물들어 한낮의 다채로운 색감은 느낄 수 없어도 어느 정도 어둠은 무시할 수 있는 그로서는 또 한 번 충격을 받았다.

광효는 그 모습에 씁쓸한 미소를 지었다. 그도 처음 이곳에 올 때 이런 모습을 보이지 않았던가?

처음 와룡곡을 찾는 사람은 세 번 놀라게 된다고 했다.

처음엔 미리 알아 반기는 사람이 있는 걸 알게 되어 놀라고, 두 번째는 그 맞이하는 사람으로 인해 놀라고, 마지막으로 그 사람이 안내하는 곡 내의 풍경에 놀라게 되었다. 그래서 이곳은 와룡곡이란 이름 외에 삼경곡(三驚谷)이란 조금 색다른 이름도 갖고 있었다.

여인의 안내로 그 둘은 하나의 아담한 모옥에 다다를 수 있었다.

그리고 그들이 막 모옥에 자리한 작은 공터에 발을 들이자마자 닫혔던 문이 열리며 그 안에서 신선의 풍모를 가진 노인이 모습을 드러냈다.

그러자 광효가 곧 공손한 예와 함께 입을 열었다.

"무당의 일대제자 광효와 이대제자 청연이 청룡칠수의 수

좌이며 무림제일현인 옥 대협께 인사 올립니다.”

결국 이번에도 청연은 나타난 노인의 모습에 놀라 말은 따라 하지 못하고, 성급히 예만 취했다. 아무리 첫 무림행이라 해도 그의 이런 모습은 도사로서 좀 보기 민망한 것이지만 광효는 그걸 탓하지 않았다. 그만큼 상대는 광효조차 조심하는 위인이었다.

천하제일현이며, 무림이십팔수 중 정도의 기둥이라는 청룡칠수의 당당한 수좌, 또 무당 장문인의 오랜 벗인 사해조수(四海助叟) 옥정곽(玉正郭)이라면 청연의 그런 태도는 당연했다. 그리고 일전에 두 도사를 안내한 여인은 옥정곽의 손녀로 뛰어난 미명과 재명을 날리는 옥감영(玉紺瑛)이었다.

옥정곽은 청연의 그런 모습 때문인지 오히려 부드러운 음색으로 그들을 맞았다.

“허허. 광효 도장께선 어찌 세월이 흘러도 그 예법은 줄어들지 않는가? 수도하는 사람이 아니라도 나이를 먹어가며 사람들은 응당 하나씩 버리기 마련이거늘. 광효 도장도 이제 조금은 그런 것들을 버리게.”

“괴송힙니다. 옥 내협에서 늘 저를 만날 때마나 지석해 수시는데 좀처럼 고쳐지지 않습니다.”

광효는 조금 더 공손한 반응을 보였다.

“허허. 여전하군, 여전해. 그보다 일단 안으로 드세. 예까지 오는 길이 가깝지 않았을 테니, 밖보다 안이 더 그럽지 않겠나?"

"예. 그럼, 사양치 않겠습니다."

옥정곽이 앞장서고 그 뒤를 광효와 청연이 따랐다. 둘은 안
으로 들기 전, 이곳까지 오느라 몸에 묻은 먼지와 흐트러진
외관을 다시 한 번 정리했다.

옥감영은 잠시 그들이 들어설 때까지 기다리다 곧 차를 준
비하러 부엌으로 사라졌다.

안으로 들어선 삼 인은 주인인 옥정곽이 상석에 앉고 나머
지 둘은 하석에 자리 잡았다.

"그래, 준비는 잘돼가는가? 그렇지 않아도 때가 다 되어 연
락을 기다리고 있었는데, 이렇듯 마침 이곳을 찾아왔으니 다
행히 시간은 맞출 수 있게 된 거 같네."

"예. 이미 옥 대협과 장문인께서 오랜 시간 준비해 온 일이
니 잘되지 않을 순 없다 봅니다. 더욱이 육파일방의 다른 장
문인들께서 속속들이 본산으로 연락을 취해와 무당지연(武當
之宴)은 생각처럼 잘 치러질 것입니다."

"허허. 나야 뭐 한 일이 있겠나? 다 여러 장문인들께서 많
이 양보해 주신 덕택이지."

잠시 옥정곽의 얼굴에 지난날 한 가지를 위해 노력한 것이
떠오르는지 감회가 서렸다.

그래서 광효는 잠시 옥정곽이 먼저 입을 열 때까지 기다렸
다. 전혀 이 자리에 끼어들 위치가 안 되는 청연은 그저 조용

히 옥정곽의 모습만 살피었다.

"실례합니다."

그러나 이런 분위기를 깬 것은 옥정곽이 아닌 옥감영이었다.

그녀는 김이 나는 옥 주전자 한 개와 같은 종류의 옥 찻잔 세 개, 그리고 조금 서늘한 기운을 풍기는 앞의 옥다기보다 더 진한 옥빛을 보이는 옥함을 갖고 왔다.

옥감영은 일단 찻잔을 각각의 앞에 내려놓았다.

그런데 무슨 일인지 옥함을 바라보는 광효의 눈빛에 수도자답지 않은 설레임이 깔렸다.

"허허. 역시 광효 도장은 잊지 않고 있었구만."

"무량수불. 잠시 부끄러운 모습을 보였습니다."

"아닐세. 그건 광효 도장을 탓할 일이 아니지. 그건 이 나이 먹어서도 어쩌지 못하는 이 노인도 마찬가질세."

그렇게 둘이 객쩍은 말을 하는 사이.

옥감영은 그들의 기대를 받으며 옥 찻잔에 옥함에 담긴 것을 조금씩 덜어 담은 후, 그 안에 찻주전자의 물을 부었다.

"아……."

이미 옥함이 열렸을 때부터 실내 가득 퍼지는 화 향에 두 사람의 말에 호기심을 보였던 청연이 탄성을 터뜨렸다.

향기만으로도 오랜 여정의 피로가 날아가는 듯했다.

자고로 백화(百花)로 만들어진 차는 만병를 치료할 수 있는 만병통치약이란 말이 있다. 하지만 그건 말뿐이지, 실상 수많은 꽃 중 어느 것이 그에 속하고, 또 정녕 백화라 해서 백 가지의 꽃이 들어가는지 알 수도 없었다.

지금 사람들은 차 향만으로 행복을 맛보았다.

그리고 그 모습을 보는 옥감영도 기쁜 미소를 지었다.

"그럼 이야기들 나누시지요."

자기 할 일을 마치고 그녀는 조용히 물러섰다.

남겨진 사람은 잠시 화 향에 정신을 못 차렸던 모습을 지우고 곧 그 맛을 음미했다. 그 후, 그들은 심신이 맑아진 가운데 본격적인 이야기를 나누었다.

"이번에 그 친구 생일 배첩을 어느 어느 곳에 보냈나?"

"제가 알기론 정, 사를 구분치 않고 거의 전 무림에 보낸 것으로 알고 있습니다. 비록 그 도착하는 시간은 차이가 있지만, 모두 그날에 다 도착할 수 있게 일을 처리한다 하였습니다."

"그렇지. 다 보내야지. 이십 년이나 참아온 정파무림의 기상을 알리려면, 전 무림이 참석한 가운데 보여줄 필요가 있지. 그동안 정파무림이 무림의 평화를 위해 얼마나 절치부심 노력을 해왔는지 말이야."

"예. 특히 광한 사제는 본산에 이름을 올리고 나서 한 번도 하산하지 않고, 오직 무학일로만 매진해 왔습니다. 그로 인해 이십 년간 봉인되었던 무당의 무학들이 곧 천하를 향해 날개를 펼칠 것입니다."

"암, 그 아이는 그러고도 남을 아이지. 그 아이는 오성도 오성이지만, 그 노력이 더 무서운 아이일세. 만일 그 아이가 무당의 전설인 연태극공(軟太極功)에 뜻을 두었으면, 아마 무당의 전설은 이뤄졌을지도 모르지. 그러나 그건 장삼봉 진인 이후로 아직까지 익힌 자가 없지 않은가? 태허 그 친구는 그래서 그 길을 버렸네. 뭐, 어디까지나 광한 그 아이의 성취는 곧 가정이니 그 친구의 선택이 옳을 수도 있지만."

다른 자들은 잘 모르지만, 무당 일대제자들은 광한이 옥정곽의 소개로 무당에 입문했다는 것을 알고 있었다. 그래서 광효와 같은 일대제자들은 옥정곽의 고마움을 더더욱 잘 알았다.

그러나 그보다 더 중요한 것은 옥정곽의 입을 통해 나온 연태극공에 관한 부분이었다.

그 때문인지 광효의 표정이 갑자기 숙연해졌다. 그건 청연도 마찬가지라 그도 광효처럼 표정을 숙연하게 바꾸었다.

연태극공! 그건 이미 무림에 잊혀진 전설이었다. 그래서 현재 무림의 전설은 흡정마공이 대표하고 있지만, 과거에는 연태극공의 전설이 무림의 전설로 통했다.

그러나 그 전설은 흡정마공보다 더 얻기 어려운 전설로 알려졌다. 흡정마공은 눈에 보이지 않아 얻을 수 없었지만, 그건 보고도 얻을 수 없었기 때문이었다.

그보다 전설에 관한 이야기가 나와서인지, 아님 끊어졌던 대화를 이으려는 것인지 옥정곽은 또 다른 전설을 꺼냈다.

"그건 그렇고, 근자에 흡정마공이 무림에 다시 등장했다고 하던데, 본산에선 어떤 반응을 보이는가?"

흡정마공의 이야기가 나오자 광효도 정신을 차리고 그 말을 받았다.

"본산은 그에 대해 아직 이렇다 한 관심을 보이지 않습니다. 지금 현재 저희에게 중요한 것은 장문인의 구십회 생신과 함께 치러질 무당지연이 아니겠습니까?"

"맞네. 지금은 외부로 눈을 돌리기보다 내부부터 확실히 다지는 게 먼저일세. 특히 이번 흡정마공 사건은 마경 자체에 있지 않고, 사람에게 있다 하니 오히려 더 낫다고 볼 수 있네. 전에는 무림의 해악인 그걸 없애려다 여러 곳의 방해를 받았지만, 지금은 그걸 익힌 한 사람만 상대하면 되니. 이번에야말로 더 이상 무림에 흡정마공의 저주를 남기지 않을 수 있을 걸세."

"과거에도 그랬지만, 만일 본산이 나서면 반드시 그 선봉에 설 것입니다. 그렇지 않으면, 이십 년 전에 그 일로 숨을 거둔 본산 제자들의 영혼은 절대 안식을 얻지 못할 것이기 때문입니다."

광효의 눈에 강한 불꽃이 피어올랐다. 비록 그 당시는 후기보호 차원에서 나서지 못했지만, 이제 그의 나이도 불혹을 한참 지났다. 이번에야말로 먼저 간 사형들과 사숙들의 영혼을 달래줘야 했다.

옥정곽도 잠시 이십 년 전의 일이 떠올랐다.

그 당시 육파일방이 가장 선두에 서게 된 것은 따지고 보면, 혈란을 예감한 옥정곽의 선몽에서 시작되었다 할 수 있다. 결국 그와 가까운 관계를 유지하는 정파무림은 그를 좇아 혈란을 막으려다 이십 년이란 세월을 침묵 속에 보내야 했다.

그래서 그 일로 옥정곽은 그들처럼 무림 활동을 접고 와룡곡에 거의 칩거를 해왔다.

하지만 실상은 무당에 후계자를 보내고, 정파무림의 부흥을 위해 한 가지 준비를 해온 것이다.

그리고 그 노력의 시발점이 바로 이번 무당지연!

"우린 한 가지만 잊지 않으면 되네. 바로 협(俠)! 이걸 잊지만 않으면 우린 영원히 정도를 지켜 나갈 수 있을 것이네."

혈기가 많이 가신 노강호의 말이었지만, 옥정곽의 전신에 자엽스레 뿜어지는 이기는 두 도사의 마음을 기세게 흔들었다. 정말 그의 말대로 정파는 모든 일에 협을 우선시하지 않으면, 그 정신은 이어지지 않을 것이다.

그리고 잠시 그런 열기가 가시자 옥정곽은 잠시 들떴던 마음을 추스르고 입을 열었다.

"일단 나는 날짜에 맞춰 가겠지만, 자네들은 먼저 돌아가는 대로 그 친구에게 전하게. 비록 그 뜻은 하나로 맞췄지만 그 뜻을 실천할 머리는 아직 정해지지 않았네. 단지 이번 무당지연은 육파일방의 뜻을 천하에 알리는 것, 그 이후엔 우린 그 뜻을 행할 머리를 정해야 하네. 그리고 그 머리는 반드시 북두(北斗)의 이름으로 행해야 된다고 말일세."

광효는 옥정곽의 말에서 무언가 굉장한 전율을 맛보았다. 다른 건 알 수 없어도 북두란 두 자가 어디를 가리키는 것인지 충분히 알 수 있었다. 그건 본래의 태산북두(泰山北斗) 의 의미가 무림에 와서는 정도의 두 곳을 가리키는 비유로 사용되었기 때문이다.

그래서 대답하는 광효의 음성에 제법 열기가 담겼다.

"예. 꼭 전해 올리겠습니다, 옥 대협."

"그리고 이미 그 친구도 느꼈을 테지만, 무림의 평화는 깨어졌네. 내 굳이 얼마 전의 선몽을 들지 않아도 무림의 돌아가는 사태를 지켜보면 그건 충분히 느낄 수 있을 걸세. 혼란 뒤에 평화, 평화 뒤에 혼란. 이건 불교의 윤회사상처럼 끊이지 않는 순환 고리일세."

"예. 그 말도 꼭 명심해 두겠습니다."

그 후엔 특별할 것도 없는 이야기의 연속이었다.

주로 태허와 광한의 이야기와 무당의 소소한 일들, 그리고 그들이 마시는 백화차에 대한 이야기가 전부였다.

그리고 그것마저도 시들해지자 옥정곽은 두 도사를 객실로 보내고, 그만 홀로 꽃이 만발한 화원으로 걸어나갔다.

그런데 언제 다가왔는지 옥감영이 그 뒤를 조용히 따르고 있었다.

그렇게 두 조손은 한가로이 꽃밭을 거닐며, 점점 뜨거워지는 계절에 맞게 진하게 퍼지는 화 향을 즐겼다.

"영아."

"예, 할아버님."

"이번에는 너도 나를 따라 무당을 오르자꾸나. 너도 네 오라비를 본 지 십오 년이 넘지 않았느냐?"

옥정곽의 그 한마디에 옥감영의 두 눈이 크게 뜨였다. 오라비라니… 너무나 생경하다 느껴질 정도였다. 그녀의 기억 속에 오라버니는 이미 이승을 떠난 부모보다 더 흐릿한 존재였다. 그래서 옥감영은 그 말에 선뜻 대답할 수 없었다.

"왜? 싫으냐?"

"……."

"하긴 이 늙은이가 네게 몹쓸 짓을 하긴 했지. 부모의 정을 제대로 느껴보지 못한 아이에게서 오라비까지 빼앗았으니……."

"아니에요, 할아버님. 저는 조금도 그런 생각을 하지 않았어요. 대신 저는 할아버님의 따뜻한 사랑을 받았잖아요. 제가 말을 하지 못한 건, 그저 오라버니라는 단어가 너무 생소해서

였어요.”

“허허. 이 늙은이가 정말 큰 죄악을 지었다. 이십 년 전, 혈란을 막고자 육파일방을 선동한 것이 지금의 정파무림의 현 상태를 만들었고, 또 그에 대해 속죄하는 마음으로 그 아이를 정파의 대들보로 키우려 한 선택이 네게서 오라비를 뺏는 일을 만들었으니…….”

왠지 이 순간만은 옥정곽의 전신에 그 많은 세월의 무게가 한꺼번에 내려앉는 듯했다. 사실 두 도사가 등장했을 때부터 그는 이미 그런 기분에 조금 휩싸여 있었다. 모든 것을 마치고 시작을 목전에 두었다 생각하니 새삼 옛일이 떠올랐던 것이다. 그래서 그는 일부러 옥감영에게 무당파에 같이 가잔 이야기도 하게 되었다.

“아니에요, 할아버님. 소녀는 그런 생각을 해본 적 없어요. 오히려 저를 지금까지 바르게 키워준 할아버님께 감사하는 마음뿐이에요. 전에 할아버님이 그런 말씀을 하셨잖아요. 할아버님이 이십 년 전의 일에 대해 속죄하는 길은 오라버니를 통해 무로써 무림을 지키게 하고, 문을 익힌 저는 그런 오라버니를 도와 그런 무림을 풍요롭게 하는 것이라고요.”

“음…….”

옥정곽은 깊은 신음을 토해냈다. 분명 그 말은 자신이 한 말이지만, 옥감영을 통해 듣게 되니 왠지 그 느낌이 달랐다.

“걱정 마세요. 앞으로 오라버니를 오라버니라 부르지 못한

다 해도 전 후회하지 않을 거예요. 그래야 사해를 돕는 노인이란 별호를 가진 할아버님의 손녀가 아니겠어요?"

옥감영은 그런 옥정곽의 마음을 어루만져 주려는지 제법 밝게 이야기했다.

덕분에 옥정곽의 입가에도 훈훈한 미소가 지어졌다.

"그래. 그렇게 이해해 준다니 할아비가 고맙구나. 그래서 내 너의 그런 맘을 알기에 이번에 무당을 가자는 것이다."

"……?"

옥감영은 무슨 또 다른 이유가 있나 해서 두 눈을 동그랗게 떴다.

그 모습이 사랑스러운지 옥정곽은 너털웃음을 보였다.

"허허. 뭐 그리 놀란 토끼 눈을 하느냐? 잘 생각해 보아라. 이미 네 나이도 스물에 접어들지 않느냐? 게다가 할아비의 나이도 어느덧 구순, 또 네 오라비는 널 돌봐주지 못할 테니, 그러면 앞으로 널 돌봐줄 사람이 필요하지 않느냐? 마침 이번 기회는 천하에서 사람들이 많이 모이니 그중에서 이 할아비가……."

"할아버님!"

다음 말이 뭔지 알기에 옥감영이 빽하니 소리쳤다.

"허허. 할아비 귀 안 먹었다."

"할아버님, 저는 시집갈 생각 없어요. 앞으로 할아버님을 돌봐 드리고, 오라버니만 보필하면서 지낼 거예요."

"영아, 너는 어찌 그 많은 서책을 읽고도 그 말을 모르느냐?

고래로 삼대 거짓말이 있으니, 그 첫째가 늙은이가 빨리 죽고 싶다는 말, 그 둘째가 장사하는 사람이 밑지고 판다는 말, 그리고 마지막이 바로 처녀가 시집가기 싫다는 말이 아니더냐?"

"아니에요. 저는 거짓말을 하는 것이 아니에요. 그리고 제가 읽은 서책에 그런 말은 없어요."

"허허허."

"왜 웃으세요. 정말이라니까요. 저는 할아버님하고 평생 살 거예요."

"으하하하."

점점 옥감영의 목소리가 높아짐에 따라 옥정곽의 웃음소리도 높아졌다.

잠시 무거운 공기에 휩싸였던 와룡곡에 다 지난 봄바람이 다시 불어왔다.

*　　　*　　　*

"안 됩니다. 혼인을 못하시겠다니요. 그럴 수 없습니다."

조금 과하다 싶을 정도로 격한 반응이 터져 나왔다.

그래서 말을 꺼낸 자나 듣고 있던 자들 모두 눈살을 찌푸렸다.

"문상, 내가 지금 안 하겠다 했소? 그저 잠시 미루자는 것 아니오?"

"예. 분명 교주님은 미루겠단 말씀을 하셨습니다. 하지만 현 상황에 그 말은 곧 안 하겠단 말과 다르지 않습니다."

추일학은 시종일관 자기 의견을 주장했다.

'끙. 오늘따라 서생이 왜 이리 까칠한 거야? 다른 때는 못 이기는 척 잘만 들어주면서, 내가 안 한다는 것도 아니고, 잠시 연기하자는 것뿐인데……'

그리고 그런 생각은 다른 자도 갖고 있는지 둘의 이야기에 제갈효가 끼어들었다.

"문상, 그 말은 나도 이해가 가지 않소. 분명 교주님의 혼인이 급한 일이긴 하나, 지금 당장 할 이유는 없지 않소? 지금은 교의 내부적 안정과 외부적 입지를 쌓는 게 먼저지. 그 일은 본 교가 어느 정도 자리 잡은 후에 해도 나쁘지 않지 않소?"

"물론 정보전주의 말처럼 본 교의 가장 큰 과제는 언급한 두 가지요. 하나 우리에게 있어 그보다 중요한 것은 우리의 구심점을 확실히 하는 것이오."

"구심점?"

제갈효도 그 말은 선뜻 이해가 안 가는 듯했다. 왜 여기서 뜬금없이 구심점 이야기가 나오는가?

근자에는 북신마교의 모든 이들이 다 바쁘게 생활하느라 이렇듯 회의청에 모여 의견을 나눌 기회가 없었다. 그건 그동안 죽이 잘 맞았던 추일학과 제갈효도 다르지 않은지 오늘 둘은 웬일인지 의견이 통합되지 않았다.

그만큼 청성파를 물리치고, 이곳에 다시 북신마교의 입지를 세우는 게 생각처럼 만만치 않아 그들도 겨우 십 일 만에 이렇듯 모일 수 있었다.

그런데 벌써 십 일이라는 시간이 흘렀건만, 이뤄놓은 것은 교도와 수뇌부들이 기거할 거처와 숨겨진 비밀 공간을 찾는 일. 또 청성파가 갖고 있던 재물들과 무공비급을 발견한 것이 전부였다. 그래서 가장 시급한 운영에 대한 이야기를 나누려 이렇게 모였는데, 북신마교의 내부 살림을 맡아보는 문상이 선결해야 할 문제로 다른 것도 아닌 고경천의 혼인 문제를 들고 나온 것이다.

이렇듯 본래 목적에서 조금 멀어지자 고경천은 일단 개인적인 일도 있고, 또 아직 내부적인 문제가 산재된 상태라 그걸 미루려 했다.

그런데 무슨 일인지 그냥 넘어갈 거라 여겨졌던 문제가 생각보다 크게 불거졌다. 그래서 회의청 분위기가 지금 묘하게 흐르고 있었다.

추일학은 제갈효의 반문에 크게 고개를 끄덕이며 입을 열었다.

"그렇소. 구심점. 잘 생각해 보면 알 것이오. 본 교의 구심점이 무엇인지……."

"그야 바로 본 교의 구심점은 교주님이지 않소."

제갈효의 말이 아니더라도 모든 이들은 다 그렇게 생각하는지 고경천을 바라보았다.

그 덕에 고경천은 잠시 얼굴이 따가운 것을 느꼈으나, 다른 이야기가 더 나올 거라 여겨 가만히 있었다.

"맞소. 그러나 잘 생각해 보시오. 과연 교주님이 우리의 구심점이 맞는지……."

"……?"

이 말에는 모두 의아한 얼굴을 했다. 구심점이라 해놓고 다시 생각해 보라니, 어딘가 말이 앞뒤가 맞지 않았다.

"문상, 난 그 말이 잘 이해가 되지 않소만."

결국 말을 하던 제갈효가 모든 이들을 대신해서 질문을 던졌다.

추일학은 대답 대신 고경천을 잠시 바라보았다. 마치 그 답은 고경천 자신이 잘 알고 있지 않냐는 그런 눈빛이었다.

'엥? 왜 나를 보지? 도대체 또 무슨 꿍꿍이를 부리려는 거야?'

그러나 그 속내를 그대로 내비칠 순 없기에 이번에도 얼마진서림 묵묵히 머뎄나.

다행히도 추일학은 시선을 거두며 스스로 말을 꺼냈다.

"내 처음에도 언급했다시피 교주님이 바로 구심점이오. 그건 교주님이 없었으면, 애초부터 북신마교는 태어날 수 없었기 때문이오."

사람들은 그 말에 일단 고개를 끄덕였다. 그러나 다음 말에는 끄덕임을 멈추고 놀라 추일학을 바라보았다.

"하지만 아쉽게도 우린 교주님을 강력히 잡아둘 무엇이 없소."

"대형! 그게 무슨 말입니까? 그럼 그동안 우리가 교주님과 지냈던 시간이 다 허사란 말입니까?"

이런 부분에선 늘 그렇듯 오염달이 제일 먼저 흥분하고 나섰다.

"아니다, 당연히 그건 아니다. 하지만 그건 어디까지나 우리들의 시간이지 교주님의 시간이 아니었다."

"교주님, 정말 아닙니까? 저희와 지냈던 지난 시간들이 모두 허사였단 말입니까?"

"……."

고경천은 선뜻 입을 열지 못했다. 그로서는 도대체 추일학의 의도를 알 수 없었다. 왜 갑자기 그런 말을 하는 것인지, 비록 어거지로 시작해 여기까지 왔지만, 하기로 마음먹은 이후부터 그는 늘 그들과 마음을 함께하지 않았던가? 고경천은 곧 입을 열지 않을 수 없었다.

"문상, 아니, 서생. 난 서생의 말을 이해할 수 없소. 난 지금까지 여러분을 대함에 있어 거짓이 없었소. 내가 보여줬던 수많은 감정들은 다 내 진심이었소. 그런데 서생은 그게 다 거짓으로 느껴졌단 말이오?"

말을 하는 동안 고경천은 조금 음성이 고조되어 있었다. 왠지 갑자기 이유없는 슬픔 같은 것이 느껴졌다.

그 때문인지 추일학은 강하게 고개를 좌우로 저으며 말을 했다.

"아닙니다. 제가 하려는 말은 그것이 아닙니다. 저는 사실 조금 불안한 마음을 갖고 있었습니다. 그건 제가 교주님을 바로 그 자리에 앉혔기 때문입니다."

"하나 결정은 내가 내린 것이오."

"알고 있습니다. 분명 교주님은 하기로 마음먹은 이상, 절대 후회하지 않는다 했습니다. 하지만 그동안의 모든 것들, 특히 강서성을 벗어나려 했을 때 스스로 미끼가 되었던 일이나 백호칠수를 포섭하려 했을 때 거침없이 무릎을 꿇었던 일, 마지막으로 성도의 일을 마무리 지으려 했을 때 단신으로 청성파를 쳐들어갔던 일. 모두 교주님은 있었지만, 저희는 없었습니다."

"……!"

고경천의 눈이 크게 뜨여졌다. 그제야 고경천은 추일학이 하려는 말의 의미를 알 수 있었다. 왜 그가 불안함을 갖고 있는지 말이다.

"사실 제가 청성파를 무너뜨린 날, 교주님에게 그런 맹세를 시킨 것은 바로 그런 불안함 때문이었습니다. 그래서 수하로서는 조금 불경스러운 짓까지 서슴지 않았던 것입니다."

“음······.”

그 당시 살 떨리는 맹세에 내심 추일학이 조금 얄미웠던 고경천이었다.

그러나 속내엔 바로 이런 마음이 있었다니, 얄미움은커녕 오히려 미안한 마음만 커졌다.

“그리고 가장 결정적인 것은 청성파를 무너뜨리는 날 보여줬던 교주님의 눈빛과 요 근래 교주님이 보여주었던 모습들입니다.”

“······?”

고경천은 선뜻 이해가 가지 않았다. 청성파가 무너진 지는 이미 열흘 전의 일이고, 근래 그가 한 일이라곤 간간이 사람들의 보고를 받고, 나머지 시간엔 주로 자신의 무공을 뒤돌아보는 일뿐이었다.

“근래에 교주님은 활발히 교 내의 일에 관심을 가져주셨습니다. 전에는 주로 저와 정보전주에게 맡기고 도망치기 바빴지만, 요즘엔 간간이 의견을 내주기도 했습니다. 하지만 저에겐 그 모든 것이 교주님의 의욕이라기보단 한시 빨리 교 내의 안정을 찾고 어디론가 떠나려고 하는 사람처럼 보였습니다.”

“설마?”

모든 이들이 믿을 수 없단 얼굴로 고경천을 바라보았다.

고경천은 이 순간 자신도 모르게 얼굴이 굳어지는 것을 느꼈다.

'그렇군. 서생은 눈치 채고 있었군. 말을 하지 않아도 결국 서생은 내 속을 들여다보고 있었어.'

잠시지만 씁쓸한 미소가 고경천의 입가에 걸렸다. 그러고 보면 결국 문제는 또 자신이었다. 그래서 고경천은 더 이상 숨기지 못하고 시인하고 말았다.

"그렇소. 서생이 본 것처럼 나는 교의 일을 빨리 마무리 짓고 잠시 교를 떠나려고 했소. 만일 정해진 시간 안에 마무리가 되지 않아도 난 아마 떠났을 것이오."

"……."

그 한마디가 주는 여파는 컸다.

모든 이들은 도대체 왜 그런 말을 하나 이해할 수 없단 얼굴들이었다. 당분간이지만, 그들은 편히 쉴 수 있는 시간을 갖게 되었다. 비록 그 뒤엔 마염성이란 거대한 적과 육파일방을 업은 아미파가 기다리고 있었다. 그리고 더 멀리 보게 되면, 그들보다 먼저 원한을 갖게 된 상양궁도 있지 않은가?

그런데 교주인 고경천이 자리를 비우다니, 이는 교의 존폐에 심각한 위협이 될 수 있는 문제였다.

추일학은 예상했어도 직접 듣는 건 또 충격이 다른지, 누눈을 감고 있었다. 그렇지 않기를 바랐는데, 결국 하늘은 늘 이런 경우를 그에게 만들어주었다.

"저는 사실 이런 말을 꺼냈어도 내심 아니길 바랐습니다. 그저 못난 저의 노파심이길 바랐었습니다. 하지만 불행히도

제 예상은 또 들어맞고 말았습니다."

고경천은 본의 아니게 또 그들에게 상처를 주었단 걸 깨달 았다. 그럴 의도는 없었거늘, 이번에도 여지없이 이런 결과를 만들었다. 그래서 고경천은 자신도 모르게 자리에서 일어나 모여 있는 자들에게 고개를 숙였다.

"미안하오. 서생을 힘들게 하고, 여러분에게 이런 실망을 주다니……."

"교주님, 고개를 드십시오. 전에도 말했지만, 수장은 함부 로 무릎을 꿇어서도 고개를 숙여서도 안 됩니다. 이런 일 정 도로 고개를 숙여서야 어찌 수장이라 할 수 있습니까?"

"하지만 이번 일은 함부로라 생각하지 않소. 그동안 사실 난 앞만 보고 달려왔소. 그래서 한번도 주변에서 나를 따라와 주는 여러분을 바라본 적이 없소. 그러다 보니 결국 또 이런 결과가 벌어져 모두에게 상심만 안겨주게 되었소."

"그보다 교주님, 그럼 하나만 묻겠습니다. 교주님이 이곳 을 떠나면서까지 처리해야 할 일이 무엇입니까? 도대체 얼마 나 중요한 일이기에 이런 시기에 그렇게 떠나려 하시는 것입 니까?"

고경천은 잠시 말을 해야 하나 말아야 하나 고민을 했다. 분명 말을 하면 반응이 어떨지 뻔히 예상되었다. 그러나 만일 말을 하지 않으면 말을 한 것보다 더한 아픔만 남을 것이다.

'그래, 오히려 잘된 일이다. 그동안 미처 시간이 되지 않아

이야기를 못했는데, 어차피 함께하기로 마음먹은 이들에게
더 이상 무엇을 숨기겠는가?

고경천은 잠시 마음을 가다듬었다. 지금부터 하려는 이야
기는 그동안 아무에게도 말하지 않은 그의 과거에 대한 것들
이었다.

"사실 나는 말이오……."

이렇게 시작된 고경천의 이야기는 이야기가 계속될수록
사람들의 침묵을 불러왔다. 그만큼 그의 입을 통해서 나온 말
들은 놀라운 것들이었다.

특히 고경천이 전에 무당파에 있었다는 말을 하고, 그의 목
적지가 무당파란 사실에 추일학과 제갈효는 더한 놀람을 표
시했다.

고경천은 긴 과거지사를 이야기하는 마지막에 이런 말을
붙였다.

"어찌 보면 내 고집이랄 수 있소. 하지만 난 이 굴레를 벗
어던지지 못하면, 평생 앞으로 나아가지 못할 것 같다는 생각
이 드오. 그러니 이번 한 번만 내 뜻대로 하게 해주시오. 그
후엔 난 여러분과 교를 위해 최선을 다하겠소."

"음……."

결국 사람들은 신음 소리로 모든 걸 대신했다. 고경천의 이
야기는 도무지 된다 안 된다를 말할 수 있는 성질의 것이 아
니었다. 여기 있는 자들 모두 가슴속에 하나씩 한을 품고 있

었다. 그리고 그걸 풀기 위해 살아가는 중이었다. 그러기에 그들은 말할 수 없었다. 그나마 다행인 것은 그들의 한은 북신마교를 통해 풀 수 있다는 것이다.

하지만 고경천의 한은? 북신마교가 아닌 고경천의 이름으로 풀어야만 했다.

그래선지 모두 입을 열지 못하고, 가장 거세게 반대하던 한 사람을 쳐다보았다.

추일학은 평소 사람 좋아 보이는 표정을 잊고, 심각한 번뇌에 싸인 것처럼 굳은 표정을 지었다.

고경천도 그를 바라보고 있었다. 무림 출도 후, 가장 커다란 영향을 준 자 하면 바로 추일학이었다. 그로 인해 그는 흡정마공을 얻고, 지금 이 자리에까지 올 수 있었다. 그래서 그는 그의 대답을 절실히 기다렸다.

"좋습니다."

"……!"

그 대답에 놀란 사람들이 눈을 휘둥그레 떴다.

그중 가장 놀란 이는 다른 자도 아닌 정보전을 맡고 있는 제갈효였다.

[추 문상, 정말 허락할 것이오? 이번 무당행이 얼마나 위험한지 몰라서 그러는 것이오?]

"아오."

제갈효의 전음에 추일학은 육성으로 대답했다.

그러나 제갈효에게 그건 중요한 것이 아니었다. 그는 추일학이 알면서 허락하는 것이 믿어지지가 않았다.

"고맙소."

고경천은 추일학이 이해해 준다기에 얼굴이 밝아졌다. 혼자만의 고집 같은 일에 허락해 주는 그가 너무나 고마웠다.

그러나 추일학은 그대로 물러서지 않았다.

"하지만! 조건이 있습니다."

"조건?"

밝아지던 고경천의 얼굴이 금방 눈에 띄게 흐려졌다. 왠지 추일학의 조건은 차라리 허락하지 않는다는 말보다 무서웠다.

"예. 교주님이 몇 가지 조건을 허락해 주신다면, 저는 더 이상 무당행에 대해 말을 하지 않겠습니다."

"음……."

고경천은 신음을 삼켰다.

그러나 대신 다른 자들은 조금 화색을 보였다. 분명 추일학은 그들이 만족할 만한 조건을 낼 것이다.

그래서 고경천의 과거지사를 듣고 기울던 분위기가 완전 추일학에게로 돌아섰다.

'으… 내 애써 말하기 싫은 과거지사까지 이야기했는데……'

하지만 고경천 그 자신의 고집으로 행한 일. 막무가내로 우길 수만은 없었다.

"좋소. 말하시오. 하지만 너무 얼토당토않을 시엔 난 따를 수 없소."

"걱정 마십시오. 어차피 허락하기로 한 이상, 황당한 조건을 내세울 생각은 없습니다."

"알겠소."

"그럼 첫 번째 조건부터 말하겠습니다. 일단 이번 일은 무당파 전체라기보단 두 사람에게 국한되는 이야기입니다. 그건 기존의 문파들은 다 교주님이 당한 것과 비슷한 관행을 갖고 있습니다. 특히 명문대파에선 그 일들이 더 심하게 행해졌습니다. 그러니 무당행의 목적을 무허 진인과 광한에게만 국한시키십시오."

"음……."

고경천은 신음을 삼켰다. 마음 같아서는 지난 십 년과 아버지의 죽음. 그리고 출도 후 모든 고난에 대한 보상을 받고 싶었다. 그러나,

"좋소."

고경천은 고개를 끄덕였다. 따지고 보면 그 모든 것이 무당파의 잘못이라 단정 짓는 것은 너무나 아이 같은 짓이었다.

고경천의 허락에 추일학은 물론, 나머지 자들의 입가에 작은 미소가 맺혔다. 이 선택으로 인해 그들은 조금이나마 시름

을 덜 수 있었다.

"예. 그럼 두 번째 조건을 말씀드리겠습니다. 두 번째 조건은 절대 두 사람 외에는 정체를 밝히지 말라는 것입니다. 만일 그들의 입을 통해 알려지는 것은 할 수 없지만, 되도록 정체를 노출하지 마십시오. 이 말은 곧 흡정마공도 드러내지 말아달라는 것입니다. 교주님은 잘 모르시겠지만, 이번 무당 장문인의 구십회 생일은 전 무림이 참석하는 일이 될 수도 있습니다. 그런 자리에서 정체를 밝히는 것은 섶을 지고 불에 뛰어드는 것과 다름이 없습니다."

"알겠소. 내 이미 첫 번째 조건을 수락한 이상, 일을 크게 만들고 싶은 생각은 없소."

고경천의 말에 추일학의 얼굴이 눈에 띄게 환해졌다. 이 두 번째 조건 속에서는 사람들이 많은 곳에서 함부로 싸움을 벌이지 말라는 뜻도 담겨 있었다.

"예. 그럼 마지막 조건을 말씀드리겠습니다."

추일학은 잠시 말을 멈췄다가 입을 열었다.

"마지막 조건은 절대 다치거나 하지 마십시오. 교주님은 북신마교의 단 하나의 생명과 같기에 교주님에게 이상이 생기면 북신마교는 존재할 수 없게 됩니다. 그러니 부디 교주님을 기다리는 수많은 수족들을 위해 몸 성히 돌아오십시오."

"몸 성히 돌아오십시오."

마지막 말을 누가 시키지도 않았지만, 모든 이들은 추일학의 말을 따라 복창했다.

그리고 그들의 눈은 그 말보다 더한 마음을 담았기에 고경천은 일순 뭐라 입을 열 수 없었다. 또 이 말은 과거 그가 현무칠수에게 처음 내렸던 명을 추일학이 조금 바꿔서 말한 것이니 그 감회가 남달랐다.

"알겠소. 내 반드시 무사히 돌아오겠소. 그러니 여러분도 내가 돌아올 때까지 무탈하게 지내 날 불구로 만드는 일은 절대 없게 만드시오."

"예. 명을 따르겠습니다."

모든 이들이 동시에 그 말을 따랐다.

그 때문에 고경천은 다시 한 번 느낄 수 있었다.

'그래. 난 더 이상 혼자가 아니다. 이젠 수많은 수족을 책임질 사람이다.'

고경천은 다시 한 번 자신의 어깨에 걸린 무게를 되새기며, 무당행이 끝나게 되면 이들을 위해 모든 것을 바치리라 결심했다.

"자, 그럼 다시 회의를 진행하겠습니다."

추일학이 이렇게 입을 열자 회의는 다시 진행되었다. 더욱이 이번 진행은 앙금이 사라졌기에 일이 잘 풀려갔다.

회의가 끝나자 사람들은 각자 거처로 돌아갔다. 그러나 이 중 몇몇은 조용히 다른 곳으로 모여 또 다른 회의를 나누었

다. 그 후, 이 회의도 끝나자 사람들은 제각각 흩어지고 회의
에서 정해진 의결대로 바쁘게 나날을 보냈다.

　오 일 후.
　고경천의 송별식이 비공식하에 북신마교에서 떨어진 한
구릉에서 벌어졌다.
　"허 총순찰, 그럼 뒷일을 맡기겠소."
　"예, 맡겨주십시오."
　고경천의 대행을 위해 얼마 전 허표가 아미파에서 돌아왔
다. 본래대로라면 아미와의 결전 때까지 남아 있어야 했지만,
이 일이 더 시급해 그를 귀환시켰다. 아직은 어떤 이유를 붙
여도 교주의 공석이 교에 별 도움이 되지 않았다.
　"그런데 너무 잘하지 마시오. 그러면 내가 돌아와 오히려
설 자리가 없어지지 않겠소?"
　"그럴 일은 없습니다. 언제나 그림자는 본신을 뛰어넘을
수 없습니다."
　"알겠소."
　고경천은 허표와의 인사를 마치고 그를 배웅 나온 나머지
자들을 바라보았다.
　모두들 이젠 그와는 떼어낼 수 없는 존재가 되어버린 현무
칠수와 백호칠수. 처음이라 할 수 있을 정도로 그 모든 자들
이 다 모여 고경천을 배웅해 주고 있었다.

"그럼 뒷일은 문상과 무상께 맡기겠소. 어차피 내가 없어도 두 분의 능력이면, 교를 정비하고 이끄는 데는 아무 문제 없을 것이오."

"하오나 교주님이 없으면 교는 혼이 없는 껍데기와 같습니다. 그러니 하루 빨리 돌아오십시오."

"알겠소. 할 일 없는 교주지만, 내 빨리 돌아와 자리라도 반드시 지킬 테니 걱정 마시오."

"그럼 무사히 다녀오십시오."

추일학의 인사에 맞추어 모든 이들이 인사를 해왔다.

고경천은 그들의 인사를 받으며 한편에 있던 자에게 입을 열었다.

"가자."

"예, 교주님."

호군평은 대답과 함께 고경천의 뒤를 따랐다.

그런데 떠나가는 그의 귓가로 제갈효의 전음이 들려왔다.

[군평아, 네가 교주님을 따르는 것은 교주님이 원해서만은 아니다. 그건 앞으로 네가 교주님을 잘 보필하길 바라는 마음에서 우리가 그렇게 되게 만든 것이니 절대로 잊지 말고, 교주님의 안전을 네 목숨보다 최우선으로 생각해라. 알겠느냐?]

호군평은 대답 대신 고개를 끄덕였다.

[좋아. 그럼, 사부들은 너만 믿겠다. 그리고 항시 이동 경로

에 대해서는 은밀히 뒤를 따르는 마영객(魔影客)들에게 알리고, 특별한 일이 있을 시에도 통보하도록 해라.]

마영객은 향후 제갈효가 담당한 정보전의 주축이 될 자들이었다. 주로 잠입술과 추종, 은신에 뛰어난 자들이 그쪽에 배치되었다. 아직 본격적인 활동은 시작하지 않았지만, 일단은 고경천의 무당행을 북신마교에 낱낱이 전해올 것이다.

호군평은 이번에도 고개를 끄덕였다.

[그리고 마지막. 반드시 중간에 두 번째 동행과 만나도록 해라. 그리고 절대 교주님이 그 사람을 내치지 못하게 네가 막고. 알겠느냐?]

"……."

이번만은 호군평도 바로 고개를 끄덕이지 않았다. 오히려 고개를 돌려 제갈효를 보며 안타까운 눈빛을 보냈다.

그러나 곧 제갈효의 불같은 눈빛에 곧 고개를 돌려야 했다.

"뭐 하느냐? 설마 사부님과 이별하기 싫은 것이냐?"

"아닙니다."

호군평은 고경천의 부름에 유언 같은 전음을 남겼다.

[사부님, 아마 제자가 돌아오지 않는다면, 그건 적의 손에 의해서가 아닌, 교주님의 손에 의해서일 것입니다. 그러니 부디 그. 사.실.을. 잊지 말아주십시오.]

이 말을 끝으로 고경천과 호군평의 모습은 진한 푸른색을 자랑하는 녹음 사이로 사라졌다.

"제갈 전주, 마영객들의 능력은 어느 정도나 되오?"

실상 오 일이란 시간을 끈 것은 추일학이 고경천을 위해 몇 가지 준비를 하려고 흘려보낸 시간이었다.

"아마 군평이가 조심하면 절대 교주님의 눈에 띄진 않을 것이오. 그보다 후방에서 지원할 자들은 누구로 결정했소?"

제갈효는 추일학을 바라보았다.

"저기 네 사람이오."

추일학은 한편에서 음흉한 미소를 짓고 있는 세 사람과 무표정한 한 사람을 바라보았다.

그 모습을 본 제갈효의 미간이 찌푸려졌다.

"아니, 추 문상. 하필이면 왜 저 넷이오? 이왕이면, 한 사람이라도 좀 총기가 있는 자로 뽑는 게 어떠오?"

"훗. 걱정 마시오. 비록 남들은 무슨 생각을 하는지 모른다 하지만, 여섯째는 생각하는 것과 달리 신중하고 꼼꼼한 성격이오."

"흠……."

제갈효는 넷 중 최염을 다시 바라보았다. 그러나 아무리 봐도 제갈효의 눈엔 최염은 무표정한 석상과 다르지 않아 보였다.

"자, 들어갑시다. 어차피 저들 외에는 보낼 자가 없지 않소? 다른 자들이야 묵묵히 제 몫을 차고 나가지만, 저 넷만은 그렇다고 할 수도 없소. 차라리 이번 기회에 저들을 교주님의 수신호위로 할까 생각 중이오.”

“음… 문상이 그리 생각한다면, 더 이상 말을 않겠소. 그보단 아무래도 빨리 교의 조직부터 확실히 해야겠소. 의약전주야 교주님의 추천을 받아 상관없지만, 집형전주 자리는 정말 한시 빨리 그 자리를 채워야 될 거 같소. 그래야 교의 기강이 바로 서지 않겠소?”

“맞소. 그러나 지금은 서두름도 좋지만, 초반부터 확실히 잡아둬야 하오. 일단 새롭게 조직을 개편한 것부터 채우고, 그건 차차 정하도록 합시다. 임시로 무상보고 해달라면 되지 않소?”

“음…….”

그러나 오히려 그건 더 안 좋다 여겨 제갈효는 더더욱 빨리 자리부터 채워야 한단 결심만 들었다.

그 후 그들은 더 이상 이곳에 있을 필요가 없기에 북신마교로 돌아갔다. 앞으로는 시간과의 싸움이기에 한시 빨리 교의 안정을 찾아야 했다. 그다음 그들은 또 하나 할 것이 있었다. 그건 고경천의 무당행과 맞물려 행해져야 할 일로 그 일을 통해 그들은 북신마교를 완전히 반석 위에 올려놓아야만 했다. 그래야 향후 있을 마염성과 육파일방, 삼양궁과의 일전도 생각해 볼 수 있을 것이다.

“교주님, 부탁드립니다. 그리고 부디 무사히 교로 복귀해주십시오.”

추일학은 마지막까지 남아 고경천이 떠난 자리를 바라보다 그도 곧 남들처럼 구릉을 떠나 교로 복귀했다.

그러나 늘 모든 것이 바람처럼 되는 것은 아니었다. 모든 일은 생각지도 않은 곳에서 벌어지고 또 생각지도 않게 흘러가기 마련이었다.

*   *   *

입구 외에 창조차 하나 없는 답답한 사각의 공간.

그 흔한 탁자 하나 없는 공간에 한 사내가 바닥에 앉아 처량하게 널브러진 동전을 자루 속에 주워 담고 있었다. 그는 머리를 산발해 놓아 언뜻 정신이 나간 광인처럼 보였다.

쩔렁. 쩔렁.

그의 손길에 의해 바닥에 있던 동전들이 하나둘 자루 속으로 사라졌다. 그래도 바닥을 덮은 동전의 수는 수천 개가 되는지 좀처럼 줄어들지 않았다.

그런데 자세히 들으면 동전 소리 외에 사내의 음성으로 보이는 소리도 함께 들렸다.

"오백구십칠. 푼돈은 돈이 안 돼."

그다음,

"오백구십팔. 사람은 역시 큰돈을 만져야 돼."

그다음,

"오백구십구, 그러려면 큰돈을 만질 기회를 만들어야지."
그다음,
"육백. 크크. 다행히 기회는 바로……."
"막주님, 새로운 정보입니다."
광인의 음성은 갑작스레 끼어든 자로 인해 끊어졌다.
그래선지 광인의 시선이 처음으로 동전에서 말을 한 자로
향했다.
그곳엔 한 복면인이 부복 자세로 명을 기다리고 있었다.
"돈 되는 정보냐? 아님 돈이 안 되는 정보냐?"
"그게 수하로선 판단하기가……."
복면인은 그 말에 대꾸하지 못했다.
"하긴 네놈이 돈이 되는지 안 되는지 알겠느냐? 그건 오직
나만이 판단할 수 있지. 어디 말해보아라."
"예. 일단 본 막이 관심을 가졌던 곳 중, 사천의 분쟁이 얼
마 전에 해결되었답니다."
"뭣이?"
광인의 음성이 높아졌다.
"자세히 말해보거라."
"예. 근자에 분쟁이 이는 곳 중, 제일 먼저 크게 번질 거라
여겨졌던 사천 분쟁이 한곳의 등장으로 말끔하게 해결됐답니
다."
"멍청한 곡장음. 그래도 좀 교활하게 일을 처리한다 싶어

내심 기대를 걸었거늘. 멍청한 놈이 푼돈도 못 쥐어보게 하고 일을 망쳤군. 그래, 그 분쟁을 끝낸 곳이 어디라 하느냐? 당가냐, 아님 아미냐?"

"아닙니다. 이번에 사천의 분쟁을 끝낸 곳은 북신마교라 하는 곳입니다."

"북신마교?"

광인은 고개를 갸웃거렸다. 그는 자랑은 아니지만, 무림에 있는 문파라면 삼류문파이건 동네문파이건 할 거 없이 다 그의 머리 속에 있었다. 그런데 북신마교라니…….

"예. 이번에 갑작스레 생긴 신흥문파인데, 무슨 수를 썼는지 당가와 아미파를 침묵시키고, 그 여세로 단 하루 만에 청성파를 멸문시켰다 합니다."

"……."

광인은 잠시 말을 하지 못했다. 아무리 청성파가 예전 같지 않다 해도 하루라니… 그러다 곧 무슨 생각이 들었는지 입을 열어 그를 향해 살기 어린 음성을 토해냈다.

"네놈도 알다시피 난 돈 안 되는 농담은 죽기보다 싫어한다. 그런데 정녕 네놈이 죽고 싶어 그런 헛소리를 하는 것이냐?"

"아… 아닙니다. 수하의 말은 헛소리가 아니고, 비록 북신마교란 이름은 신흥이지만, 그 조직을 구성하는 자들은 절대 이름 없는 자들이 아닙니다. 얼마 전 강서성을 어지럽혔던 고

경천과 현무칠수, 그리고 서사천의 최고 강자인 백호칠수랍
니다.”

　성급히 부연 설명을 했지만, 그로 인해 복면인은 오히려 칭
찬보다 불호령을 들어야 했다.

　“이 멍청한 놈! 그럼 보고를 할 때 그 말부터 했어야지. 네
놈이 정녕 육젓이 되고 싶은 것이냐?”

　“죄… 송합니다.”

　복면인은 두려운지 몸을 조금 떨었다.

　그러나 광인에게서 더 이상 말은 없었다. 대신 오히려 말보
다 더 듣기 싫은 광소를 흘려댔다.

　“키킥. 크큭. 그래, 내가 제대로 된 선택을 했구나. 혹시라
도 이십 년 전처럼 가짜가 아닐까 했는데, 역시 이번은 진짜
구나, 진짜. 암, 그래야지. 만일 고경천이란 놈이 진짜가 아니
면 삼양궁이란 거대 고객을 놓칠 위험까지 무릅쓴 내가 바보
가 되는 것이 아니냐? 크하하하.”

　점점 커지는 웃음소리에 복면인은 몸을 심하게 떨었다. 삼
면이 막혀 있다 보니, 광소가 내부를 맴돌며 그에게 엄청난
압박을 주었다.

　그러다 광소는 거짓말처럼 사라졌다.

　“전해라.”

　“예? 예!”

　“이 시간부로 막의 모든 능력을 총동원해 한 놈을 주시하

라고, 또 그놈에 대한 정보를 크게 부풀려 최고의 상품가치를 부여할 준비를 하라고 말이다."

"예, 막주님."

복면인은 대답을 하고 바로 물러나려고 했다. 더 이상 있다 간 생명의 위협까지 느낄 정도였다.

"그리고……."

일어나려던 복면인이 다시 부복 자세를 취했다.

"옥상이에게 전해라. 지금부터 삼양궁, 마염성, 녹림, 육파 일방의 동태를 파악하라고. 그 후, 최고의 고객이 누가 될까 확실히 선별하라고 해라."

"예."

"그럼, 물러가라. 촌각이 돈이니, 조금도 지체하지 말고."

"예, 막주님. 그럼 속하 물러가겠습니다."

엄포가 아니라도 한시 빨리 물러나려던 복면인은 명이 떨어지자 바람처럼 사라졌다.

광인은 그가 사라지고도 돈 세는 일을 하지 않았다. 오히려 바닥에 널브러진 동전들은 신경도 쓰지 않고, 자리를 털고 일어나 복면인이 사라진 입구를 향해 걸음을 옮겼다.

"크크. 그래. 이십 년의 재래라. 그래야지. 그동안 푼돈만 만져 본 게 너무나 마음이 아팠는데, 이번 기회에 다시 한 번 이십 년 전처럼 큰돈을 만져야지. 그래야 이 손불이(孫不利)의 이십 년 묵은 체증이 내려가지 않겠는가? 크하하하하."

본래의 별호보다 투광전귀(鬪狂錢鬼)라는 별호로 더 잘 알려진 단혼살막주 손불이, 그는 그 좋아하는 돈 세는 일도 마다하고 자리를 털고 일어났다. 이제 그에겐 푼돈이나 세고 있을 시간이 없었다.

*　　　*　　　*

'으극. 왜 갑자기 귀가 간지럽지. 도대체 어떤 인간이 내 욕을 하는 거야?'

고경천은 관도를 걷다 귀를 후벼댔다. 그러다 옆에 걷던 호군평을 향해 괜히 한소리를 했다.

"군평, 혹시 내 욕을 했느냐?"

"예?"

웬 뜬금없는 소리냐 하다 고경천의 한 손이 귀에 가 있는 걸 보고 표정이 흐려졌다.

"호오. 낯빛이 변하는 걸 보니 진짜인가 보구나."

"아닙니다. 괜히 생사람 잡지 마십시오."

호군평은 곧 무뚝뚝한 음성으로 얼굴을 들렸다.

그런데 오히려 그 모습이 고경천의 눈에 더 이상하게 보였다. 그것이 요 육 일 사이 호군평의 행동이 어딘가 이상했다. 마치 무슨 죄라도 지은 자처럼 초조해하고 있었다. 특히 그들이 두 번째로 들르게 될 수녕(遂寧)과의 거리가 가까워질수록 그 증세는 더 심해졌다.

"아니야. 아무래도 뭔가 이상해. 처음에 내가 금당(金堂)을 통해 남충(南充)으로 가는 북쪽 길로 가자 했더니, 넌 조금 우회해 가는 길임에도 불구하고 간양(簡陽)을 통해 남충으로 가는 길을 선택했다. 일반적으로 가까운 길을 놔두고, 일부러 멀리 돌아가는 경우가 있다고 보느냐?"

"그건 그리 큰 차이도 없어서입니다. 대신 남쪽 길이 비교적 잘 닦여 있어 형님이 여행하시는 게 더 낫다 판단해서 그쪽을 택했습니다. 절대 제 선택에 사심은 없습니다."

"사심? 내가 언제 네게 사심이 있단 말을 했느냐?"

"……."

호군평의 눈가에 아차 하는 빛이 스쳤다. 그러나 그는 일부러 시선을 전방으로 향했기에 그 눈빛은 고경천에게 들키지 않았다. 해서 일단 오리발을 내밀었다.

"제가 사심이라고 했습니까?"

"그래."

"이상하군요. 전 사심이라 말한 기억이 없는데, 날씨가 더워져서 그런지……."

호군평은 문득 뜨거운 햇살을 내리쬐는 태양으로 시선을 돌렸다. 그리고 그와는 전혀 관계없는 결론을 내버렸다.

"아무래도 제가 더위를 먹은 거 같습니다. 그러니 괜히 제 헛소리에 신경 쓰지 마십시오. 그보다 저기 수녕이 보이고 있습니다. 서두르시죠."

호군평은 이미 수화불침은 예전에 넘어섰는데도 모든 탓을 더위로 넘겼다. 그리고 고경천이 그 사실을 추궁할까 봐, 고경천의 대답도 듣지 않고 그 긴 다리를 이용해 성큼성큼 앞장서서 걸었다.

고경천은 잠시 제자리에 서서 그런 호군평을 바라보았다.

'저놈 이제까지 키가 커서 싱겁다 여겼건만, 싱거운 것이 아닌 멍청한 것이었나?'

하지만 중요한 건 그게 아니었다.

'분명 뭔가 있다. 아무래도 교의 두 사기꾼이 무언가 저놈에게 언질해 놓은 것이 분명해.'

이건 예감이 아닌 확신이었다. 애초에 조건을 걸었다 해도 무언가 순순히 보내주는 것이 어딘가 찜찜했었다.

'후. 그래 봐. 그럼 나도 조건이고 나발이고 다 잊고 내 뜻대로 할 테니까.'

고경천은 자기도 모르는 사이에 슬며시 치켜드는 오기에 몸을 실었다. 그리고 그도 빠르게 걸음을 옮겨 수녕으로 향했다.

봉연루(逢緣樓).

인연을 만난다는 이름을 가진 이곳을 고경천과 호군평은 수녕에 들어와서 제일 먼저 찾았다.

“…….”

고경천은 봉연루에 와서 정말 이름처럼 한 사람을 만났다.

그런데 그 인연이란 것이 생각처럼 썩 반가운 것이 아니라 고경천은 바로 그 뜻을 행동으로 옮겼다.

와락.

호군평의 멱살이 고경천의 손에 기세 좋게 틀어잡혔다.

第三章

"이게 무슨 상황이냐?"

"그… 글쎄요. 우연이 아닐까요?"

호군평은 시선을 천장으로 돌린 채 어정쩡하게 대답했다.

"그러게요. 공자, 참 우연이군요. 이곳에서 이렇게 공자를 다 만나고. 호호."

고겸처의 이런 행동을 부추긴 지는 그의 속이 어떻든 예쁜 미소로 호군평의 말에 맞장구쳐 주었다.

'빌어먹을.'

내심 욕설이 튀어나왔다. 설마 수녕에 이런 엄청난 함정(?)이 기다리고 있을 줄은 상상도 하지 못했다.

"그보다 언제까지 그렇게 어정쩡한 자세로 서 계실 것인가요? 주변에서 보는 시선이 가히 좋지는 않은데요."

당아영은 자신이 함정 취급을 당했는지 어쩐지 알 수 없는지, 이 순간 주변을 둘러보며 고경천의 행동부터 말렸다.

그리고 정말 당아영의 말대로 지금 고경천과 호군평을 보는 주변의 시선이 묘했다. 그것이 머리 하나 작은 청년이 더 큰 청년의 멱살을 틀어쥔 모양새란, 잡은 건지 매달린 건지 알 수 없는 묘한 장면을 만들었다.

"으득. 두고 보자."

"꿀꺽."

고경천의 협박에 호군평은 침을 삼키고, 곧 당아영이 있는 식탁에 엉덩이를 붙였다. 그리고 그는 고경천도 놀랄 만한 처세술을 부렸다.

"주모를 여기서 뵐 줄은 몰랐습니다. 정말 수행인도 없이 예까지 어인 일이십니까?"

청성파의 일 이후, 눈에 띄지 않게 당가 사람들이 가끔 교를 찾아왔다. 특히 당아영은 그 어떤 자들보다 자주 방문해 과거 고문량 내외와 고소혜를 구워삶던 실력으로 이미 주모 대접을 받고 있었다.

"주모요? 호호호. 아직 그 호칭은 너무 부끄럽군요. 미.뤄.진. 혼인식으로 인해 아직 정식 주모라 할 수도 없는데, 그냥 전처럼 부르세요."

"아닙니다. 그건 미.뤄.진. 혼인식이지, 조만간 행해질 일 아닙니까? 그러니 그건 한 것이나 마찬가지입니다."

"그래도. 호호호."

둘은 낯도 두꺼운지 겸연쩍은 말을 계속해서 나누었다.

대신 고경천만 낯이 그들보다 얇아 미치기 일보 직전이었다. 그러나 당아영이 강조해서 말하는 부분을 듣고, 그는 뭐라 말할 수 없었다. 정말 그녀의 말대로 미루지 않았으면, 이미 정식으로 그녀는 북신마교의 안주인이 되었을 것이다.

'그래. 사나이 고경천, 약속한 거 물릴 생각은 죽어도 없다. 하지만……..'

열받는 것은 열받는 거였다. 그런데 열받는 일은 이것만이 아니었다. 한참 잘 이야기하던 둘의 화제가 언제 바뀌어져 있었다.

"어머. 지금 무당산을 가는 중이라고요?"

"예."

"이런 우연이… 저도 무당산을 가는 중이었어요. 듣기로 이번 무당 장문인 구십회 생일은 전 무림인이 참석한다고 하던데 두 분도 그걸 구경차 가시는군요. 그린데 두 분은 초대장을 받으셨나요? 듣기로 초대장이 없으면 무당 본산에 오를 수 없다 하던데…….."

"정말입니까? 이런, 저희는 그저 갈 생각만 했는데. 큰일 났군요."

"큰일은… 어차피 이렇게 된 거 같이 가요. 제게 초대장이 있으니 같은 일행이라고 하면 되지 않겠어요?"

당아영은 말을 하며 품속에서 태극 문양이 그려진 붉은 배첩을 하나 꺼내 들었다.

'그렇군. 그런 거였어.'

고경천은 모든 것이 이해가 갔다. 그리고 그들의 음모가 어떤 건지 확연히 알 수 있었다.

이미 그들은 이번 생신잔치에 초대장이 필요하단 걸 알고 있었던 거였다. 그래서 그녀를 데리고 가지 않으면 안 되게 이런 수를 쓴 것이다.

그렇지 않으면, 담을 넘거나 정면 돌파를 해야 하는데 그건 다른 곳이나 가능하지, 무당파에서도 통할 수가 없었다. 더욱이 그렇게 했다간 추일학이 내세운 조건에 자연스레 위배될 수도 있었다.

'빌어먹을! 서생 이 사기꾼! 으득.'

고경천은 내심 이를 갈았지만, 계속해서 서 있을 수만은 없어 그도 못 이긴 척 자리에 앉았다.

"……?"

고경천은 문득 자리에 앉다 주변의 이상한 시선을 느꼈다. 몇몇 자들이 당아영의 손에 들린 초대장을 보며 눈을 빛내고 있지 않은가?

'흐음.'

고경천은 미간을 굳히며 계속해서 주변을 훑어보았다.

"형님, 왜 그러십니까?"

"형님?"

"윽!"

호군평은 무심코 입을 열다 당아영이 이 자리에 있단 걸 깨달았다.

"되었다. 어차피 당 소저는 조만간 나와 혼인할 사이다. 그러니 알게 된들 어떠냐?"

"그래도."

"그래요. 오히려 잘되었어요. 그렇지 않아도 주모라는 말이 부담스러웠는데, 차라리 형수님이라고 불러요. 그게 더 정감있지 않아요?"

"좋습니다. 그게 더 좋겠군요, 형수님. 하하하."

"예, 시숙님. 호호호."

둘은 마치 전부터 손을 맞춰놓은 사람처럼 호흡이 척척 맞아, 그 덕에 주변에 있는 한 사람만 속이 뒤집어질 것 같았다.

'으… 둘이서 사람을 잡는구나, 잡아.'

고경천은 속이 느물거려 곧바로 주변으로 시선을 돌렸다. 그런데 시선들이 처음보다 더 노골적으로 변해 있었다. 해서 고경천이 자리를 털고 일어났다.

"일단 자리를 옮깁시다."

"그래요. 저도 영 주변의 시선이 맘에 들지 않는군요."

“이거 원…….”

그들도 이미 시선을 느꼈는지, 고경천의 말에 별다른 대꾸 없이 따랐다.

그들은 당아영이 여장을 푼 한 객잔을 찾아들었다. 그녀는 그들이 올 줄 알았다는 듯, 따로 널찍한 별채까지 잡아놓고 그곳에 머물러 있었던 듯했다.

‘할 말 없군.’

고경천은 이번 일이 생각보다 더 계획적으로 진행되었단 걸 새삼스레 느꼈다.

그들은 곧 별채에 딸린 한 대청에 들어섰고, 엉덩이 붙이기 무섭게 고경천은 잠시 미뤄뒀던 본론을 바로 끄집어냈다.

“자! 이제부터 우리 솔직해집시다. 어차피 이렇게 된 거, 나도 눈치없이 당 소저보고 돌아가란 말은 하지 않겠소. 그러니 사실대로 털어놓읍시다. 그래야 앞으로 무얼 해도 할 수 있지 않겠소?”

고경천의 그 말에 호군평과 당아영의 얼굴이 조금 굳어졌다. 그러나 고경천이 돌아가라 하진 않는다고 했기에 곧 표정을 풀고 이야기를 해나갔다.

이야기는 호군평 대신 당아영이 이끌었다. 아무래도 오늘의 이 일에 대해선 호군평보다 그녀가 알고 있는 것이 더 많은 듯했다.

“일단 이야기를 하려면 공자가 처음 당가를 방문한 날보다 더 거슬러 올라가야 해요. 공자가 방문하기 며칠 전, 하나의 초대장이 당가를 먼저 찾아왔어요."

고경천과 현무칠수가 한창 서사천의 일로 고민하고 있는 사이, 무림에 위명을 날리는 문파에 하나의 초대장이 날아들었다.

바로 무당 장문인의 구십회 생신에 대한 초대장.

당가도 오랜 명성을 유지해 온 곳답게 무당파의 초대장을 받았다.

"아시다시피 그 당시 사천은 세 곳의 대립으로 쉽게 몸을 뺄 수 있는 상태가 아니었어요. 그래서 저희는 초대장을 받고도 참석 여부를 결정짓지 못했어요. 특히 청성, 공동 연합이 욱일승천의 기세를 떨치는 중이라 세 곳 중 가장 세가 달리는 저흰 다른 일에 신경을 쓸 수 없었어요. 그래서 저흰 그저 이 일을 잊고 청성, 공동 연합을 상대하는 데만 신경을 기울였죠. 그러나……."

그 후의 일은 여기 있는 사람들 모두 함께 겪어온 일이라 당아영은 짧게 마무리 지었다.

"그렇게 성도의 일이 마무리되고, 당기는 다시 외부로 신경을 돌릴 수 있었어요. 그러자 당가 내의 밀정당(密情堂)에서 몇 가지 재미있는 이야기를 알아냈어요."

당가만이 아니었다.

대부분의 문파들이 정보적인 면에서는 꽤 한계를 갖고 있었다. 그건 정보란 것이 곧 인적 자원과 직결되기에 당가처럼 인적 운용이 약한 곳에서는 그만큼 정보 취합에 취약한 면을 갖고 있었다. 그러다 보니 주로 먼 곳의 정보는 대부분 소문에 근거하기 마련이었다. 그다음, 소문 중에서도 믿을 만한 몇 가지를 직접 사람을 파견해서 확인하다 보니, 꽤 시일이 걸리게 되었다.

그래서 강서성에서 처음 시작된 흡정마공 사건이 소문은 빨리 퍼졌어도 실상 그 진실 여부를 파악하는 것은 이런 이유로 시간이 걸렸다. 그 덕에 고경천과 현무칠수는 사천의 일을 특별한 외부적 방해 없이 해낼 수 있었다. 물론 이 와중에 정체를 알 수 없는 한곳과 예기치 않은 마염성과 충돌을 일으켰지만, 비교적 사천 일을 쉽게 마무리 지은 것이다.

그렇지 않았다면, 그들은 사천에 자리를 잡기 전에 벌써 사람들에게 낭패를 당해 목적을 달성하지 못했을지도 몰랐다.

참고로 대부분의 문파와 달리 정보로 뛰어난 곳이 있었다.

바로 단혼살막, 개방, 하오총문.

개방이야 이미 천하의 거지가 정보원이다 보니 말이 필요 없고, 단혼살막은 그 태생이 청부를 위한 집단이다 보니 정보에 모든 걸 걸지 않을 수 없었다.

마지막으로 하오총문은 개방보다 더한 인적 조직을 갖고 있다 알려졌다. 그들 구성원은 한계라는 것이 없기에 그들의 정보는 이 세 곳 중 가히 최강이라 할 만했다.

고경천은 그녀의 말에 맞장구를 쳐주었다.

"재미있는 이야기라니?"

"네. 재미있다면 재미있을 수 있죠. 이번 무당 장문인 구십 회 생일은 정, 사를 초월한 모든 이들이 초대장을 받았으니까요."

"정, 사를 초월?"

고경천은 언뜻 이해가 가지 않았다. 정, 사의 대립은 곧 무림의 역사와 함께 했다. 그만큼 정, 사가 충돌해 온 것은 하루 이틀 문제가 아니었다.

"그래요. 이번 무당 장문인의 생일에 초대받은 곳 중 한곳은 사도무림의 제일이라 할 수 있는 마염성도 포함되니까요."

"마염성이?"

"네. 그 외에도……."

당아영은 마염성 외에도 꽤 이름을 날리는 사도 문파 몇 곳의 이름을 대었다.

그러나 고경천은 그들의 이름이 궁금한 것이 아니었다.

"잠깐. 당 소저, 분명 마염성은 이십 년 전, 육파일방과 크게 싸움을 벌인 곳이 아니오? 그런데 그들을 초대했다니……."

"맞아요. 분명 마염성은 이십 년 전 육파일방과 크게 다퉜다 했어요. 그리고 그건 삼양궁도 다르지 않았죠. 실상 이십 년 전 혼란에서 가장 많은 피를 흘린 곳은 바로 이 세 곳이라 할 수 있죠."

"그럼 더더욱 초대한다는 것은 말이 안 되지 않소? 어찌 적을 집안의 경사에 초대할 수 있소?"

"그렇지요. 물론 적을 집안의 경사에 초대할 수는 없지요."

여기까지 말하고 당아영은 문득 묘한 미소를 지었다.

'윽!'

고경천은 그 미소를 보자 문득 추일학의 얼굴이 떠올랐다. 그는 요즘 그녀를 알면 알수록 추일학과 닮은 모습을 너무 많이 발견하고 있었다.

그래서인지 당아영의 다음 말은 역시 예상 밖의 한마디였다.

"하지만 이번 일이 집안의 경사가 아니라면요?"

"……?"

"정말 재미있는 이야기군요."

고경천이 말을 하지 않아서일까? 이번엔 호군평이 지금까지와 달리 혜지가 반짝이는 눈으로 당아영의 말을 받았다. 그가 평소 기를 못 펴서 그렇지, 그의 머리는 제갈효의 모든 걸 물려받을 정도로 뛰어난 편이었다.

*　　　*　　　*

"저 객잔이 맞느냐?"

"예. 분명 저리로 들어가는 것을 확인했습니다."

"좋다. 그럼 너는 이 이야기를 다른 자들에게도 전해라."

"알겠습니다."

명을 받은 사내는 곧 앉아 있던 지붕에서 몸을 날려 건물 옆 작은 골목으로 사라졌다.

홀로 남은 매부리코의 사내는 지붕 위에서 객잔 별채를 바라보며 음흉한 미소를 지었다.

"흐흐. 계집 하나와 젊은 사내 둘이라 했겠다? 그렇다면 젊은 놈 둘은 그냥 목을 따버리고, 계집은……."

매부리코 사내는 잠깐 혼자만의 상상에 빠졌는지, 두 눈과 입가에 음흉함이 넘쳐 났다.

그는 바로 고경천이 머물던 객잔에 있던 자들 중 하나로, 사천 동부에선 제법 명성을 갖고 있는 응취객(鷹嘴客) 조현(鳥賢)이란 자였다.

"아니지, 고작 여색에 신경 쓸 때가 아니다. 이번 무당 장문인 구십회 생신, 그저 단순히 생신잔치만은 아니라 했나. 소문엔 기보 아니면 절세비급의 공증을 맡는다는 이야기도 있는데… 그게 아니라도 분명 무언가가 있다. 그러니 어떻게서든 초대장을 얻어 무당산에 올라야만 한다."

조현은 곧 색욕을 지우고 두 눈에 탐욕의 빛을 드리웠다.

그러다 곧 그도 몸을 날려 지붕에서 사라졌다.

그리고 그가 사라진 지 얼마나 되었을까?

조현이 있던 집의 문이 열리며 한 사람이 걸어나왔다. 그는 집을 나서며 뒤에 있는 자들에게 한마디를 했다.

"실례."

무뚝뚝한 음성을 끝으로 그는 조현이 사라진 방향으로 몸을 날렸다.

오직 남겨진 촌부 부부만 아직도 놀람이 가시지 않은 얼굴로 눈을 깜빡거렸다. 바람처럼 나타나 무표정한 얼굴로 조용히 하면 아무 일도 없을 거라고 했던 자. 그는 조용히만 있자 정말 아무 짓도 하지 않고 올 때처럼 바람처럼 사라졌다.

*　　　*　　　*

"네. 정말 재미있는 이야기지요. 이번 일에는 묘한 소문까지 따라붙어 무당 장문인 생일잔치가 완전 다른 일로 바뀌어 버렸으니까요."

'으! 벌써부터 골이 지끈거린다.'

고경천은 골이 아팠다. 도대체 무슨 일이 하려고만 하면 이렇게 복잡하게 꼬였다. 그래서 결국 고생만 죽어라 하는데 왠지 이번에도 그런 예감이 너무 강하게 들었다.

"묘한 소문이 무엇입니까?"

결국 이번에도 고경천 대신 호군평이 그녀의 말을 받았다.

"소문이란 대략 두 가지예요. 하나는 이번 생일잔치에 육파일방이 무언가 엄청난 일을 벌일 거라는 것, 또 하나는 이미 육파일방이 일을 벌였을지 모른다는 것."

"아니… 지금 그게 무슨 소리요? 도대체 남 생일잔치에 무슨 소문이 그렇게 많은 거요?"

"그건 저도 알 수 없죠. 단지 이번 모임에 정, 사를 초월한 사람들이 참석한다고 하니 이런 소문이 따라붙었단 생각만 하고 있어요. 둘 중에 과연 어떤 소문이 진짜일지 모르지만, 분명 이번 무당 장문인 생일잔치는 그저 생일잔치만은 아니란 거예요. 그건 초대장에 적힌 색다른 두 가지가 더 그런 사실을 뒷받침해 주거든요."

당아영은 말끝에 품속에서 초대장을 꺼내 탁자에 올려놓았다.

고경천과 호군평은 펼쳐진 초대장을 보았다. 살펴보니 일반적인 초대장과 다르지 않는데, 오직 두 가지만 달랐다.

하나는 초대장을 받는 대상의 이름이 적혀 있지 않다는 점, 또 하나는 발송인 이름이 무당 장문인 대히 외에 한 사람 더 적혀 있다는 것이다.

"사해조수 옥정곽?"

"청룡칠수의 수좌……."

고경천과 호군평의 입에서 이런 말이 튀어나왔다.

“네. 바로 무림이현의 일인으로 대지서생이 나타나기 전에
는 무림일현으로 불렸죠. 뭐 지금에 와서도 사해조수야말로
진정한 현자란 말이 나오니, 그의 능력이 얼마나 큰지 알 수
있을 거예요.”

“그런데 그런 사람이 왜 여기에 이름을 적은 거요?”

고경천은 도저히 자기 머리로는 이해할 수 없어 이렇게 물
었다.

당아영은 잠시 그 질문에 예쁜 미소만 지었다. 그러다 자신
있는 한마디를 꺼냈다.

“그걸 제가 어찌 알 수 있겠어요? 그걸 알면 무림엔 이현이
아닌 삼현이란 말이 돌았겠지요.”

“……”

고경천은 잠시 할 말이 없었다. 그러다 잠시 무슨 생각이
들어 질문을 던졌다.

“당 소저, 혹시 이 이야기 추 문상도 아오?”

“예. 사실 제가 일전에 같은 의문으로 추 문상을 뵌 적이
있거든요. 그렇지 않아도 같은 이현이니 혹시 알 수 있을까
해서요. 그런데 추 문상은 아무리 같은 이현이라도 옥 대협의
뜻은 알 수 없다 하더군요. 그러며 차라리 직접 해답을 찾는
게 좋을 거 같다고, 조만간 고 공자가 무당산을 가게 되니 동
행해서 그 답을 찾으라 하더군요. 그러며 고 공자를 잘 부탁
한다는 말도 덧붙여서 말이에요.”

"......"

드디어 음모의 진상이 밝혀졌다. 이 모든 일은 추일학이 다 알면서도 벌인 짓이다. 그저 당아영은 그 음모에 당한 희생양일 뿐이었다.

그러나 당아영이 미처 하지 않은 말이 있다. 그래서 당아영은 수차례 변하는 고경천의 얼굴을 보고 미안한 표정을 지었다.

"당 소저도 알다시피 이번 무당행은 무척 위험한 곳이 될 것이오. 그러니 교주님 혼자 보냈다간 무슨 일이 벌어질지 알 수 없소. 그래서 호 부순찰을 딸려 보내지만, 실상 그가 교주님을 어찌 막을 수 있겠소? 아무래도 남자는 여자 하기 나름이란 말도 있으니, 당 소저께서 교주님이 일을 크게 벌이지 않게 감시해 주시오. 분명 그것만으로도 교주님은 일을 크게 벌이지 않을 것이니 위험이 적어질 것이오."

당시 추일학은 이 말을 하며 당아영에게 고개까지 숙이며 부탁을 해왔다.

그래서 당아영은 고경천의 변해가는 얼굴 표정에도 뭐라 입을 열지 못하고 그저 미안한 표정만 지은 것이다.

대신 이 둘을 보며 안도하는 자가 있었다.

'다행이야. 다행이야.'

호군평은 당아영으로 인해 앞으로 자신의 명줄이 좀 더 두꺼워질 수 있단 판단을 내리며 내심 다행을 연발했다.

그 후의 이야기는 서로 알 수 없는 부분이라 직접 부딪치며 확인하기로 결정했다. 해서 세 사람은 내일 아침 출발하기로 결정을 내리고, 일찌감치 잠자리에 들었다.

그러나 고경천은 일찍 잠자리에 들지 못했다. 아니, 들지 못했다기보다는 들지 않았다. 해서 지금 고경천은 별채의 지붕에 누워 유월의 꽉 찬 보름달을 감상하고 있었다.

'빌어먹을. 오늘따라 왜 이렇게 불어터진 거야? 저렇게 달이 불어터져서야 놈들이 찾아오기야 하겠어?

탄성이 모자랄 정도로 아름다움을 돋보이는 보름달이지만, 오늘은 그 이유로 인해 오히려 좋지 않은 소리를 들어야 했다.

본래 고경천은 머리도 식힐 겸 나왔지만, 실상 누굴 기다리는 중이었다. 바로 주루에서 고경천 일행을 묘하게 바라보던 자들로 분명 밤이 되면 쳐들어올 거라 예상했는데, 정말 휘황찬란한 달 때문인지 놈들은커녕 개미 한 마리 근처에 얼씬거리지 않았다.

'에라 모르겠다. 기다리다 보면 놈들이 알아서 깨우겠지.'

고경천은 눈을 감았다.

이미 날씨는 여름에 들어선지라 밤바람이 그리 차지 않았다. 오히려 따사로운 것이 그대로 잠들어도 될 정도였다.

그러나 누구는 그런 고경천으로 인해 속이 타 들어갔다.

"정말 누굴 감시하려는 건지……."

고경천의 의도를 짐작 못하는 것은 아니지만, 이로 인해 마영객과 접선하려는 호군평도 졸지에 발이 묶여 이렇듯 속앓이만 하게 되었다.

한편, 고경천이 기다리는 자들도 나름 이유가 있었다. 그들은 나름대로 괜찮은 인간들을 규합해 습격을 준비했지만, 습격은커녕 그 반대가 되어 지금 곤욕을 치르는 중이었다.

"겁대가리를 상실한 놈들. 감히 누굴 습격해? 앙!"

서슬 시퍼런 목소리가 아니라도 이미 조현을 위시한 자들은 기가 꺾일 대로 한참 꺾인 상태였다. 이미 목 아래가 산 채로 파묻힌 후, 아니, 그전에 사 인을 만난 순간부터 그들은 전의를 상실한 상태였다. 정말 한 사람이라도 만나기 싫은 자를 졸지에 넷이나 만나다니…….

"거 목 아프게 소리치지 말고, 그냥 독단 하나씩 먹이자니까 그러네. 그냥 한 알만 먹어도 아랫도리가 흐물흐물하게 녹는 독단이면 알아서 설설 길 테데……."

"염병타불. 뭐 그리 살벌한 소리들만 하시오? 사람이 좀 착하게 삽시다. 그냥 조용히 극락 구경이나 시켜 중생들에게 편안함이나 줍시다."

"이놈아, 뭐 하러 재수없게 송장을 봐. 그냥 한 알만 먹이면 며칠 있다 골로 갈 텐데.”

“거참, 시끄럽군. 차라리 그냥 묻어버리자니까!”

처음 말을 꺼낸 자가 툭탁거리는 둘을 향해 소리쳤다.

“갑시다.”

“엥?”

“뭣이오?”

갑작스레 들린 한마디가 삼 인의 모든 말을 앗아갔다.

그러나 더 이상의 말도 없이 삼 인의 말을 자른 자는 그대로 걸음을 옮겼다.

“임마, 여섯째야!”

멀어지는 그를 향해 묻어버리자 주장했던 자가 소리쳤다.

하지만 그는 대답도 없이 그대로 걸음을 옮겨 멀어져만 갔다. 그래서 할 수 없이 나머지 두 사람도 그 뒤를 따랐다.

“정말 도대체 지가 인솔자라도 되는 거야?”

“염병타불. 그래도 이놈들 찾아낸 자가 누구요?”

“그거야 그렇지만……”

둘은 이 정도로 끝냈지만, 한 사람은 달랐다.

“야! 여섯째! 너 형 말 안 들어?”

“안 들리오.”

바람결에 이 말 한마디가 전해져 왔다.

그리고 이 한마디가 나머지 사람도 움직이게 만들었다.

“최염! 너 거기서!”

오염달은 분노를 못 이겨 큰 소리를 쳤다.

그리고 먼저 앞서 간 둘을 앞질렀다.

"쯧쯧. 현무칠수 놈들도 똑같군, 똑같아. 역시 동생이란 놈이 제 형 알기를 우습게 알아."

"그건 다섯째 형도 남 말할 게 아닌 것 같은데… 넷째 형이 그렇게 당가에 사고 치지 말라고 했는데도 사고를 친 자가 어디의 누구더라?"

"……."

그 말에 잠시 당협기의 입이 붙었지만 곧 더 거세게 터졌다.

"이놈아, 내가 당가 입구를 지나는데 갑자기 양진산(痒疹散) 약봉지가 터질 줄 어떻게 알았느냐? 그건 엄연히 사고다, 사고!"

"염병타불. 그게 사고면, 처녀가 임신한 것도 그냥 사고지……."

"뭐야?"

"아니오. 나 먼저 가오."

아불승은 당협기의 기세가 더 날카로워지자 얼른 먼지 사라진 둘의 뒤를 따랐다.

"거기 서! 안 서면, 양진산을 네 사타구니에 뿌려 소변도 제대로 못 보게 만들겠다!"

하지만 그 말의 효과는 아불승의 걸음만 더 빨라지게 만들어 둘의 거리는 점점 멀어져 가기만 했다.

*　　　*　　　*

뚜둑.

으드득.

고경천은 몸을 움직일 때마다 들리는 뼈마디 음에 미간을 찌푸렸다.

그런데 같이 길을 걷는 호군평도 영 몸 상태가 좋지 않은지 두 눈이 토끼를 닮아 있었다.

"두 분 밤새 무슨 일 있었어요?"

당아영은 둘 사이에 양쪽을 보며 고개를 갸웃했다.

"없소!"

"없습니다."

둘은 동시에 조금 퉁명스런 소리를 했다.

그들과 달리 당아영은 곤히 잠을 잤는지, 간신히 아침나절에 편히 잠을 자려던 둘을 깨웠다. 그래서 그들은 잠을 잔 것도 아니고, 안 잔 것도 아닌 찜찜한 상태로 바로 길을 떠나야 했다.

'빌어먹을 놈들. 해 뜰 때까지 안 오다니…….'

고경천은 지붕에서 선잠 자다가 동편이 밝아지면서 침실로 찾아들었다.

덩달아 호군평도 그때가 되어서야 일을 마치고 잠자리에
들었다.

그래서 둘 다 지금 몰골이 이 상태였다.

그러나 속을 알 리 없는 당아영은 염장 같은 한마디를 했
다.

"호오. 설마 두 분 나 몰래 밤나들이라도 다녀온 거 아니지
요? 특히 고 공자는 허리가 불편한 거 같은데, 만일 그랬다면
정말 실망할 거예요."

고경천은 무슨 소리를 하는가 하다 곧 인상을 구겼다.

"차라리 그랬으면 더 좋겠소."

그러며 성큼성큼 앞장서서 길을 재촉했다.

"형수님, 실망했습니다."

괜히 호군평도 퉁명스런 한마디를 남기고 당아영을 지나
쳐 앞으로 나갔다.

그 덕에 당아영의 표정도 덩달아 그들처럼 변했다. 그녀 딴
에는 분위기를 바꾸려 농담을 던졌건만, 두 남자는 조금도 그
녀의 마음을 이해해 주지 않았다.

그래서 그들 삼 인은 화기애애한 분위기보단 여성 내내 화
기 애매한 분위기를 유지했다. 더욱이 그것이 아니라도 빠듯
한 일정이 그들의 발걸음을 재촉했다.

호북성 균현(均縣).

도교의 삼대성지 중 한곳인 무당산을 품고 있는 현으로 이곳에서 무당은 바로 지척이나 다름없었다.

고경천 일행은 그동안 서두른 덕택인지 무당 장문인 생신 이틀을 남기고 균현에 다다랐다. 그들은 여정의 피로 때문인지 객잔을 잡자마자 각자 휴식에 들어갔다.

그러나 고경천은 방에 틀어박히자 피로도 모르는 사람처럼 오히려 더 뜨겁게 타올랐다. 그의 이런 변화는 이미 무당이 가까워오면서 진행된 상태라 주변에 아무도 없자 바로 표출되었다.

'드디어 내일이다.'

그동안 고경천은 일행에게 별다른 내색을 하지 않았다. 그것이 걱정을 끼치지 않으려는 것도 있었지만, 지금의 이 느낌을 잊지 않기 위해서였다.

날짜로는 하루!

하지만 고경천에게 있어 하루는 바로 무당산을 떠나온 십년 전과 지금을 이어주는 다리와 같았다.

그래선지 고경천은 떠올리지 않아도 이 순간 자연스레 십년 전의 기억이 떠올랐다.

그 당시도 무당파는 무당 장문인의 생일로 떠들썩했다. 하나 그건 오직 무당 사람들만의 떠들썩함. 오히려 명문대파의 생신에 어울리지 않는 초라함이라 해도 틀린 말은 아니었다.

그래도 팔십회 생신.

　무당인들은 장문인의 건강에 모두 기뻐하고, 특히 이날은 장문인이 중대한 발표가 있다고 해 모든 이들은 기쁨과 긴장의 묘한 기분을 느껴야 했다.

　'하나 나는 그날… 무당 장문인의 생일이어서가 아닌, 단지 무당 본산에 갈 수 있다는 사실 하나로 기뻤다.'

　고경천은 입문 후, 본산인 상청궁에 가지 못했다.

　대부분 본산에서 필요할 시 사람을 보내오고, 세상과 담을 쌓기라도 한 듯 무허자는 도통 무당 후미진 곳에 자리한 극마동(克魔洞)을 벗어나려 하지 않았다.

　그러다 보니 고경천은 단지 무당 본산을 오른다는 사실 하나만으로도 기뻤다. 그러나 막상 기대감을 갖고 찾아간 본산은 그에게 기쁨은커녕 잊을 수 없는 상처만 주었다.

　'으득. 광한. 정작 다 갖고, 하나도 갖지 못한 자에게 네놈은 정녕 비웃음밖에 줄 수 없었단 말이냐?'

　그날 예고대로 태허자는 무당인들이 모두 놀랄 만한 발표를 했다.

　바로 무당파의 차기 장문인의 내정에 관한 발표.

　그동안은 이 일로 여러 가지 말들이 많이 나왔다. 무당 광자배는 그만큼 훗날 무당육자를 능가할 만한 인재가 넘쳐 났다.

　장문인인 태허자 제자 중 셋, 그 외 나머지 무당오자인 정허(淨虛), 옥허(玉虛), 운허(雲虛), 도허(道虛), 만허(滿虛)의 제자 중에서도 일곱 정도가 물망에 올랐다.

그리고 이 당시 무허는 이미 번외의 존재고, 더욱이 제자라곤 의발을 잇지 못하는 무기명 제자인 고경천뿐이라 아예 논점 대상이 아니었다.

'그런데… 그런데… 으득!'

태허자는 차기 장문인을 무당칠자의 제자 중 한 사람에게 넘긴다 했다.

여기서 무당 제자들은 놀랬다.

육자도 아닌 칠자, 물론 십 년 전에는 무허자까지 포함해 칠자였다.

그런데 십 년 전 한 가지 사건으로 무허자는 이미 반 죄인이나 다름없었다.

고경천은 몰랐지만, 실상 무허자는 본산에 가지 않은 것이 아니라 장문인의 명이 있기 전까지 갈 수 없는 상태였다. 그리고 오늘로 그 명이 내려져 본산에 돌아올 수 있게 된 것이다.

결국 무당 장문인의 생신 축하 잔치처럼 비무대회가 열리게 되었다. 그 대상자는 평소 물망에 올랐던 열 명과 갑작스레 의지와 상관없이 차기 장문인의 자리에 참석하게 된 고경천. 그들은 부전승으로 첫 승리를 거둔 고경천을 제외하고 싸워 이겨 올라가는 방식을 채택했다.

'빌어먹을!'

뚜둑.

고경천은 과거를 되돌아보면 볼수록 자기도 모르게 주먹
이 쥐어지고, 피가 역류하는 듯한 기분이 들었다.

지금에 와서 왜 무허가 말리지 않았는가 그건 중요하지 않
았다. 어차피 무허에겐 선택의 여지란 없었을 것이고, 어쩌면
고경천이란 제자 자체가 그에게 별 의미가 없었을 것이다. 그
러니 주로 동네 훈장 선생처럼 딱딱하게 예와 글만 가르치고,
무공도 무공 절학이라 부를 수 없을 정도로 하급무공뿐이었
다.

그 결과 다음 상대를 만난 고경천은 비무는커녕 멍하니 있
다 그대로 허공을 날아야 했다. 그 후 바닥에 내동댕이쳐진
고경천은 무표정한 얼굴로 그에게 다가오는 광한의 모습을
볼 수 있었다. 그리고 광한의 무표정이 깨지며 입술을 비집고
흘러나오는 한줄기 웃음소리를 들어야 했다.

"훗!"

우두둑.

고경천의 전신에 뼈가 뒤틀리는 음향이 이리저리 들렸다.
그러자 지금껏 변장 아닌 변장을 위해 흡정마기를 단전으로
갈무리해 놓은 그의 전신으로 검은 선들이 쭉쭉 뻗어나가며
고경천의 전신에서는 숨이 막힐 듯한 강렬한 기운이 외부를

휩쓸 듯 퍼져 나갔다.

'그래. 광한. 넌 조만간 그 웃음을 돌려받게 될 것이다. 아니, 그 웃음과 더불어 패배란 쓰디쓴 열매를 맛봐야 할 것이다. 그리고 무당은 모든 기대를 받은 차기 장문인이 힘없이 나가떨어지는 것을 보며 과거 그들의 잘못에 대한 죗값을 받아야 할 것이다.'

고경천은 그 뒤 더 이상 과거를 떠올리지 않았다. 분명 그 웃음 뒤에도 몇 가지 일들이 있었지만, 그의 기억은 오직 거기까지만 과거를 보여주었다. 고경천은 곧 운기조식에 들어갔다. 그동안 틈틈이 정리하며 또 새롭게 깨달은 흡정마공과 현음진결상의 무학을 되새기며 십 년을 참아왔던 복수를 다졌다.

第四章

무당파(武當派).

삼대도교성지 중 하나인 무당산에 터를 잡아 그 오랜 시간을 밤하늘의 북두처럼 찬란함을 뿌려온 정도의 기둥. 내가무학의 효시를 연 무학종사 천무진인 장삼풍을 배출하고, 검이왜 병중지왕이라 불리는지 그 사실을 깨우쳐 준 명문대파다.

하지만 그런 무당파도 결과적으로 치욕스런 이십 년을 보내야 했다. 물론 타의가 아닌, 정의를 부르짖던 그들 스스로가 부른 화지만, 그렇다 해도 이십 년이란 시간은 너무나 커다란 희생이었다. 그래선지 그에 대한 보상이라도 받으려는 듯, 무당파는 이십 년 만의 본산 개방에 전 무림을 불러들였

다. 마치 그들의 부활을 전 무림에 선전하듯 과거 적이었던
자들에게도 당당히 초대장을 보냈다.

그 덕에 명목상은 무당 장문인의 생신이었지만, 마치 이번
자리가 무림영웅대회처럼 바뀌어졌다.

"방명록에 출신 문파와 별호, 성명을 적어주십시오."

초대장을 확인하고 방명록을 내밀던 도사는 상대의 얼굴
을 보고 본의 아니게 흠칫했다.

철을 녹여 만든 사람처럼 그의 얼굴은 한없이 차갑고 딱딱
하게 굳어 있었다. 그리고 은연중 그를 압박해 오는 강렬한
두 눈빛.

도사는 자신도 모르게 상대가 적고 있는 기재 사항을 읽고
있었다.

출신문파:혼돈마문(混沌魔門).

별호:혼돈마제(混沌魔帝).

이름:정일(丁一).

출신문파:같음.

별호:혼돈마군(混沌魔君).

이름:정이(丁二).

출신문파:같음.

별호:혼돈마녀(混沌魔女).

이름:정삼(丁三).

"……."

도사는 기재 사항을 보고 오히려 긴장이 풀려 버렸다. 생긴 것과 달리 그들이 적어가는 내용들은 마치 장난스럽게 느껴졌다.

"문제있소?"

정일이라 적은 무표정한 얼굴의 사내가 무뚝뚝하게 물어왔다.

"아… 아니오. 들어가시오."

도사는 곧 고개를 젓고 삼 인에게 들어갈 수 있게 길을 열어주었다. 그리고 얼마 전의 황당함을 잊으려는 듯 곧 다른 사람을 찾았다.

[소문이 사실이군요.]

당아영의 전음이 고경천의 귀를 파고들었다.

그들은 무당이 가까워으며 초대장에 얽힌 비밀 중 한 가지를 알게 되었다. 바로 왜 초대장에 대상의 이름이 적혀 있지 않은지… 소문대로 무당은 이번 초대장으로 벌어지는 여러 충돌을 전혀 신경 쓰지 않는 사실이 눈앞에서 드러났다. 분명 그들은 대상을 정하고 초대장을 보냈지만, 그자가 아닌 다른 자가 참석해도 문제 삼지 않고 있었다. 대신 초대장이 없을 때는 그자가 어떤 신분과 배경을 갖고 있더라도 절대 안으로 들여보내지 않았다.

그래서 그들도 혼돈마문이란 문파를 만들고, 가짜 별호와 이름을 지었다.

[무당도 결국 사람이 만든 문파라는 것이오. 사람이 만든 이상, 절대 올바름만 있는 것이 아니오.]

[그거야 그렇지만…….]

당아영은 그저 수긍하는 걸로 전음을 마치고 슬쩍 고경천의 표정을 살폈다.

분명 차갑게 가라앉은 표정과 눈빛이지만, 왠지 그 심연 깊숙한 곳에서 뜨거운 불길이 타오르는 듯 느껴졌다.

고경천은 그 시선을 들어 무당산의 정상인 금정(金丁)으로 향하는 계단을 바라보았다.

무당파는 현재 그들이 지나친 무당산의 관문 격인 현악문(玄嶽門)부터 시작해 진무대제를 모셔놓았다는 금전(金殿)이 있는 금정으로 이어지는 계단을 따라 유명한 무당팔궁이 자리 잡고 있었다. 그리고 그 계단의 좌우 양편에 팔선관(八仙觀)과 호구교(蒿口橋)가 자리 잡아 멀리서 보면 그 형세가 한 마리의 승천하는 용을 연상시켰다.

'무당이 승룡이라면 난 그 승룡을 잡아… 왜 내 이름이 경천인지, 날 우롱한 그들에게 그 값을 톡톡히 받아낼 것이다!'

고경천은 두 눈을 빛내며 힘차게 계단을 밟고 올라갔다.

그리고 그 뒤를 호군평과 당아영이 뒤쫓으며 그들은 근자에 무림을 달구는 무당 상청궁으로 향했다.

소매가 긴 학창의를 걸친 선풍도골의 도인과 마치 한 쌍이라도 되는 듯 아름다운 능라의를 걸친 선녀 같은 여인.

두 사람은 간간이 마주치는 도사들의 인사를 받으며 무당 상청궁 내에서도 오른편에 위치한 전각군으로 걸음을 옮기고 있었다.

그런데 인사를 하는 자들은 도사들만이 아니었다. 승려도 속인도 모두 두 사람을 알아보고 존경의 인사를 해왔다.

지금까지 두 사람은 별다른 말을 하지 않았다. 그러나 전각군 깊숙한 곳으로 들어오고 나서는 사람들의 발길이 뜸해져 같이 걷던 선녀 같은 여인이 입을 열었다.

"할아버님, 어디 불편한 곳이라도 있으신지요? 무당에 도착하고부터 표정이 많이 어두우세요. 혹시 그동안의 여정에 어디 불편한 곳이라도 생기셨는지요?"

"허허 아니다. 아무리 내 나이가 적지 않다 해도 아직 그 정도의 여정에 힘이 들 정도는 아니다. 단지 이것저것 생각할 것이 많아 그런 것이니 신경 쓰지 말거라."

"예."

그 둘은 바로 태산 와룡곡을 떠난 옥감영과 옥정곽으로 지금 오랜만에 친우를 만나러 한 장소로 옮기는 중이었다.

그런데 옥감영은 무당에 도착하고 나서 좀처럼 얼굴을 펴지 못하는 옥정곽으로 인해 걱정스런 표정을 숨기지 못했다. 그녀가 알기로 옥정곽은 이렇듯 눈에 띄게 어두운 표정을 짓는 사람이 아니었다.

늘 허허로운 웃음과 부드러운 표정. 그것이 바로 옥정곽의 본래 모습이었다.

"영아……."

옥정곽이 옥감영의 그런 걱정스런 시선을 느꼈는가? 부드러운 음성으로 그녀를 불렀다.

"말씀하세요, 할아버님."

"그보다… 찾았느냐?"

"네? 찾았다니요? 무얼……?"

옥감영은 옥정곽이 느닷없이 이런 말을 꺼내자 고개를 가웃거렸다.

"허허. 이렇게 무심해서야 어찌 시집을 가겠노. 내 오면서도 그렇게 단단히 일러두었거늘. 결국 그 일도 이 할아비가 해야 되느냐?"

"할아버님!"

옥감영은 무슨 말이 나올까 기다리다 이곳이 무당파라는 것도 잊고 뾰족한 목소리를 내었다.

"쯧쯧. 천존(天尊)과 노군(老君)이 노해 진짜 시집 못 가게 되면 어쩌려고… 큰일이야, 큰일."

"할아버님, 자꾸 그 이야기 하실 거예요? 저는 누누이 말씀 드렸지만, 평생 할아버님과 살 거니 다시는 그런 말씀 하지 마세요."

옥감영은 팩하니 토라진 듯, 고개를 세차게 돌린 채 비교적 홀로 떨어져 있는 한 전각으로 먼저 걸음을 옮겼다.

옥정곽은 잠시 그 자리에서 고개를 내저었다.

"휴우. 하나뿐인 손녀가 이리 할아비 속을 썩여서야… 내 어찌 마음 편히 두 눈을 감을 수 있겠느냐?"

그런데 왠지 마지막 말은 무슨 일인지 진한 한숨마저 묻어 나왔다. 그러나 그런 한숨도 그들이 들어가려던 전각의 문이 열리자 곧 사라졌다.

"영매!"

"언니!"

문이 열리고 청의 무복을 걸친 한 여인이 밖으로 뛰쳐나와 반가워하는 옥감영의 손을 잡았다.

"이게 얼마 만이냐?"

"그러게요. 정말 너무 오랜만이라 인제인지 잘 생각도 안 나요."

"호호. 그보다 정말 이제 예쁜 숙녀가 다 되었구나. 이젠 나보다 더 예뻐서 질투마저 나는데……."

"그런 말 마세요. 아무리 해도 강남제일미인 월여 언니만큼 하겠어요?"

"거짓말하지 마라. 사람들은 몇 년 후면 관동제일미가 천하제일미가 될 거라 입이 마르게 떠들고 있는데, 너야말로 입에 침이나 바르고 말해라, 요것아!"

"언니도 참……."

두 여인.

옥감영과 성월여는 오랜만의 해후를 여느 여인들과 다르지 않게 조잘대는 수다로 풀었다.

그러나 그 둘의 모습은 그 이상의 무언가가 있었다.

한쪽은 강남제일미, 또 한쪽은 관동제일미. 비록 성월여가 예전보다 좀 수척해졌다 해도 두 사람은 각각 도도함과 청순함으로 뭇 남자들의 눈을 한번에 앗아갈 정도였다.

그래선지 옥정곽도 잠시 그런 둘의 모습을 바라보며 흐뭇한 미소를 지었다.

"대형!"

그러나 옥정곽은 곧 성월여를 따라나선 여러 일행들을 보고 얼굴에 더 환한 미소를 보였다.

"모두 건강한 걸 보니 이 늙은이의 맘이 놓이는구만."

"이런… 그 말은 저희가 해야 되는 말인데, 오히려 대형께서 하시는군요. 그보다 정정한 것을 보니 마음이 놓입니다."

일행 중 옥정곽만큼의 백발과 백염을 자랑하는 백의의 노인이 차가운 인상에 비교적 환한 미소를 지었다.

"이제(二弟), 장백산의 그 먼 길에서 오느라 고생했네. 오는 동안 문제는 없었는가?"

"예."

백의의 노인이 공손히 답하자 옆에 있던 다른 자가 나섰다.

"대형의 건강함을 뵈니, 제가 천존께 제를 올린 것이 나쁘진 않았던 것 같군요."

도사치곤 특이하게 황색 가사에 더욱이 일반 검도 아닌 목검을 든 자가 인사를 해왔다.

"그러고 보면 우형이 늘 삼제의 덕을 본 것 같군. 오느라 고생했네."

옥정곽은 다음에 살집이 좋은 자를 바라보았다.

그 사람은 금의에 패옥을 이리저리 달고, 품에는 거대한 금빛 주판을 안고 있었다.

"사제는 신수가 더 훤해진 걸 보니, 그간 장사에 더 이득이 있었나 보네."

"아닙니다. 아시다시피 상인은 늘 손해 보는 입장 아니겠습니까? 겨우 입에 풀칠만 하고 지내고 있습니다. 그보다 건강하신 걸 보니 다행이고요."

그런데 그 말에 거대한 도를 등에 짊어진 황의를 걸친 노인이 툴툴거렸다.

"누가 상인의 말이 삼대 거짓말 아니랄까 봐 영락없는 흰소리를 해대는군."

황의의 노인은 그렇게 한마디를 하고, 옥정곽에게 공손히 인사를 올렸다.

"대형! 그간 강녕하셨습니까?"

덩치는 보통인데, 목소리는 거인을 연상시킬 정도로 우렁 찼다.

"이런. 오제, 여기는 도를 닦는 도량일세. 예를 지켜야지."

"껄껄. 뭐 어떻습니까? 저도 늘 도를 닦고 있는데, 같은 도 닦는 사람끼리 이해해 주겠지요."

황의 노인의 말에 옥정곽은 잠시 고개를 저었다.

그리고 남은 두 사람에게 동시에 반가운 시선을 보냈다.

"두 사람은 정말 늙지 않는군. 이거 예전처럼 화사함을 잃 지 않으니 혼자 늙는 거 같아 섭섭하군."

"아닙니다. 대형의 연세에 그 정도의 기력은 의원 입장에 선 대단하다 해도 과언이 아닙니다."

청수한 인상의 청의 노인이 공손히 한마디를 했다.

"아미타불. 저도 이제 환갑이 넘었는데, 대형은 아직 어린 사매로만 대하는군요."

만일 이 자리에 사도 쪽 인물이 있었다면, 마지막으로 입을 연 단정의 말과 표정에 기겁을 했을 것이다. 멸악사태라는 무 시무시한 별호가 지금만큼은 그녀와 전혀 동떨어진 것처럼 보였다.

"허허. 아무리 그래도 내 눈엔 육제와 칠매 모두 처음 인연을 맺었을 당시의 이십대의 꽃다운 나이로만 느껴지네. 그러니 사십 년이 흐르건 오십 년이 흐르건 그건 변치 않을 걸세."

옥정곽의 그 말에 단정도 별다른 말은 하지 않았다.

그도 그런 것이 그들이 인연을 맺은 지도 벌써 사십 년이 다 되어갔다. 그리고 그들의 인연이 청룡칠수(靑龍七宿)라는 명예로운 이름으로 다시 태어나고 사이가 더욱 공고해졌다.

청룡칠수는 옥정곽을 필두로 백의의 노인이 장백신옹(長白神翁) 을지황(乙支荒), 황의 도사가 모산방사(茅山方士) 황전기(黃傳氣), 금의 노인이 만금왕(萬金王) 조금산(趙金山), 황의 노인이 황산패도(黃山覇刀) 정일참(丁一斬), 청의 노인이 성수신의(聖手神醫) 사공명(司空鳴), 마지막으로 노비구니가 멸악사태 단정이었다.

이들 중 성수곡의 곡주인 사공명과 보타문의 단정을 빼곤 모두 은둔 자중한 생활을 즐겼다. 그래서 각각의 은거지를 잘 떠나지 않기로 유명한데, 오늘은 한 사람도 빠짐없이 무당파에 모였다. 물론 명목상은 무당 장문인 축하지만, 오늘 이 자리는 옥정곽이 뜻이 강하게 작용했디.

그 후, 그들은 옥감영과 성월여를 불러 인사를 나누었다. 그리고 유일하게 그들과 조금 다른 존재, 그만이 자기 순서를 기다리며 조용히 대기하고 있었다.

"그보다 대형, 한 사람 소개시킬 사람이 있어요. 성 시주,

인사하게. 이분이 바로 무림제일현인 사해조수 옥정곽이란
분일세."

단정은 그들 간의 인사가 끝나자 한편에 조용히 서 있던 한
청년을 불렀다.

옥정곽은 소개받기 전부터 그 청년을 눈여겨보았었다. 그
러나 그는 가장 높은 연배의 사람답게 티를 내지 않고 기다렸
다. 그가 인사하려 앞으로 나서는 걸 보며 미소를 지었다.

일단 단정의 소개를 받은 청년은 걸음걸이부터 당당했다.
그는 천하무림에 자자한 명성을 받는 옥정곽을 앞에 두고도
위축됨없이 정중한 말투로 입을 열었다.

"무림말학 성철현이 무림제일현인 사해조수 옥 대협께 인
사드립니다."

옥정곽은 그 이름을 들으며 내심 탄성을 터뜨렸다. 그는 지
금까지 무당파의 광한만 한 기재는 나오기 힘들다 여겼다. 비
록 북두칠강이란 같은 이름으로 묶인 여섯이 있다 해도 광한
만큼은 독보적인 존재라 생각했었다. 그러나 지금 그 생각이
조금 바뀌었다.

눈앞의 젊은 청년. 비록 소문과 달리 인상이 조금 거친 듯
했지만, 그래도 풍기는 기세는 과연 명문 출신이란 말이 너무
잘 어울렸다.

"만나서 반갑네. 영아야……."

문득 인사를 받던 옥정곽이 옥감영을 찾았다.

“네.”

“자, 서로 인사해라. 이쪽은 삼양궁의 소궁주 성철현. 이쪽
은 내 하나뿐인 손녀 옥감영, 특히 영이는 전부터 월여하고
좋은 관계로 지냈으니 자네가 동생처럼 잘 보살펴 주게.”

옥정곽의 소개에 성철현이 그제야 옥감영을 뚜렷이 바라
보았다. 그전까지는 외간 남자가 여인을 빤히 보는 것이 예의
가 아니기에 지금에서야 서로 눈을 마주쳤다.

“동생으로부터 이야기를 많이 들었소. 성철현이오.”

“옥감영이에요.”

그 둘 모두, 공통 요소인 성월여를 통해 예전부터 이야기를
많이 들어온 상태였다. 그래서 간단한 인사로 끝냈지만, 특별
히 부족하다 할 수 없었다.

“자! 그럼, 젊은 사람들은 젊은 사람끼리 나이 든 사람들은
나이 든 사람끼리 잠시 자리를 따로 하도록 하세. 각각 할 이
야기들이 있으니 말일세.”

옥정곽은 간단한 말로 자리를 나누었다.

본래 이 자리는 청룡칠수만의 회합이었고, 옥감영이나 성
철현, 성월여는 다 들러리에 불과했다.

“그래. 월여야, 네가 감영이를 데리고 우리 처소로 가 있도
록 해라. 끝나면 사람을 보내겠다.”

“예, 사부님.”

성월여는 그 말에 대답을 한 후 옥감영의 손을 끌었다.

"영 매, 가자. 오랜만에 만난 만큼 할 이야기가 너무 많아. 특히 오늘은 오라버니도 할 이야기가 있을 것 같으니, 얼른 내 이야기를 끝내야 할 거 같다."

"네?"

옥감영은 성철현을 잠시 바라보았다. 오늘 처음 본 사이인데, 그가 자신에게 무슨 할 말이 있는지…….

그러나 성철현은 잠시 난감한 표정을 지었을 뿐, 곧 조금 차가운 인상으로 돌아갔다.

"그럼, 후배 이만 물러가겠습니다."

성철현은 청룡칠수에게 인사를 마치고 먼저 몸을 돌렸다.

"자! 서둘러."

옥감영은 왠지 불길한 예감이 들어 버티었지만, 성월여의 힘을 버티기엔 그녀는 무력이 너무 약했다.

옥정곽은 잠시 멀어지는 세 사람을 보며 조용히 혼잣말을 했다.

"허허. 괜히 어렵게 찾을 필요 없겠구나."

"무얼 말입니까, 대형?"

유달리 귀가 밝아선지 아니면, 눈치가 없어선지 정일참이 그 말에 질문을 던졌다.

"아미타불. 오사형은 저처럼 수도하는 사람도 아니시면서도 정말 세속의 일을 너무 모르는군요."

"응? 그게 무슨 소리인가, 칠매? 내가 도대체 세속의 일을 뭘 몰라?"

정일참의 되묻는 말에 단정은 고개를 내저었다. 그리고 먼저 앞장서는 옥정곽을 따라 안으로 들어갔다.

"쯧쯧. 정말 저러고 어찌 가정을 꾸렸는지 알 수가 없어. 저리 눈치가 없어서야 원……."

조금산은 혀를 차면서 앞의 둘을 뒤따랐다.

나머지 사람은 말은 하지 않았지만, 입가에는 묘한 미소를 지었다. 대신 황전기만이 미소에 의미심장한 한마디를 보탰다.

"무량수불. 잘하면 삼양궁과 정파무림이 예전처럼 되돌아갈 수도 있겠구나."

"예? 그건 또 무슨 소리입니까?"

정일참은 황전기의 그 말에 다시 한 번 의문을 던졌지만, 아무도 그의 의문에 답을 내지 않았다. 해서 정일참은 투덜거리는 음성만 남기고 안으로 사라졌다.

"도대체가 어딜 봐서 덕망있는 청룡칠수야? 보면 죄다 음흉한 노인네들뿐이 없는데. 에잉!"

그 후, 이들은 해가 떨어질 때까지 밖으로 나오지 않았다. 도대체 안에서 무얼 하는지 작은 숨소리조차 밖으로 새어 나오지 않았다.

무당파의 입산은 해가 떨어지는 유시 말(酉時末:저녁 7시)

까지로 정해졌는지, 그 이후는 초대장이 있더라도 무당 상청궁에 들지 못하게 만들었다. 대신 날이 밝으면 굳게 닫혔던 현문을 열어 축하객들을 받아들였다.

오늘도 어김없이 유시 말이 찾아오자 무당 상청궁 문은 굳게 닫혔다. 그리고 그 닫힌 문 주위로 검을 멘 도사들이 지키고, 그 외 곳곳에도 혹시라도 모를 침입자를 방비해 보초를 세워두었다.

그러나 그 반대로 무당 상청궁 내부는 한산했다. 몇몇 중요한 곳을 제외하고는 특별히 사람들의 발길을 막지 않았다. 해서 비교적 사람들은 낮 동안은 편하게 무당 경내를 돌아다녔다. 하지만 그들도 무당 상청궁 중심에 위치한 천존전(天尊殿)을 기점으로 한계를 두었다.

그런데 이런 규칙은 무당의 뜻이 아닌, 축하객들이 침묵 속에 만들어놓은 결과였다.

본시 초대받은 자들이 정, 사가 섞여 무당 내부에서도 이렇듯 동편과 서편으로 갈라졌다. 해서 무당 상청궁의 동편은 정도무림이, 서편은 사도무림이 차지했다.

이 와중에 스스로를 혼돈마문이라 밝힌 고경천 일행은 자연스레 서편에 자리를 배정받아 무당의 첫날밤을 맞이했다.

"또 지붕 위에서 밤을 맞이하는군요."

고경천은 소리가 들렸음에도 점점 짙어지는 밤하늘에 고정된 시선을 움직이지 않았다.

그러나 상대는 대답을 들으려던 생각이 없었던지 고경천 곁에 조용히 다가와 털썩 주저앉았다.

곧 고경천의 코끝으로 눅눅한 여름밤 공기를 날리는 신선한 체향이 전해져 왔다. 그래선지 고경천은 잠시 눈을 감았다.

"정말 고 공자는 묻지 않으면 절대 먼저 말을 건네지 않는군요."

고경천은 당아영의 그 한마디에 감았던 눈을 떴다. 그리고 그녀가 등장하고도 한 번도 거두지 않은 시선을 밤하늘에서 자연스레 그녀의 얼굴로 돌렸다.

당아영의 얼굴은 어둠 속에 물들어 그 표정이 잘 보이지 않았다. 그러나 곁에서 전해오는 그녀의 작은 흔들림은 만진 듯이 전해져 왔다.

"말을 건네지 않은 것이 아니라 건넬 수 없는 것이오."

"거짓말."

"거짓말이 아니오. 난… 아직 나 이외의 것을 짊어질 준비가 되어 있지 않소."

"거짓말."

당아영은 이번도 거짓말이란 한마디로 고경천의 말을 받았다.

그래선지 고경천은 이번만큼은 다시 입을 열지 않았다.

"고 공자는 분명 아니라 그랬겠지만, 제가 본 고 공자는 그 누구보다 많은 것을 짊어지고 있어요. 그러니 그 무게가 타인에게 전해질까 곁에 못 오게 하는 거잖아요. 안 그런가요?"

"……."

이번은 거짓말이란 말을 쓰진 않았지만, 오히려 더 대답하기 어려웠다.

'역시… 여인은…….'

고경천은 속으로만 이렇게 뇌까렸다.

전하지 않아도 먼저 느끼는 존재. 또 전하지 않으면 안 되게 만드는 존재. 당아영은 점점 고경천의 이런저런 모습을 찾아내고 있었다.

그 때문에 쉬었다 입을 연 고경천의 음성이 조금 차가웠다.

"안 그렇소."

"거짓말."

"정말이요?"

당아영의 음성이 처음보다 조금 가깝게 들렸다.

"정말… 읍!"

고경천의 두 눈이 크게 뜨였다. 생각지도 않은 엄청난 기습. 설마 그는 당아영이 이런 수를 펼칠 줄은 꿈에도 몰랐다. 그리고 그 기습은 두려울 것이 없다는 고경천을 무력화시킬 정도로 너무 강력했다.

잠시 후, 당아영의 입술이 고경천에게서 멀어졌다. 그리고 끊어졌던 그녀의 음성이 다시 들렸다.

"고 공자, 이번이 처음이자 마지막이에요. 앞으로도 계속 아무 말도 해주지 않는다면, 전 기다릴 수 없을 거 같아요. 그러니 이번에도 묻지 않을 테니, 전 신경 쓰지 말고 원하던 일을 이루세요. 어차피 이번 무당행은 제 스스로 선택한 것이니, 조금도 원망하지 않… 음……."

이번엔 고경천이 참았던 반격을 펼쳤다.

그 때문에 당아영은 상반신이 움직일 수 없는 상태로 고경천의 품에 잡혀 있어야 했다. 그리고 고경천은 어느 정도 복수를 했다 여겨선지 그녀를 품에서 풀어주었다.

"당 소저, 내 북신마교를 떠나오며 동료들에게 한 가지 약속한 것이 있소. 그건 무당행 이후로는 모두를 위해 살아가겠다고. 그리고 내 그 말을 당 소저에게도 들려주겠소."

여기까지 말한 고경천은 잠시 말을 끊었다. 그리고 새롭게 말을 바꾸는지 잠시 시간을 두었다 입을 열었다.

"난 아직 우리 둘 사이가 사랑이라 부를 수 있는 무엇이 있다곤 생각하지 않소. 하지만… 우리 둘 사이엔 절대 깨어지지 않을 약속이 있소."

"그 말은 곧 우리 둘 사이는 약속 이외엔 없다는 말인가요?"

무언가 기대를 했던가? 당아영의 음성이 조금 떨렸다.

다행히 그 모습이 고경천의 마음을 건드렸던지 그 어느 때보다도 부드러운 음성으로 한마디를 했다.

"당 소저, 나에게 있어 약속은 내 목숨과 같은 것이오. 그리고 혼인은 바로 그 약속의 한 가지. 그러니 목숨이 걸렸다 할 수 있는 우리 둘 사이의 혼인. 난 필사적으로 그것을 지킬 것이오. 알겠소?"

"예……."

당아영의 얼굴이 환하게 피어났다. 그리고 그녀는 보금자리를 찾는 아기 새가 되어 고경천의 품을 살포시 파고들었다.

그러나 그와 달리 고경천은 온몸에 닭살이 도돌도돌 자라나는 것을 느껴야 했다. 평생 살아가며 이런 느끼한 말을 날릴 줄 생각을 못했다.

'다 저 달과 무당파 때문이다. 빌어먹을!'

고경천은 아직 둥근 원을 유지하는 보름달을 보며 내심 투덜거렸다. 하지만 곧 보름달이 한 사람의 얼굴로 바뀌는 것을 보며 그는 더 이상 투덜거릴 수 없게 되었다.

대신 한 사람이 그들과 거리가 떨어진 처마에서 두 눈만 빠끔히 내밀고 툴툴거렸다.

"쳇. 괜한 걱정이었군."

호군평은 근자에 둘의 분위기가 별로 좋지 않아 내심 걱정이었다. 특히 당아영이 점점 힘들어하는 기색이 커질수록 호군평의 걱정은 커져만 갔었다.

"그런데 참 대단하군. 이렇게 시선들이 많은데……."

호군평은 슬쩍 주변을 둘러보았다.

오늘 무슨 지붕 집회라도 있는지 꽤 많은 자들이 지붕에 모여 있었다. 본래는 다른 목적을 위해 지붕을 이용하려 했겠지만, 지금은 그걸 잊고 두 사람의 격전을 지켜보았다.

그러던 한순간,

휘이익!

누군가의 입에서 모를 휘파람 소리가 터졌다. 본시 격식과 거리가 멀고, 어찌 보면 격식을 아예 파괴하는 자들이라 그런지 둘의 그런 장면을 보면서 오히려 이런 반응을 나타냈다.

그리고 휘파람은 한 사람이 아닌, 여러 사람의 입을 통해 무당 상청궁 서편에 전염병처럼 퍼져 나갔다.

"이런, 오히려 내가 얼굴이 뜨거워지는군."

호군평은 한 손으로 이마를 짚으며 고개를 저었다.

도대체… 저 두 사람은 언제 떨어지려 하는가?

＊　　　＊　　　＊

"이게 무슨 소리요?"

"휘파람 소리 같은데… ."

"아니… 이 밤중에 웬 휘파람 소리?"

본시 도를 닦아 희로애락의 감정이 적은 그들이었지만, 난데없는 휘파람 소리에는 미간이 찌푸려지지 않을 수 없었다.

"보아하니 무당 상청궁 서편인데… 역시 사도 무리들을 본산에 끌어들이는 것이 아니었소. 이 무슨 도량에 있어서도 안 될 해괴한 짓거리란 말이오."

이곳에 모인 자들 모두가 불만을 내비쳤는데도 상석에 앉은 그만은 등 뒤에 배경 삼은 남극노인(南極老人)처럼, 배꼽까지 다다르는 긴 수염에 손에는 불진을 들고 백발을 단정히 목잠으로 고정시킨 채 환한 미소를 짓고 있었다.

본시 남극노인은 장수를 나타내는데, 그는 남극노인과 닮았다는 사실만으로도 꽤 오래 살아왔다.

"사제들, 도는 눈과 귀에 있는 것이 아니라 마음에 있는 걸세. 그러니 우리가 도가 아닌 것을 듣지 않으면, 우리의 도도 흔들릴 필요가 없네."

"장문 사형의 그 가르침 명심하겠습니다."

"무량수불."

자리를 차지한 노도들은 상석에 앉은 노도의 현기있는 한마디에 곧 표정을 추슬렀다.

"허허."

무당 장문인 태허, 그는 별호가 상낙자(常樂子)였다. 그의 그런 별호는 늘 이런 밝은 모습에서 기인되었다. 어쩌면 그의 장수 비결은 그의 별호 같은 삶일 것이다. 그래서 세수 구십에도 정정함을 보이고, 무림을 이끄는 고수들 중 천중삼원 다음가는 고수인 중원오주에서도 소림의 혜덕대불(慧德大佛) 허공(虛空)과 더불어 수위를 차지했다.

지금 이 자리엔 태허를 포함 무당칠자의 나머지 오 인도 있었다. 그런데 무슨 일인지 십 년 전 다시 무당칠자로 복귀한 무허는 이 자리에 참석치 않았다.

그리고 그 이유가 바로 오늘 모인 이유였다.

"장문 사형, 무허 사제는 분명 참선이 끝났음에도 불구하고, 그날 이후로 다시 극마동에 스스로 들어간 자입니다. 그런 그를 어찌 이런 중요한 순간에 다시 불러들이려 하십니까? 그걸 떠나서도 그는 이미 이십 년 전 중죄를 진 순간부터 폐인이나 다름이 없습니다."

"맞습니다. 미련은 늘 앞을 볼 수 없게 하는 가장 큰 걸림돌입니다. 지금 저희는 무허 사제의 일보다 내일 출관할 광한 이의 일을 더 신경 써야 합니다. 이미 육파일방끼리 모든 이야기는 끝나지 않았습니까? 이제 남은 것은 확실한 결과로 그들을 납득시키는 것뿐입니다."

"장문 사형, 비록 두 사형이 섭섭한 듯 말을 하는 거 같지만, 장장 이십 년입니다. 이십 년을 기다려 온 사람에게 더 무슨 기대를 할 수 있겠습니까? 또 어쩌면 무허 사제는 차라리 우리의 이런 관심이 사라지길 바릴지도 모릅니다."

정허, 옥허, 도허는 잠시 늦춰졌던 이야기를 다시 이어나갔다. 지금까지 그들은 계속해서 무허를 가만히 두자는 쪽으로 이야기를 끌고 나갔다.

그 외 운허는 별말이 없었고, 만허는 이 자리에 없는 무허를 제외하곤 가장 막내라 몇 번 의견을 내다 모든 걸 장문인인 태허의 뜻으로 돌렸다.

태허는 이런 이야기를 반복적으로 들어왔음에도 그저 시종일관 미소로만 일관했다. 그러다 가끔 상황과 조금 다른 말로 분위기를 흔들었다. 그래도 더 이상 변화가 없을 듯해 결국 그가 결론 같은 말을 꺼냈다.

"사제들, 정녕 내 뜻을 모르겠는가?"

"……?"

무당오자는 잠시 그 말뜻을 이해할 수 없었다. 분명 태허의 뜻은 무허를 이대로 둘 수 없다는 것이었다. 그런데 뜻을 모른다니……. 그렇게 되면 지금까지 태허를 설득하려던 그들의 노력은 무엇이란 말인가? 정녕 태허는 무허에게 무얼 바라고 있단 말인가?

"알겠네. 사제들이 내 뜻을 모른다면, 내 직접 가서 무허 사제에게 확인해야겠지."

"……"

태허가 이 말과 함께 자리를 털고 일어나자 다른 이들은 더 이상 말을 하지 못했다. 그리고 도대체 뭘 확인하려고 한다는 것인지, 그들은 칠십을 넘긴 세수 속에서도 태허의 마음을 알수 없었다.

*   *   *

태허가 극마동으로 찾아가려고 할 때, 고경천도 과거 무당 시절 자신의 보금자리인 극마동으로 향하는 중이었다.

'그래. 당 소저의 말이 맞다. 진정 그녀의 말대로 전하지 않으면, 아무것도 알 수 없다. 그게 슬픔이든 분노이든 간에 말이다.'

고경천은 무당파의 전각과 전각 사이의 어둠 속에 몸을 숨기며 이동했다. 그러며 그는 보름달을 보면서도 잡지 못한 마음을 지금 다잡았다.

그에겐 광한에 대한 원초적인 문제 이전에 가장 결정짓기 힘든 것이 사부인 무허에 관한 것이다. 도대체 그를 만나 무슨 이야기를 하고 무얼 받아낸단 말인가? 정녕 그도 광한에게 하려는 것처럼 흡정마공으로 과거의 잘못에 대한 쓴맛을 보여줘야 하는 것인가?

'아니다. 내가 정녕 바라는 것은 그게 아니다.'

고경천은 마지막으로 다시 한 번 강하게 결론을 내렸다. 그리고 이젠 더 이상 아무런 생각도 하지 않고, 그저 목적지를 향해 가는 것만 생각했다.

극마동(克魔洞).

극마동은 무당 내에서도 좀 특이한 곳이다.

분명 죄인을 가두는 곳이기도 하지만, 이곳엔 철창도 없고 감옥도 없으며 감시하는 자라곤 더더욱 없다. 있는 것이라곤 그저 좌선면벽을 위한 작은 동혈 하나와 초라한 모옥.

그러다 주변 풍광만큼은 무당산 내에서도 손꼽힐 만큼 수려했다. 그래서 과연 이곳이 죄인을 위한 곳인가란 의문을 남긴다. 하나 실상 이곳의 감옥과 철창은 모두 자신의 몫이었다. 그러기에 수려한 풍광은 오히려 그 당사자를 더욱 괴롭히는 요소일 뿐이다.

그건 이곳에 오는 자들이 오직 한 가지 죄를 짓기 때문이다. 바로 수도자라면 절대 짓지 말아야 할 그런 죄를 말이다.

쓱쓱.

두 개의 물체가 서로 마찰을 일으켰다.

그런데 정녕 부서져서 나가떨어져야 할 것은 그대로였고, 오히려 단단한 돌가루만 부스스 바닥에 떨어졌다.

그 일을 하는 자의 손은 세상 그 무엇보다 단단한 물체라도 되는지 그 일을 능수능란하게 해내었다. 그리고 그의 손길 아래 돌조각은 점점 하나의 검의 형상이 만들어져 갔다.

그러나 정작 놀란 것은 맨손으로 돌조각을 다듬는다는 것이 아니었다.

그는 무릎에 올린 돌조각을 한 손으로는 검날을 매끄럽게 닦아냈고, 한 손으론 손잡이에 손톱으로 소나무 문양과 태극 무늬를 새겼다. 분명 그는 동시에 두 가지 다른 일을 하고 있는 중이다. 그런데 그의 손놀림은 조금도 흐트러지지 않고, 마치 다른 사람의 손처럼 따로 놀았다. 그러던 그의 손길이 갑자기 멎었다. 그리고 돌검을 들고 미친 듯 달빛 아래서 검무를 추기 시작했다.

돌고, 휘둘리고, 채고, 걸고, 찌르고, 베고…….

마치 무엇에라도 홀린 듯 그의 검무에 주변의 풀들이 허공을 날아다녔다. 그리고 그의 검무는 무당검이지만, 무당검이 아닌 것이 되어 근 한 식경을 끌었다. 그러던 사내는 무슨 일인지 갑작스레 검무를 멈추고, 돌검을 반으로 꺾어 바닥에 버렸다.

그리고 돌검이 바닥에 닿는 것과 동시에 한 사람이 그의 곁에 떨어져 내렸다.

第五章

“무허 사제, 아직도 부러뜨릴 검이 남았는가?”

나타난 자는 괴인을 향해 이젠 무당에서조차 잊혀진 무허라 불렀다.

그러나 괴인은 무허란 이름이 자기와는 상관없다는 듯, 나타난 자를 무시하며 돌조각들이 쌓여 있는 곳으로 걸음을 옮겼다.

“사제……”

말을 건넨 태허는 얼굴에서 웃음이 사라져 있었다. 그에게 있어 상낙자란 별호까지 만들어준 그 미소가 지금은 안타까움으로 바뀌어 상심자처럼 보이게 만들었다.

광성자(光星子) 무허.

무당 최고의 기재로 무당검을 새롭게 변환시키고, 소외받던 무당의 권장지권을 전면으로 내세운 자.

그러나 이건 모두 이십 년 전의 이야기로 비록 그 당시 그가 완성된 상태가 아니었다 해도, 그대로 시간이 흘렀다면 진정 무당은 새로운 무학종사를 맞아들일 수 있었을 것이다.

바로 그 사건만 아니면… 그 사건만 아니면…….

태허는 눈을 감았다.

잊고자 했으나, 영원히 잊을 수 없는 사건. 모든 것은 무허를 위한 거였건만, 그 선택은 태허 평생 가장 큰 실수로 남게 되었다. 그 결과 무당은 가장 뛰어난 무재를 잃고, 태허가 상낙자로 있을 수 있는 가장 큰 이유를 잃었다.

그래선지 눈을 뜨고 말할 때의 태허 표정은 그 감정의 찌꺼기가 고스란히 남아 있었다.

"사제… 도란 막힘없이 유유히 흐르는 물과 같은 거네. 이제는 놓아줄 때도 되지 않았는가?"

"막힘없이 유유히 흐르는 물과 같다라……."

처음으로 무허가 입을 열었다. 정말 도호대로 그의 음성은 모든 것이 다 사라져 공허함뿐이 남지 않았다.

"그렇네. 흐르는 물. 자넨 이제 그 고여 썩어가는 물을 흘려보내 줄 때도 되지 않았는가?"

"후후. 썩어가는 물이라… 썩어가는 물. 크하하하."

기쁨도 분노도 없는 무미건조한 웃음. 도대체 어떻게 이런 웃음을 흘릴 수 있는지 불가사의할 정도였다. 무허는 웃음 뒤에 천천히 돌아서며 지금까지와 달리 태허를 정면으로 바라보았다.

"장문인이야말로 그 고여 썩은 물을 흘려보내시오. 실상 고여 썩은 쪽은 내가 아니라 무당 아니오? 아니, 정파의 모든 게 썩었다 하는 게 더 맞겠지. 그렇지 않으면, 이십 년 전의 혈겁이 어찌 그렇게 크게 번질 수 있었겠소?"

말이 끝나자 태허의 눈꼬리가 심하게 떨렸다. 무허가 지적한 부분이 마치 그의 가장 큰 치부인 듯 보였다.

"사제는 아직도 이십 년 전의 일을 정파 잘못이라 생각하는가?"

"그건 스스로가 잘 알지 않소? 의를 행한다는 이유도, 뜻하지 않게 이용당했다는 이유도 다 듣기 좋은 구실일 뿐. 실상 도화선에 기름을 부은 격은 알량한 옥정곽의 말을 믿고 정파의 힘을 쏟아 부은 바로 장문인! 당신 책임 아니오?"

무허이 말은 여름의 뜨거워진 공기를 차갑게 만늘 정도로 싸늘하게 터져 나왔다.

"……!"

무허의 호통에 고경천은 몸을 드러내지 못하고 그대로 거리를 두고 한 바위 뒤에 몸을 숨겼다. 그리고 눈에 힘을 주어 장내의 두 사람을 살폈다.

매섭게 바라보는 무허의 두 눈과 격렬하게 떨리는 태허의 두 눈. 과연 그들이 사형제였는가 의심 갈 정도였다.

'도대체……'

고경천이 들은 것이라곤 무허가 내뱉은 마지막 말뿐이었다. 그러나 그 정도만으로도 충분히 둘이 나눈 대화의 무게를 느낄 수 있었다.

'잠시 기다리는 것도 나쁘지 않겠군.'

고경천은 공력을 끌어올려 귀에 집중시켰다. 그리고 그들의 이야기를 하나도 놓치지 않으려 모든 신경을 두 사람에게 쏟았다.

"아닐세!"

태허의 음성이 무허 못지않게 크게 터져 나왔다.

"아니다… 장문인은 그때나 이십 년이 흐른 지금이나 조금도 달라지지 않았소. 그런데 어찌 나에게 도는 흐르는 물과 같다는 이야기를 하오? 장문인은 나에게 말을 하기 전에 먼저 그 막혀 썩어 있는 생각부터 흘려보내시오."

"사제야말로 인정하게. 그 당시 사제는 누구의 뜻도 아닌, 사제의 뜻으로 제일 먼저 검을 뽑아 들었네. 그건 그 당시 사제도 정파의 뜻이 옳다고 여겨 한 일일세. 그런데 그런 자네가 그런 말을 하다니… 사제, 아직도 그 일로 나를 원망하고 있는가? 그래서 이런 억지를 부리는가?"

"후후. 후후. 으하하하."

무허는 웃었다. 이번만은 공허한 웃음이 아닌, 정말 즐겁다는 듯 진한 감정의 색채를 담았다. 한참을 웃고 나서야 무허는 다시 입을 열었다.

"사람이 사람을 죽인 것에 무슨 의미가 있소? 그래서 난 이미 십 년 전에 모든 걸 잊었소. 그런데 우습게도 장문인만 홀로 그 일을 잊지 못하는구려. 자! 그래도 도는 흘러간다 말할 수 있소? 정녕 가슴에 그 사실을 담고 있는 장문인이 나에게 그런 말을 할 자격이나 있소?!"

"……."

태허는 말을 할 수 없었다. 지금 무허의 눈빛. 그에 대한 원한이 조금도 남아 있지 않았다. 있는 것이라곤 그저 어리석음을 비웃는 싸늘한 냉소뿐, 그는 무허에 의해 지금까지 닦은 도가 흔들리는 것을 느꼈다.

무허는 태허가 침묵하자 계속해서 입을 열었다.

"내 마지막으로 장문인에게 한마디만 하겠소. 강산은 십 년이면 변할 수 있지만, 사람은 그 정도의 시간으로도 부족할 수 있소. 지금 장문인이 무얼 하려는지 모르지만… 옥정곽! 그 인간과 연을 끊지 못하면, 반드시 이십 년 전의 과오가 또 생길 것이오. 그러니 잘 생각해 보시오. 썩는 게 물인지, 아님 사람인지 말이오."

무허는 더 이상 대화하기 싫다는 듯, 몸을 돌려 그가 소일하던 돌무덤이 아닌 곡 안의 모옥으로 걸음을 옮기려 했다.

태허가 기운 빠진 음성으로 한마디 했다.

"그는 무림제일현자다. 그리고 무림을 가장 사랑하는 의협지사고, 그런 그가 과오를 범하다니… 절대 그런 일은 없다."

무허는 태허의 그 말에 아무런 대답도 하지 않았다. 마치 행동이 그의 대답인 듯 묵묵히 돌조각이 있는 곳이 아닌 유일한 건물인 모옥 쪽으로 걸음을 옮겼다.

태허는 잠시 그가 사라지고도 움직이지 못했다. 분명 그는 무허를 설득해 다시 무당의 기둥이 되게 하려고 했다. 하지만 정작 설득당한 것은 무허가 아닌 그 자신이었다.

"무량수불. 도는 흘러가는 대로 두기에, 내 지금까지 나의 도를 조금도 거슬리지 않았거늘. 도대체 왜 사제와 난 함께 흐를 수 없단 말인가?"

태허의 장탄식은 오랫동안 극마동 주변을 맴돌았다. 그리고 그 탄성이 사라졌을 때, 태허의 모습은 사라지고 남은 것이라곤 이리저리 부러진 돌검의 잔해만이 씁쓸함을 나타내었다.

모두 사라지자 고경천이 모습을 드러냈다. 그는 잠시 태허가 떠난 자리와 모옥이 있는 자리. 그리고 극마동의 주변 풍경을 둘러보다 천천히 걸음을 옮겼다.

"도란 막힘 없이 흐르는 물이란 말이지."

고경천은 망설임없이 모옥이 있는 곳으로 발걸음을 옮겼다.

저벅. 저벅.

고경천의 발소리가 극마동 주변에 조용히 퍼졌다. 일부러 인기척을 숨기지 않았기에 이 정도 소리는 분명 모옥에서 느낄 것이다.

그래선지 고경천이 모옥에 다다랐을 때, 기다렸다는 듯 문이 열리고 무허가 모습을 드러냈다.

"……."

두 사람의 시선이 자연스레 부딪쳤다. 그리고 그들의 풍경은 근 일다경이나 지속되었다.

그러나 무허의 한마디가 그 모든 걸 깨뜨렸다.

"왔으면 들어오지 않고 무얼 하느냐?"

무허의 음성은 조금도 망설임이 없었다. 이미 그는 상대의 정체를 파악한 듯 십 년이 흘렀어도 대하는 모습은 전과 조금도 달라지지 않았다.

"예."

고경천은 그 말에 묵묵히 따랐다. 내부로 들어서니 내색하지 않으려 해도 고경천은 일순 십 년 전으로 끌려들어 가는 착각을 느꼈다.

십 년 전과 비교해서 하나도 바뀌지 않은 내부의 정경. 그저 바뀐 것이라곤, 고경천이 나이를 든 것처럼 모든 것이 나이를 먹었다는 정도였다.

"앉아라."

"예."

고경천은 전처럼 무릎 꿇지 않았다. 시간이 흐른 만큼, 또 아직 그의 마음속에 모든 앙금이 걷혀지지 않은 만큼 전처럼 할 수 없었다.

"그래도 하난 제대로 달라졌구나."

"다 사부님의 가르침입니다."

어렵다 생각했으나, 막상 그 얼굴을 보니 놀랍게도 너무 쉽게 사부란 말이 튀어나왔다.

하지만 무허는 잠시 입을 열지 않았다. 고경천과 달리 그에겐 어떤 영향을 준 듯했다.

"지금 네 모습을 보니, 내 가르침과는 전혀 상관없는 것 같다. 그러니 내 가르침 때문은 아니다."

"그러나 사부님이 가르쳐 준 예도와 글공부 덕분에 저는 무당파에 오고 나서도 평정을 유지할 수 있었습니다. 그렇지 않았다면, 저는 벌써 무당에 십 년 전 우리 부자를 우롱한 것에 대한 대가를 톡톡히 받아냈을 것입니다."

"그럼 내가 실수한 것 같구나. 차라리 그때 너에게 예를 가르치지 말고 무공을 가르쳤으면 지금쯤 무당은 큰 가르침을 받고 있지 않겠느냐?"

"……?"

고경천은 무허가 자신의 무례함을 꾸짖으려 이런 말을 하는가 했었다. 그런데 무허의 입에서 나온 말은 전혀 그 예상과 달랐다.

하지만 무허는 별 개의치 않고 다른 이야기를 꺼냈다.

"그보다 무슨 무공을 익혔더냐? 분명 꽤 많은 내기를 갈무리하고 있는 거 같은데, 기연을 중첩으로 받기라도 했느냐?"

"아닙니다. 애초부터 기연이 없는 저인데, 어찌 기연이 있겠습니까? 그래선지 악연인지 모를 흡정마공이 제 손에 닿게 되었습니다."

"……!"

이번에는 무허가 놀란 눈을 감추지 못했다. 그래선지 되묻는 한마디가 조금 높았다.

"정말로 흡정마공을 익혔느냐? 정녕 네가 무림의 전설로만 알려진 흡정마공과 손이 닿았단 말이냐?"

"예. 제기 익히고 있는 무공은 조금도 거짓없는 신싸 흡정마공입니다."

그러며 고경천은 흡정마기를 운용했다. 그러자 그동안 숨겨놓았던 흡정마기들이 금방 고경천의 얼굴에 거미줄 같은 짙은 무늬를 만들었다.

“한번 시험해 보셔도 좋습니다.”

고경천은 왠지 무허에게 도발하듯 그 한마디를 던졌다.

무허는 고경천의 무례에 인상이라도 굳히는 듯했다. 하지만 그의 얼굴은 곧 고경천이 한 번도 볼 수 없던 그런 표정으로 바뀌었다.

“으하하. 정녕 재미있구나. 재밌어. 진인사대천명(盡人事待天命)이라더니, 이십 년 전의 그 엉뚱한 노력은 결국 이런 결과를 만드는구나. 크하하하.”

무허는 진정 즐거워했다.

육파일방이 앞장서서 없애려던 저주받은 무학. 그런데 그 무공은 육파일방의 한곳인 무당파와 연을 맺은 고경천의 손에 닿게 되었다.

결국 무당파의 노력이란 것은 다 오늘을 위한 안배 이상은 아니란 말이 아닌가?

그러나 그 속내를 알 수 없는 고경천은 조금 무안해질 정도였다.

‘정말 이 사람이… 내가 알던 무허 사부가 맞단 말인가?’

그러나 대답해 줄 리 없는 무허는 그저 미친 듯한 웃음으로 고경천을 더욱 어벙하게만 만들었다.

하지만 그렇다고 이대로만 있을 수 없기에 고경천은 조금 목소리를 높여 그를 불렀다.

“사부님!”

다행히 고경천의 부름에 무허는 웃음을 그쳤다. 그리고 지금까지와 달리 공허함이 다 사라진 모습으로 밝게 입을 열었다. 마치 그의 모든 공허가 웃음 속에 다 날아가 버린 듯했다.

"묻고 싶은 것이 많다 여겨진다. 비록 내 너에게 사부라 불릴 정도의 무엇도 남겨주지 않았지만, 내 오늘만큼은 모든 걸 너에게 남겨줄 테니 참지 말고 물어보거라. 내 네 덕분에 웃음을 찾았거늘, 이 시점에서 너에게 무얼 숨기겠느냐?"

무허가 이렇게 나오자 고경천은 오히려 잘되었다 여겼다. 어차피 그와는 진지한 대화를 나누려고 했기에 그는 사양하지 않았다.

"좋습니다. 그럼 사양하지 않고 단도직입으로 묻지요. 사부님, 사부님은 이십 년 전에 무슨 죄를 저질렀습니까? 도대체 무슨 죄를 저질렀기에 자신은 물론 타인의 인생마저 이리 꼬아놓은 것입니까? 자! 그 이유를 말해보십시오. 그래서 나의 이 웅어리진 한을 녹여보십시오!"

참아온 시간이 짧지 않았음인가? 묻는 고경천의 음성엔 자신도 참지 못한 분노와 회한이 담겼다.

그 모습을 보는 무허도 충분히 공감한다는 듯 두 눈을 지그시 감았다. 굳이 이유를 붙이지 않았어도 꼬인 운명의 시발점에 그가 있었다.

그 후, 두 사람은 각자의 가슴속에 이는 감정의 회오리를 잠재우려 말을 꺼내지 못했다.

무늬뿐인 제자와 사부.

고경천과 무허의 관계는 이 말 말고는 달리 표현할 말이 없었다. 영혼이 떠난 시체처럼 둘은 그런 껍데기뿐인 관계만 갖고 있는 것이다.

무허는 고경천의 뜨거운 눈빛 때문인가? 감았던 눈을 뜨며 감춰뒀던 과거를 다시 풀어냈다.

"일단 이 이야기를 하려면 이십 년 전 흡정마경쟁탈전 때로 돌아가야 한다. 그리고 그 진정한 원흉이 누군지부터 짚고 넘어가야 확실해진다. 그 원흉은 바로……."

고경천의 눈이 커졌다. 이건 좀 무언가 그가 생각했던 것과 달랐다. 이십 년 전 혈사의 원흉이라니… 과연 그가 정말 그 일의 원흉이란 말인가?

*　　　*　　　*

탁!

강하게 책을 덮는 손길에 유등불이 잠시 주춤거렸다.

옥정곽은 잠시 그 유등불을 보며 자신의 지금 심정과 같다는 생각이 들었다.

"이제 진정 내가 무덤으로 들어갈 때가 되었구나. 하룻밤만 지나면 모든 것이 새롭게 태어날 걸 그걸 견뎌내지 못해 이리 흔들리다니……."

그러나 그는 누가 뭐라 해도 무림제일현 옥정곽이었다. 곧 눈빛을 바로잡고 기운이 빠졌던 음성에 조금씩 힘을 담아갔다.

"지금은 과거와 다르다! 육파일방의 뜻이 하나로 모여 그 뜻이 천하무림을 향해 선포되기만을 기다리고 있다. 그러니 걱정할 것은 하나도 없다. 난 그저 기틀을 만들어 내 아이들에게 그걸 물려주기만 하면 되는 것이다!"

*　　　*　　　*

"정말 그가 음모의 주체자란 말입니까?"

고경천은 말이 끝나자 참지 못하고 이런 질문을 던졌다.

그러나 무허는 고개를 좌우로 내저었다.

"아니⋯ 음모의 주체자가 아니고, 그는 작은 불씨를 그저 큰 화염으로 만들었을 뿐이다. 하나 그것만으로도 그는 원흉이라고 불려도 충분하다. 만일 그 당시 그가 정파를 선동하지 않았으면, 과거 혈사는 무림 전체로 퍼지지 않았을 것이다. 그럼 그렇게 허무하게 목숨을 잃은 자도 나오지 않았을 테고　　."

'웃기는 곳이야, 무림은⋯ 적도 아군도 딱히 나눌 수 없는 곳이니까.'

고경천은 잠시 자신의 생각에 빠져 뒷말을 흐리는 무허의 모습을 보지 못했다.

그리고 무허도 얼른 그런 기색을 지워 그 부분은 넘어간 채 고경천에게 질문을 던졌다.

"네가 보기에 정파무림의 가장 큰 잘못이 무엇이라고 보느냐?"

"잘못이라……."

고경천은 질문을 받고 잠시 생각에 잠겼다. 지금까지 정파무림이 딱히 잘못되었던 생각을 해본 적이 없었다. 주로 사도와 중도의 인물들과 부딪치다 보니 특별히 이야기할 만한 것이 없었다. 그러나 아미파 일을 떠올리면서 왠지 대답할 말이 생겼다.

"고칠 수 없는 답답함이란 생각이 드는군요."

"고칠 수 없는 답답함이라… 왠지 그 말이 가장 쉽게 표현한 말일 수도 있겠구나."

무허는 작게 고개를 끄덕였다. 그리고 보충하듯 말을 이어갔다.

"정도는… 말 그대로 너무 곧다. 그러다 보니 수많은 벽도 그대로 뚫고 나가야 하고, 그래서 때론 정도는 그 어떤 패도보다도 더 파괴적일 수 있다. 그 결과 이십 년 전처럼 가장 큰 피해를 입어 지금처럼 봉문 아닌 봉문을 당하기도 한다. 그래서……."

정도에 비해 사도가 더 빠르게 발전을 하고, 늘 손쉽게 정도를 위협할 수 있었다.

그러나 정도는 더딘 만큼의 이점도 갖고 있다.

"그게 바로 전통이다. 그리고 그게 바로 유일한 정도의 장점으로 이 전통으로 인해 정도는 웬만한 외풍에는 크게 흔들리지 않을 수 있는 것이다. 그러나 여기에 정도가 갖고 있는 하나의 문제가 합쳐지면 큰 문제가 된다."

전통을 유지하려면 한 가지 필요한 것이 뜻을 하나로 묶을 수 있는 신념이다.

지금 정도가 선택한 신념이 바로 협의지도(俠義之道)!

이거야말로 정도를 지켜온 만고불변의 진리로 또 이로 인해 무림이 바닥까지 타락되지 않는 버팀목이 되어주었다.

"결국 정도는 이렇듯 완벽한 것 같지만 불안하다. 더욱이 이익을 쫓는 사도보다 더 위험할 수 있는 이유가 바로 여기에 있다. 협의를 대의명분으로 거는 순간, 정도는 그 어떤 사도 세력보다도 두렵다. 그때의 정도는 협의 외의 것은 철저히 무시하기에 그들은 살인도 서슴지 않는다. 그건 처음에 언급했다시피 정도의 돌아갈 수 없는 곧음이 돌아갈 수 없게 막기 때문이다. 그러기에 저주받은 무학을 없애려는 정도의 협의지도가 이십 년 전 혈사를 더 크게 만든 것이다."

"하나 한 가지 분명치 않은 것이 있군요. 사부님은 그가 원흉이지만 주범이 아니라 했는데, 그럼 혹시 그 주범이 따로 있다 여기시고 말씀하신 것 아니십니까?"

고경천의 질문에 무허가 부드러운 표정을 지었다. 마치 그 표정은 똑똑한 제자를 바라보는 스승의 모습처럼 흐뭇해 보이기까지 했다.

"그건 확실하지 않기에 뭐라 말을 할 수 없구나. 단지 이십 년이란 시간 속에 얻은 실마리라곤, 늘 가장 많은 수혜를 입은 자가 그 일의 주범일 가능성이 높다는 것이다. 그래서 옥정곽은 원흉은 될 수 있어도 주범이 아니라 말한 것이다."

지금 생각해 보니 그 답은 너무 쉽게 나왔다.

'이십 년 전 혈사의 가장 큰 수혜자는… 바로 녹림이다!'

그 당시 녹림은 그 혈사에 참여하지 않았다. 오히려 그 틈을 이용해 그들은 흩어진 녹림을 하나로 묶어 지금에 와선 동, 남, 북 중 동에서 커다란 영향력을 발휘하는 한곳으로 성장했다.

무허는 고경천의 변하는 표정을 보고 더한 미소를 지었다. 하나를 가르쳐 열을 알면 더 좋지만, 하나도 제대로 모르는 제자는 가르칠 수 없었다. 그러고 보면 예전부터 고경천은 가르쳐 준 것은 확실히 익히는 제자였다.

'바보 같았군. 그걸 이제야 알다니… 아니, 이제라도 알게 된 것도 그나마 하늘이 날 깨우치려 한 것이겠지.'

무허는 이제야 검은 구름이 걷히고, 그 너머의 밝은 하늘이 보이는 걸 느꼈다.

"그런데……."

"……?"

고경천의 갑작스런 음성에 무허는 상념에서 벗어났다. 그리고 무슨 일인가 고경천을 바라보는데,

"아직 진짜를 가르쳐 주시지 않았습니다."

"진짜라니?"

"사부님이 무당의 죄인이 되어 극마동에 갇힌 이유, 바로 그 이유 말입니다."

"……."

무허는 순간적으로 미소를 잃었다. 고경천에게 질문을 던진 것도 무의식적으로 그 이야기를 피하려는 그의 잠재의식의 발로였다. 그런데 결국 고경천은 진짜를 원하고 있었다.

"그렇구나. 진짜가 빠졌구나. 내가 무당의 죄인이 된 이유, 아니, 무당이 나에게 죄를 짓게 만든 이유……."

'무당이 사부에게 죄를 짓게 만든 이유?

고경천은 말의 의미에 묘한 예감을 받았다.

"그래, 말해주지. 내가 무당과 담을 쌓은 그 이유를 말이다."

무허는 결심이 선 듯, 망설임을 버리고 그 일에 대해 털어놓기 시작했다.

과거 무허사는 무당칠사의 일인으로 어찌 보면, 무당칠사 중 가장 촉망받는 인물이었다.

만일 선대 장문인이 연배가 아닌 재질만 놓고 봤다면, 현무당 장문인은 태허가 아닌 무허에게로 돌아갔을 것이다.

그러나 그건 별개의 문제고, 무허는 그 출중한 능력으로 이

십 년 전의 혈사에 앞장섰다. 그 와중에 그의 검 아래 얼마나 많은 사도 고수들이 쓰러졌는지 모를 정도로 그는 여지없이 뛰어난 능력을 발휘했다.

그리고 그가 그렇게 협의의 이름 아래 희대의 살인마가 되어갈 무렵.

"나는 만나게 되었다. 나의 또 다른 거울을… 그러나 그 거울은 이미 깨어져 있어 더 이상 거짓을 비추지 못했다. 대신 나는 그 깨진 거울을 통해 협의의 이름 아래 이미 추악하게 변해 버린 내 모습을 찾게 되었다."

무허는 괴로움인가? 아님 분노인가? 알 수 없을 정도로 일그러진 표정을 지었다.

*   *   *

"만월… 둥금… 원은 끊어지지 않는 흐름… 태극은 돌고 돌아 끊이지 않는 흐름을 보여주나니……."

고고한 달빛 아래 조금 차갑지만, 수려한 외모를 자랑하는 젊은 도사가 만월을 바라보다 천천히 검을 치켜 올렸다. 그리고 조용히 어둠뿐인 허공에 원을 그려 나갔다.

돌고… 돌고… 또 돌고…….

원은 커졌다 싶으면 천지를 담고, 작아졌다 싶으면 점이 될 정도로 작아졌다. 그리고 그 원들은 그 속에 원을 품기도 하고, 또 더 큰 원 안에 속해 조용히 사라졌다.

젊은 도사는 서두르지 않는 가운데, 천지만물을 원 안에 담아버리는 검무를 펼쳤다. 어느 순간 구름처럼 허공에 붕 뜬 그의 신형은 흐름을 거역하지 않는 하나의 적운이 되어 그렇게 천지를 유영했다.

휙. 휙휙휙.

그러던 그의 검무가 조금 빨라졌다. 그러자 구름은 어느샌가 먹장구름이 되어 천하를 거세게 요동쳤다. 그리고 검이 그리는 원들은 그 안의 빈 공간을 천지로 채우려는 듯, 거세게 모든 것을 빨아들였다.

그러던 순간,

지이잉.

거칠게 휘몰아치던 검무가 사라지고, 그 흔적만 알리는 검명 소리가 떨리는 검끝에서 울려 퍼졌다.

젊은 도사는 잠시 검의 진동이 멎기를 기다리다 언제 몰아쳤냐는 듯 조용히 검을 내렸다. 그는 잠시 만월을 바라보다 본래 머물던 한 석동으로 걸음을 옮겼다.

달빛 아래 그가 향하는 석동의 이름이 드러났다.

천무동(天武洞).

무당에 있어 천무는 유일한 무의 시조인 장삼풍을 달리 일컫는 말과 연관이 있었다.

천무 진인 장삼풍.

그는 이 천무동에서 도가의 무공을 집대성해 태극신공이란 새로운 무류를 만들었다. 그래서 그 당시 강(剛) 일변도로 흐르는 무공에 유(柔)를 가미하거나 유로서 강을 제압하는 능유제강(能柔制剛)을 이뤄냈다.

그 후, 무학은 새로운 국면을 맞이해 세인들은 장삼풍을 무학대종사로 부른 것이다.

그래선지 이 천무동은 역대 장문인들의 폐관수련동으로 이용되었다. 이 안엔 태극신공의 기틀이 되는 연태극공이 있었다.

연태극공은 극유의 신공으로, 태극신공이 부드러움에 어느 정도 강함을 가미한 것과 달리 연태극공엔 강함 자체가 없다. 오직 부드러움, 그리고 장삼풍이 창조해 낸 무패전설이 이곳에 있었다.

그러나 역대 장문인 누구도 연태극공을 깨우치지 못했다. 그러다 보니 천무동의 벽화로 남은 연태극공은 지금은 그저 오래된 유물로 남았을 뿐이다.

그래서 지금 천무동은 단순히 무당무공의 정수인 태극혜검을 완성하는 장소로만 이용되었다. 연태극공은 비록 그 자체만으로 힘을 얻지 못했지만, 무당 모든 무학에 새로움을 가미할 순 있었다.

그 덕에 천무동으로 사라진 젊은 도사의 무공이 태극혜검치고 또 다른 일면을 갖게 된 것이다.

그리고 오늘 젊은 도사는 원하던 것을 얻게 되었다. 장문인 아니면 차기 장문인만이 들 수 있는 천무동에서 젊은 도사는 육대절학의 하나인 태극혜검을 완성한 것이다.

기간으로는 대략 십 년, 그 외 특별한 이유를 덧붙이자면 십 년 전 무당의 두 기재가 극마동과 천무동에 들었단 것이다.

*　　　*　　　*

"저… 정말입니까?"

고경천은 이야기를 들으면 들을수록 도무지 믿어지지 않았다. 도대체 어찌 오랜 수도를 해온 자들이 서로 부부의 연을 맺을 수 있단 말인가?

"후후. 믿기 힘들겠지만, 사실이다. 그 당시 난 상처 입은 그녀를 치료하다 나의 일그러진 모습을 본 후, 수도자로선 가지지 말아야 할 애욕의 늪에 빠져들었다. 그리고 무당의 명예를 일축시켜 버릴 수 있는 혼인이란 중죄를 지어버렸다."

'도대체 도사와 비구니가 혼인을 하다니… 이게 지금 말이 되는 일인가?'

만일 그 도사가 도가의 명문 무당파 출신이고, 비구니가 불가의 명문 보타암 출신이라면, 이 이야기는 아무도 믿지 않을 허무맹랑한 이야기가 될 것이다.

"그녀의 법명은 유정(有情). 어찌 보면 유정이란 그 별호 때문에 그녀가 더 쉽게 무너졌을지도 모르지. 그리고 나도 그 흔들리는 정 속에 더 빠져들고… 마지막엔 여인은 스스로 목숨을 끊고, 남자는 이렇듯 껍데기가 되어버린 비극만 남기고 말이다."

"음……."

고경천은 신음을 참을 수 없었다. 지금 보니 무허는 그보다 더 엉망진창의 삶을 살아온 것이 아닌가? 그리고 고경천은 재수없게 그 운명 속에 얽혀든 것이고…….

'망할 하늘… 정녕 네놈은 사람에게 늘 이런 것밖에 보여줄 수 없단 말이냐?'

그러면서 고경천은 왠지 무허에게 화가 났다. 둘 다 하늘에 농락당한 것은 똑같았다. 그런데 그 결과는 너무나 다르지 않은가?

"그렇다고……."

"……?"

"정녕 그렇다고 이렇게 된 것입니까? 단지 사랑하는 여인이 죽어서? 아님 그 여인이 비구니라서? 그리고 그 여인을 죽게 만든 사람이 믿었던 동문 사형들이라서? 도대체 그딴 게 지금 사부님을 이렇게 만든 이유라고요?"

"뭐… 뭐, 그딴?"

그딴이란 말이 나오면서 무허의 얼굴이 점점 붉게 달아올랐다. 그에게 있어 지워지지 않는 화흔으로 남은 그 일을 그

딴이라니… 하나 계속해서 이어지는 고경천의 말에 무허는
분노를 토해낼 수 없었다.

"웃기지도 않는 소리입니다. 저 같으면, 무슨 수를 써서라
도 그분의 죽음을 막았을 겁니다. 사랑이 좋아 결혼까지 했으
면 모든 걸 다 잊어야 하는 거 아닙니까? 그리고 그게 천륜을
어기는 것도 아니고, 고작 인륜을 어기는 것인데… 그게 바보
처럼 모든 걸 받아들일 정도로 대단한 잘못입니까?"

목청을 돋웠던 고경천이 잠시 말을 멈췄다. 그리고 자리에
서 벌떡 일어나며 소리치듯 내뱉었다.

"정말 실망했습니다. 만일 사부가 진작 이런 사람인 줄 알
았다면, 사부에 대한 원망을 지금까지 갖고 있지 않았을 텐
데. 오히려 이별한 걸 감사드리며 그 괴상한 연공도, 흡정마
공도 생고생해 가며 익히지 않았을 텐데… 그런데 날 그렇게
만든 사람의 정체가 고작……."

고경천은 더 이상 입을 열 수 없었다. 그랬다간 분노에 무
슨 소리가 튀어나갈지 몰랐다.

"가겠습니다. 그리고 이 방을 나가는 순간, 저는 사부라는
두 자를 영원히 잊겠습니다. 이로써 저희 두 사람은 너 이상
아무런 관계도 아니니 앞으로 얼굴을 봐도 아는 척하지 말았
으면 좋겠습니다. 그랬다간 제가 창피해 무슨 짓을 저지를지
모르니까 말입니다."

더 이상 할 이야기가 없어 고경천은 몸을 돌려 모옥을 빠져

나가려 했다.

"멈춰라!"

무허가 나가려는 고경천의 발목을 잡았다.

그래서 고경천은 잠시 신형을 멈추고 입을 열었다.

"과거엔 잡지 않더니 지금에 와서 잡는 것입니까? 알량한 자존심에 상처를 받았다고 날 막겠다는 것입니까? 어디 한번 그렇게 해보십시오. 대신 그 뒤는 장담하지 못하겠습니다. 저는 비겁한 자와 교활한 자에겐 절대 손속에 사정을 두지 않으니까요."

그러나 무허의 입에서 나온 말은 고경천의 생각과 전혀 달랐다.

"난 널 막을 생각이 없다. 단지 너에게 염치없이 하나의 부탁을 하고 싶어서이다."

"부탁?"

"한 사람의 생사 여부와 지금 삶이 어떤지 나에게 알려다오. 그럼 내 너에게 그 대가로 양의분심신공(兩意分心神功)을 전수해 주겠다."

"양의분심신공?"

고경천의 눈썹이 크게 올라갔다.

第六章

양의분심신공.

두 개의 생각으로 마음을 반으로 나눈다. 이 말은 즉 한 몸에 두 사람이 들어선 것처럼 한 개의 몸을 두 개처럼 사용하는 것이다. 그러다 보니 한 사람이 동시에 두 가지 무공을 펼칠 수 있게 만든다.

그래서 양의분심신공을 익힌 자를 상대하는 사람은 결국 둘을 상대하는 거나 마찬가지다.

이는 비슷한 실력을 가진 자에겐 두 배의 효과를 반수 위의 자에겐 한 배, 한 수 위의 사람과는 동등하게 상대할 수 있다.

그러나 문제는 양의분심공 자체로는 아무런 효과를 낼 수 없다. 마치 흡정마공이 또 다른 무공을 필요로 하는 것처럼 말이다.

하지만 그래도 양의분심신공은 매력적인 무학이다. 특히 고경천처럼 온몸에 성질이 다른 여러 가지 내공을 갖고 있는 자에겐 그 무엇보다 달콤한 유혹이었다. 이것 말고도 고경천은 흡정을 하면서 다른 무공을 펼칠 수 없는 단점을 한꺼번에 벗어버릴 수 있는 기회가 될 수 있었다.

고경천은 지금까지 분노했던 마음과 달리 자신도 모르게 가슴이 두근두근 뛰어오는 걸 느꼈다. 양의분심신공은 마치 호랑이 등에 날개를 달아주는 것처럼 그에게 강력한 날개를 달아줄 것이다.

그러나,

"싫습니다."

"……?!"

무허의 두 눈이 크게 뜨였다.

양의분심신공은 무당 최고는 아니라도 그 쓰임새에 따라 엄청난 능력을 발휘할 수 있었다. 특히 무공이 높은 자이면 높은 자일수록 그 위력은 커졌다.

"양의분심신공이 아닌 무당 최고 절학인 태극혜검을 제시했어도 제 대답은 같습니다. 저는 이미 말씀드렸다시피 이 방을 나가는 순간, 사부님과는 어떤 관계도 남겨두지 않을 것입니다. 거기다 오늘 이 자리에 제가 온 것은 사부님의 부탁을 들어드리기 위함이 아니었습니다. 어디까지나 가슴 깊은 곳에 남겨진 사부님과의 관계를 청산하는 것! 이미 그걸 정리한 이상, 전 사부님과 더 이상 관계를 남겨두고 싶지 않습니다. 그럼, 안녕히 계십시오."

고경천은 매몰차다 싶을 정도의 차가운 말로 대화를 마무리지었다. 그리고 무허가 잡든 말든 떠나겠다는 듯이 바로 모옥 밖으로 나와 버렸다.

무허는 고경천을 잡지도, 부르지도 않았다.

그 때문인지 고경천은 막 떠나려던 몸을 멈추고, 갈등 섞인 눈으로 모옥을 바라보았다. 그러다 곧 무슨 결론을 내렸는지 모옥을 향해 입을 열었다.

"내일 무당이 많이 시끄러울 것입니다. 그 일로 무당은 당분간 나 하나만 신경 써야 할 터, 아마 바보처럼 궁상맞게 있는 한 사람이 사라진다 해도 신경 쓰지 않을 것입니다. 그러니 그 뒤는 스스로 생각해 보십시오. 평생 이렇게 궁상만 떨 것인가, 아님 스스로 모든 걸 결론을 낼 것인가? 그럼, 안녕히 계십시오."

고경천은 마지막으로 모옥을 향해 예를 올렸다. 그리고 곧 자신의 처소로 빠르게 사라졌다.

잠시 후, 모옥의 문이 열리며 무허가 밖으로 나왔다. 그런데 그는 한때 제자였던 고경천의 매몰찬 반응을 받았는 데도 분노나 허탈감에 빠진 얼굴이 아니었다.

그는 밖으로 나오자 둥글게 하늘에 떠 있는 보름달에 시선을 주었다.

"난 한때 무당의 기재란 소리를 들었지만, 실상은 스스로 아무것도 못하는 바보요. 그래서 사문도, 사랑도, 자식도 놓쳤소. 거기다 이젠 제자까지 놓쳤으니… 그런데 그 제자가 떠나며 바보처럼 궁상떨지 말고 무당을 떠나라 하는구려. 허허."

무허는 자신도 모르게 눈가가 촉촉이 젖어가고 있었다.

"도대체 이십 년 동안 난 무엇을 했던 것인가? 결국 인류에 맞춰 모든 걸 잊는다는 명분 아래 궁상떤 건 아닌지… 당신은 어떻게 생각하시오, 유정?"

보름달 안에 둥근 얼굴을 가진 한 여인이 떠올랐다. 특별히 아름답지 않지만, 그 환한 얼굴과 밝은 미소가 사람을 편하게 해주었다.

무허는 한참 동안 보름달만 바라보다 늘 하던 대로 돌조각이 있는 곳으로 걸음을 옮겼다.

다음날.

모든 이들의 관심을 모으고 기다리던 무당 장문인 구십회 생신축하연이 시작되었다.

무당 제자들은 이른 아침부터 상청궁 곳곳을 청소해 청결을 유지하고, 직접적인 행사장이 될 너른 진무전(眞武殿)을 장수와 축복을 비는 길짐승과 그림들로 꾸며놓았다.

그리고 정해진 시간이 되자 무당 사람들은 생신축하연을 시작했다.

진무전의 상석에 오늘의 주인공인 태허자가 앉고, 그 아래 무당육자의 나머지, 미리 자리 배정을 받은 육파일방의 장문인들이 차지했다.

그다음엔 축하 인사를 오는 사람에 맞게 자리를 배정시켜 주었다.

그러나 내부에 앉아 주연을 즐길 정도가 되려면 어느 정도 배경과 이름을 갖고 있어야 했다. 그건 사도 쪽에서 초빙된 사람도 마찬가지로 나머지 사람들은 무당에서 따로 준비해 놓은 진무전 앞뜰의 천막에서 축하연을 즐겼다.

하지만 사도 쪽의 자리는 모두 공석이었다. 그들은 무당파의 뜻에 공조할 수 없다는 듯 한 자리도 채우지 않았다.

"정말 잔칫집 맞아?"

호군평은 앞에 놓인 음식들을 먹으며 주변을 둘러보았다.

도대체 잔칫집인지 상갓집인지 분간이 안 갈 정도로 분위기가 너무 숙연했다. 특히 정도와 사도가 가까운 곳은 곧 무슨 일이라도 벌어질 것처럼 팽팽했다.

"잔칫집은 맞지요. 그 잔치를 축하해 주러 온 사람들이 그렇지 않아서 문제지요."

당아영이 호군평의 말에 슬쩍 거들고 나섰다.

"그래도 그렇지. 일단 왔으면 축하라도……."

그런데 지금까지 얼굴을 펴지 않던 고경천이 갑자기 자리에서 벌떡 일어나더니 진무전을 향해 한마디를 했다.

"태허 장문인의 구십회 생신을 축하드리오."

말속에 내공이 담겼는지 그 말소리가 주변은 물론, 진무전 내부까지 울렁거리며 퍼져 나갔다.

그 덕에 팍 가라앉았던 분위기가 조금씩 술렁거렸다.

특히 안에서 여러 사람들과 이야기를 나누던 태허는 갑작스런 축하 말에 주변을 살피다, 곧 밖에서 이쪽을 빤히 주시하는 한 사람을 보고 답례를 했다.

"고맙네. 변변치 않지만 즐거운 시간 보내게."

태허는 이 정도로 하고 이야기를 끝내려 했다. 지금 이 정도의 반응도 고경천의 음성에 담긴 내공이 젊은이치고 꽤 정순하다고 생각해서 해준 것이었다.

그러나 고경천은 끝날 생각이 없어 처음보다 내공을 더 담아 입을 열었다.

"실례되지 않는다면, 질문 하나 할까 하오."

이쯤 되다 보니 사람들의 웅성거림은 점점 더 커졌다. 단지 별 특이한 놈이라 치부하기엔 분위기가 묘하게 변해갔다.

그래서 차석에 앉아 있던 무당육자의 한 사람이 나서서 입을 열려고 했다. 하나 그는 태허의 손짓에 자리에 다시 앉았다.

태허는 도허를 제자리에 앉히고 입을 열었다.

"그전에 젊은이의 출신과 명호를 알 수 있겠나?"

사람들은 그 말에 모두 고경천을 바라보았다.

이미 시선은 끈 상태고, 정작 중요한 것은 그것인지라 진무전 내부에 있던 자들이나 외부에 있는 자, 모두 고경천을 바라보았다.

대신 한 사람만 고개를 떨구었다.

호군평은 느닷없는 고경천의 행동에 말릴 순간도 잡지 못했다. 거기다 이제는 호랑이 등에 올라 내려올 수 없는 형국. 그저 울며 겨자 먹기로 기다려야 했다. 대신 당아영에게 눈빛을 보냈지만, 당아영도 왠지 이 상황을 즐거워하는 듯했다.

고경천은 그 대답을 받자 이번에 내공을 더 가미시켰다.

"본인은 혼돈마문의 문주로 있는 혼돈마제 정일이라 하오."

"혼돈마문?"

"혼돈마제?"

"정일?"

구면 사람들은 갑자기 어리둥절해졌나. 내부분 만응이 나 의문을 드러내는 얼굴이라 태허라고 다를 바 없었다.

"허허. 빈도가 산에만 틀어박혀 있다 보니 견문이 많이 어두운 거 같네. 혼돈마문이란 이름을 처음 들어보는 거 같으니……."

"하하. 당연하오. 어차피 혼돈마문은 무당산에 들어오기 전 하루 만에 생긴 문파니, 장문인이 아는 것이 더 이상하오."

"……."

태허의 입이 잠시 붙었다.

그건 고경천의 건방진 말투가 아닌 또 한층 강해진 내공 덕분이었다.

벌써 몇몇 자들은 안색이 창백하게 변해가고, 주변 기왓장들과 집기들이 진동에 울릴 정도였다.

"무량수불. 정 문주, 내공 자랑할 거 아니면 이쯤에서 그만두는 것이 어떤가?"

"하하. 장문인께서 그리 말씀하시니, 더 이상 애들 장난은 그만 해야 할 거 같소. 그보다 아까 물어보고 싶었던 것은 어떻게 하면 본문주도 안에 들어가서 장문인을 축하해 줄 수 있소? 밖에 있으려니 영 서늘해서 견딜 수 없소."

그제야 사람들은 고경천의 의도를 알 수 있었다. 이미 초여름의 문턱은 훨씬 지난지라 밖은 추운 것이 아니라 오히려 조금 더웠다. 그래서 사람들은 태허가 어떻게 반응할까 다음 말을 기다렸다.

이미 진무전 내의 다른 자들은 고경천의 건방진 행동에 얼굴 표정이 좋지 않았다. 만일 직접 상대하는 자가 무당 장문인인 태허자가 아니었으면, 진작에 자리를 박차고 일어났을 것이다.

하나 이 모든 결정권은 주인의 신분인 태허에게 있었다.

사람들의 시선을 받은 태허는 처음보다 더 환한 미소를 지으며 말했다.

"비록 공석이라 해도 주인이 정해진 자리. 정 문주가 들어오면 자리가 하석밖에 없는데 괜찮은가?"

"하하. 괜찮소. 어차피 안에만 들어가면 그것으로 충분하니 걱정하지 마시오."

일단 고경천은 이쯤에서 한발 양보했다. 빈자리가 많다 해도 주인이 저렇게 말하는 이상 여기서 더 하면 예의가 아니었다.

"자리를 내드려라."

태허가 말을 꺼내자 대기하던 무당 인물들이 사도 쪽의 가장 하석에 고경천 일행이 앉을 수 있는 자리를 만들어주었다.

"들어가자."

"혀… 형님, 제발."

호군평은 조금 울상 섞인 음성으로 말했다.

"걱정 마라. 추 문상과의 약속은 지킬 테니."

"예……."

도대체 이게 어디가 약속을 시키는 것이냐고 말을 하고 싶었지만 호군평은 한마디로 끝냈다.

"훗."

당아영은 참지 못하고 웃음을 터뜨렸다. 정말 고경천은 처음 만날 때부터 이런 식이었다.

연수를 원해서 찾아온 사람이 오히려 그 협상자를 열받게 하지 않나? 뜬금없이 왕건묘 일을 단신으로 벌이지 않나? 거기다 여기선 정체가 밝혀지면 졸지에 공적이 될지도 모를 자리에서 이렇게 눈에 띄는 짓을 하다니…….

"왜 웃소?"

"비록 정략으로 시작된 인연이지만, 아무리 생각해도 전봉을 잡은 거 같아요."

"음…….."

고경천은 당아영의 싱거운 한마디에 신음 소리 한 번으로 화답하고, 당당히 진무전 내부로 걸음을 옮겼다.

그리고 그 뒤를 당아영과 호군평이 흔들리지 않는 걸음으로 따랐다.

진무전 내부의 사람들 모두 안으로 들어오는 고경천 일행을 바라보았다. 특히 정파 쪽의 인물들은 두 눈에 불을 켜고 선두에 선 고경천을 바라보았다.

고경천도 들어서며 내부의 인물을 살피던 중이었다.

그러다 눈에 익은 몇 사람의 모습을 보고 미간을 일그러뜨렸다.

뻔뻔한 낯짝의 대명사인 사부와 제자.

역시나 다를 거 없이 그들 사제는 고경천을 향해 다른 자들보다 확실한 적의를 드러냈다. 뭐 저런 건방진 놈이 있냐는 둥, 이곳만 아니면 단단히 혼쭐내 줬을 거라는 둥, 말을 하지 않아도 고경천은 그 둘의 눈빛만 보고 알 수 있었다.

'빌어먹을. 노망난 비구니와 망할 계집애.'

고경천은 단정과 성월여를 보고 순간 울컥할 뻔했다.

정말 그는 두 사람의 얼굴만 봐도 이가 갈릴 지경이었다. 지난날 아마 고경천의 인생에 제일 걸림돌이 누구냐 물어온다면, 그는 주저없이 둘을 꼽을 것이다. 그런데 그 둘을 이곳에서 동시에 보다니, 그는 무당산 오는 것만 생각했지 설마 이곳에서 저 두 얼굴을 볼 거라고는 상상도 못했다.

고경천은 더 보면 짜증나 시선을 돌렸다. 그러자 거기에도 아는 얼굴이 한 사람 있었다.

'성철현……'

그러나 성철현이 아닌 듯도 했다.

처음 봤을 때는 대문파의 소궁주다운 의연함과 정기가 서렸는데, 지금 모습은 마치 상처 입은 한 마리 늑대처럼 조금 거친 인상을 풍겼다. 그렇다고 크게 변한 것은 아니지만, 그는 변했다.

'확실히 마엽성의 그 냉정한 놈보다 낫군.'

그러며 고경천은 호군평에게 전음을 날렸다.

[저기 왼편의 앞쪽에 앉은 청년이 너와 함께 북두칠강에 속한 성철현이다. 알고 있느냐?]

호군평은 그 전음이 아니라도 그를 보고 있었다. 그와 비슷한 연배이면서 꽤 상석에 앉은 자.

[알고는 있는데, 처음 봅니다.]

[느낌은…….]

[저는 사부님들과 형님 빼면, 세상에 두려운 자는 없습니다.]

[좋아! 그럼 저자는 네 몫이다.]

"네읍!"

호군평은 하마터면 전음 대신 입으로 말을 내뱉을 뻔해 억지로 아랫입술을 깨물었다. 그러나 그는 고통을 느낄 새도 없이 고경천을 멍하니 바라봐야 했다.

하지만 고경천은 이미 내준 자리에 당아영과 함께 자리를 잡으려는 중이었다.

그래서 호군평은 홀로 있기 민망해 후다닥 그 뒤를 따랐다.

그런데 이번엔 호군평이 아닌 고경천이 당아영의 전음을 받았다.

[호. 고 공자도 미인은 싫어하지 않는 것 같군요. 그리 뚫어져라 쳐다보고.]

[무슨 소리요?]

[저기 저 두 낭자. 확실히 미인이잖아요.]

고경천은 그 말에 다시 한 번 그쪽을 쳐다보았다. 아까는 아는 얼굴만 보느라 확인 못했는데, 그러고 보니 성월여 근처에 젊은 여인이 한 명 더 있었다.

[청의에 도도한 미를 자랑하는 여인은 분명 멸악사태의 제자 성월여일 거예요. 그 옆의 백의를 정갈하게 입은 청순한 여인은 청룡칠수의 수좌 사해조수 옥정곽의 손녀고. 그러고 보니 오늘 이 자리에 청룡칠수가 다 모였군요. 거기다 육파일방의 장문인들도 다 모이고…….]

처음에는 여인들에 대한 이야기를 하다 당아영은 몇몇 자들을 확인하고는 오히려 그쪽에 더 놀람을 나타냈다.

[그런데 당 낭자는 어떻게 그리 잘 아시오? 주로 사천에만 있는 줄 알았는데…….]

[호호. 그거야 무림의 유명 인사들은 어쩔 수 없이 관심의 대상일 수밖에 없어요. 특히 청룡칠수나 육파일방의 장문인들. 그런 사람들은 자연 얼굴이 안 알려질 수가 없으니까요.]

[좋소. 그럼, 당 소저가 알아볼 수 있는 자들을 모두 나에게 알려주시오.]

[예. 그런데 저도 직접 본 사람은 없어서 특징이 강렬한 사람 빼고는 알 수 없어요. 일단 청룡칠수부터 말하면 저기 백염에 백미를 자랑하는 사람이 청룡칠수의 수좌로…….]

당아영은 그러며 이 자리에 앉은 자들에 대해 하나씩 설명을 해주었다.

그런데 당아영은 확실하지 않을 수 있다 했으나, 거의 모든 사람의 인상착의에 대해 설명해 주었다. 당가가 그동안 세력 확장을 위해 모아놓은 것으로 당아영은 그 모든 것을 머리 속에 고스란히 담고 있었다.

그들이 그렇게 이야기를 나누는 사이, 눈총은 있었지만 태허의 웃는 얼굴로 인해 다시 축하연이 계속되었다.

하지만 고경천은 애초부터 그런 것에 관심이 없기에 기다릴 필요가 없었다. 어차피 축하 인사는 들어오며 마친 이상, 당아영의 설명이 끝나자 바로 실행에 옮겼다.

"한 사람이 보이지 않는군."

고경천의 이 음성은 제법 컸기에 사람들의 시선은 금방 그에게 몰렸다. 그러며 또 너냔 식으로 눈살을 찌푸렸다. 도대체 이 자리가 어떤 자리인데, 들도 보도 못한 놈이 계속 나서니 결국 참지 못하는 사람이 나왔다.

"정말 예의를 모르는구나!"

고경천은 소리친 자를 바라보았다.

그는 처음에도 뭐라 나서려다 제지당한 무당육자 중 도허였다. 결국 그는 이번만큼은 도저히 참을 수 없다는 듯 장문인 앞인데도 불구하고 목청을 돋우었다.

"후후. 예의라면 도장도 말할 처지는 아닌 거 같소. 남의 혼잣말에 그렇게 발끈하다니……."

"발끈? 혼잣말?"

도허는 금방 얼굴이 벌겋게 달아올랐다. 본시 속열자(速熱子)란 별호가 아니라도 고경천의 한마디는 그를 충분히 달아오르게 만들 만했다.

"그렇지 않소? 내가 도장에게 물어본 것도 아니고, 혼자서 한 사람이 보이지 않는다 했을 뿐인데… 그걸 가지고 예의를 모른다 하니 도장이야말로 정말 예의가 없는 거 아니오?"

"뭐? 이놈! 나이도 어린 무명소졸 주제에 너무 건방지구나. 본시 정사지간에도 어느 정도 예의가 있거늘. 네놈은 연장자도 몰라보느냐?"

"이거 너무하는군. 이름없는 무명소졸이라 해도 엄연히 난일문의 문주인데. 거기다 무명소졸은 다름 아닌 무당이 그렇게 만들어놓고, 그런 게 싫으면 애초에 이름과 별호를 확실히 해 출입시키던가. 왜 애꿎은 나에게 화를 내는 거요?"

"이……."

도허의 얼굴이 이젠 거의 붉다 못해 검게 바뀌어갔다.

[제발, 형니이이임.]

호군평은 애원하듯 전음을 보냈다. 더 이상 그랬다간 무언가 터져도 터질 수 있었다.

이젠 도허뿐만이 아니었다. 무당육자 중 태허를 제외한 다른 사람도 별로 표정이 좋지 않았다. 고정천의 말이 틀린 선 아니라 해도 바보가 아닌 이상 이건 명백히 시비란 걸 알 수 있었다. 만일 이 자리가 무당 장문인 생신 자리가 아니었다면, 아마 도허 못지않은 단정이 먼저 나섰을지도 몰랐다.

그런데 그때였다.

"허허허. 재밌군. 젊은 사람이 상당히 재미있어. 영아, 네가 보기엔 어떻냐?"

"재미있는 사람이군요. 배짱도 있고, 실력도 있고, 더욱이 시비를 걸 대상을 확실히 잡는 눈썰미도 있고. 단지 아쉬운 것은 주변 사람을 배려하지 못하는 것 같군요. 같이 온 일행이 저리 불안해하는 데도 막무가내로 일을 추진하니까요."

"그래, 제대로 봤다. 그런데 하나 틀린 것은 주변 사람을 배려하지 못하는 것이 아니라 충분히 자신있기에 그런 것 같구나. 이 많은 사람을 앞에 놓고도 말이다."

"설마요? 아무리 후기지수 중에 이름을 날리는 북두칠강도 그럴 능력이 없는데요."

옥감영은 믿어지지 않는다는 듯 반문했다.

"허허. 아니면 이 늙은이의 눈이 틀릴 수도 있지."

옥정곽은 아니란 듯 이야기했으나, 그의 입에서 나왔기에 사람들은 뭐라 입을 열 수 없었다.

특히 막 폭발하려 했던 도허는 이러지도 저러지도 못하게 되었다.

"사제, 앉게. 저 젊은이의 말도 틀린 게 없고, 오늘의 자리는 싸움이 목적이 아니지 않은가?"

태허가 나서서 말하니 도허도 자연스레 몸을 뺄 수 있었다.

"예, 장문 사형. 제가 조금 경솔했습니다."

"그래. 이해해 줘서 고맙네. 그리고 정 문주도 오늘만큼은 이 늙은 빈도의 체면을 생각해 주게. 비록 정사로 갈렸다 해도 생일 집 아닌가? 그러니 지금은 참아주게. 대신 조금 있으면 이렇듯 시비 걸지 않아도 재미있는 일이 있을 것이니 그때까지만 이해해 주게."

태허가 이렇게까지 나오니 고경천은 더 이상 말을 할 수 없었다. 그보다는 고경천은 분위기를 묘하게 돌려 버린 두 사람으로 인해 그만두기로 했다.

'옥정곽과 옥감영이라. 당 소저 말대로 확실히 이름값을 하는군. 그보다……'

고경천은 남이 눈치 채지 않게 빠르게 호군평의 옆구리를 가격했다.

퍽.

"끕."

호군평은 비명을 참느라 입을 다물고, 그때를 맞춰 고경천은 태허에게 이야기를 했다.

"그럼 장문인의 말대로 재미있는 일을 기다리겠습니다. 부디 실망하지 않았으면 좋겠습니다."

"허허 그건 나도 보증히네."

옥정곽까지 나서니 자연스레 그 일은 무척 재미있는 일이 되었다.

그래서 고경천이 입을 다물자 본래의 축하연 자리로 돌아갔다. 그리고 이 축하연은 다음 행사를 위한 기다림의 장이 되었다.

그러나 당아영만은 지금 다른 것을 보고 있었다. 그녀를 제외하고 두 명의 젊은 여성. 그 두 여성이 고경천을 바라보고 있었다.

한 명은 호기심을 갖고, 한 명은 무언가 미진하단 표정이었다. 마치 무언가 떠오를 것 같다는 그런 표정으로 말이다.

그 순간 당아영은 느낄 수 있었다.

'위험해.'

이건 여인의 직감이었다.

진무전 내부가 그렇게 정리가 되자 밖에도 자연스레 정리가 되었다.

이미 사람들의 관심은 소문이 진실인가 아닌가에만 있어, 잠시 소란을 일으킨 자는 금세 뇌리에서 잊어버렸다. 그저 저희들끼리 무당이 내놓을 게 비급인가 신병인가 이런 걸로 쑥덕거렸다. 또 은밀히 경계해야 할 자와 아닌 자를 저희들끼리 나누어놓기까지 했다.

그중 붕어처럼 툭 튀어나온 자도 별반 다르지 않은지, 연신 주변을 살피며 사람 살피기 바빴다.

"오! 저 사람은 소면검(笑面劍) 능추(陵秋), 저긴 패웅권(覇熊拳) 거륭(巨隆), 참나 동정삼살(洞庭三煞) 놈들도 왔군. 그리고 저들은……."

그는 지겹지도 않은지, 눈앞에 놓인 술이며 음식에 조금도 손을 댈 생각을 하지 않았다.

대신 그와 일행인 듯한 자들만 음식을 즐겼다.

특히 덩치가 크고 얼굴 살이 두툼한 사내는 누구보다 빨리 음식을 줄여가며 그래도 양심이 있는지 주변을 향해 입을 열었다.

"그만 하고 음식이나 먹어라. 배가 불러야 일을 치러도 일을 치르지."

"놔두십시오. 남들보다 더 잘 보라고 툭 튀어나온 눈, 놀려 뭐 합니까? 그리고 다른 자는 이미 먹을 만큼 먹었습니다."

"그거 먹고 무슨 힘을 쓴단 말이냐?"

"저희는 충분하니 대형이나 많이 드십시오."

덩치의 말을 받아주던 뺀질하게 생긴 사내는 질렸다는 듯 고개를 내저었다.

"잠깐!"

뺀질한 사내 곁에 있던 키 작은 사내가 갑자기 코를 벌름벌름거리며 일행의 관심을 끌었다.

"무슨 일이오?"

"이상한 냄새 안 나냐?"

"냄새?"

키 작은 사내의 말을 받은 키가 멀뚱히 큰 사내는 따라 코를 벌름거리다 머리를 긁적거렸다.

“아무 냄새도 안 나는데요.”

“잘 맡아봐. 이 사향 냄새. 어디서 맡았던 냄새인데…….”

키 작은 사내는 점점 코를 벌름거리며 주변을 훑다 한 사람을 보고 눈이 커졌다.

“저기!”

“저기 뭐가 있다…….”

뺀질하게 생긴 사내는 키 작은 사내의 하는 양을 보다 고개를 돌리곤 곧 얼굴이 일그러졌다.

“어!”

상대도 그들을 알아봤는지 이쪽을 향해 손을 흔들며 예쁘게 웃었다.

한 일행인 그들은 결국 소리가 들린 곳으로 시선을 돌리고, 각자 표정은 달랐지만 그 의미만은 같은 얼굴이 되었다.

“호호. 오랜만이군요. 잘 있었어요?”

“잘 있었냐니… 남들이 들으면 굉장히 사이가 좋은 줄 오해하겠네.”

“이거 왜 이래요. 그래도 생사고락을 같이 했잖아요. 광동오이 여러분들.”

“그게 생사고락이면, 도살장에 끌려가는 소나 돼지는 다 생사지교를 맺소. 비호투(飛狐偸) 희비연 낭자?”

광동오이 중 옥설객 수천택이 희비연의 말에 이죽거렸다.

"어찌 소, 돼지랑 우리가 같겠어요. 그놈들은 영락없이 죽을 팔자고, 우리들은 그래도 죽을 팔자에서 살지 않았어요?"

"으득. 죽다가 살아남은 사람치고 배알도 좋군. 난 아직도 그때 일을 생각하면 이가 갈리는데……."

수천택의 말이 아니어도 광동오이 중 나머지 사 인, 광우량, 장신, 단초, 민강룡은 얼굴이 일그러졌다.

그 언제인가? 흡정마공의 소문에 혹해 강서성에 들어섰다 재수없게 현무칠수의 굴지서 오염달에게 걸려 이유없이 먼지 나도록 터지고, 그것도 모자라 오염달이 주군이라 부르는 젊은 놈과 죽어라 달린 그 일!

"말은 그렇게 하면서도 결국 정신 못 차린 건 그쪽 아닌가요? 이번에도 무당과 관련된 소문에 혹해 찾아와 놓고."

"사돈 남 말하는 건 여전하오. 희 소저는……."

"호호. 전 그 혀가 더 여전하다 이야기해 주고 싶군요."

둘은 겉으로는 사이좋은 사람처럼 웃고 떠들고 있었지만, 눈은 상대를 향해 으르렁거렸다.

그러나 나머지 사람들은 그 둘보다 다른 쪽에 신경을 두고 있었다.

"설마 재수없게 그 미친 두더지도 만나는 건 아니겠지?"

키 작은 장신의 말에,

"말도 안 되오. 현무칠수가 어떻게 이곳까지 오겠소? 이미 흡정마공 사건으로 무림인들에게 찍힌 마당에 미쳤다고 여길 오겠소? 나타났다 하면 사람들이 눈을 벌겋게 뜨고 달려들 텐데, 제정신으론 도저히 못하오."

붕어눈 민강룡이 나섰다.

"되었다, 되었어. 재수 옴 붙게 왜 그 망할 놈들 이야기를 하느냐? 자고로 호랑이도 제 말 하면 온다고 하지 않느냐? 없는 놈 신경 쓰지 말고, 이번에는 어떻게든 한몫 잡을 생각이나 해라."

결국 광우량은 그 말 자체도 싫어 이렇게 못을 박아버렸다.

"그래요. 이번에는 어떻게든 한몫 잡아야죠?"

"그건 우리 일인데, 희 낭자가 왜 끼오?"

"정말 옥설객 아니랄까 봐 사사건건 혀로 걸고넘어질 거예요? 어차피 우리 한 번 한 배를 탄 사이니, 이번에도 손을 잡아보자는 것이죠. 지금 이곳에 어떤 사람들이 와 있을지 모르는데, 아군은 많을수록 좋지 않아요?"

"과연… 아군이 될지 적군이 될지 그걸 어떻게 알 것이란 말인가?"

이렇게 희비연의 말에 한번 이죽대던 수천택이 갑자기 말을 바꾸었다.

"하지만! 희 낭자 말은 일리가 있소. 어차피 이곳은 빠르든 늦든 한바탕 일이 벌어질 것이고, 그 일을 벌이는 자들이 우리처럼 초대장을 어둠의 경로로 입수한 자들이라면 그 정체가 어떨지 모르지 않소? 그러니 일단은 우리 편이 많으면 많을수록 좋소."

광우량은 잠시 생각에 잠기는 표정을 지었다.

그러나 어느 누구도 그가 생각 후, 좋은 의견을 낼 거라는 기대는 하지 않았다. 어차피 늘 하던 대로 수천택의 이야기를 따라갈 것이다.

"좋다! 그럼 일단 우리는 희 낭자와 손을 잡고, 이번만큼은 우리 광동오이가 어떤 자들인지 확실히 보여주자."

"예!"

그들은 그렇게 손을 잡으며 전의를 불태웠다.

그러나 그들 여섯을 보며 전의를 불태우는 일행도 있었다. 주로 넷 중 하나였는데, 그는 작은 키에 어울리지 않는 손톱이 긴 커다란 손을 가진 자로 맛있는 먹이를 만난 맹수처럼 그 큰 손을 풀었다.

"망할 놈이라 이거지?"

우두둑. 두둑.

*　　*　　*

"자! 이제 시간도 되었으니, 자리를 옮기도록 합시다. 아마 더 시간을 끌었다간 정 문주가 빈도를 욕할 것 같구려."

"허허. 그건 정 문주만 그럴 것 같지 않은데… 우리도 오늘을 기다리지 않았나? 그 오랜 시간 정도의 의기가 땅으로 떨어졌단 소리를 들어가면서 말이야."

태허의 말에 옥정곽이 맞장구치자, 주변에 있던 육파일방의 다른 장문인들의 얼굴에 숨길 수 없는 감회를 드러냈다.

"아미타불."

큰 귀와 혜지가 서린 눈빛이 인상적인 소림 방장 혜덕대불도 참지 못하고 불호를 터뜨렸다.

"자! 그럼, 모든 사람들에게 알립시다. 무당이 준비한 진짜 잔치가 무엇인지……."

태허가 먼저 자리를 뜨자 주인 된 자와 손님 된 자가 차례대로 자리를 옮겼다.

그들은 지나가며 사도 쪽에 홀로 남아 있는 고경천을 일별하고 의미있는 미소를 남겼다.

하지만 단정, 성월여, 성철현은 조금 다른 시선을 고경천에게 보냈다. 비웃음과 혼동, 그리고 열기 말이다.

"우리도 갑시다."

고경천은 자리를 털고 일어나 밖으로 나가려 했다.

그런데 그런 그를 호군평이 진중한 얼굴로 막았다.

"형님."

"왜 그러느냐?"

"정말 추 문상과의 약속을 지키지 않으려 하십니까? 분명 무당의 일은 당사자에게만 국한시키고, 절대 정체를 드러내지 않아 큰일을 만들지 않는다고 하시지 않았습니까? 이곳은 정도는 물론 사도까지 있습니다. 하지만 형님은 정도에도 사도에도 속하지 못합니다. 정체가 밝혀지는 순간 모두의 검을 받을 수 있습니다.”

“상관없다.”

“형님! 이건 그렇게 이야기할 문제가 아니지 않습니까? 부디 사천에서 기다리고 있는 교도들을 생각해 주십시오.”

호군평은 어떻게든 고경천을 말리고 싶었다. 그의 능력이 아무리 출중해도 오늘 이 자리에 온 자들은 만만한 자들이 없었다. 특히 사도 쪽은 대부분 정체를 숨겨 그들이 어떤 능력을 가지고 있을지 미지수였다.

그러나 고경천은 조금도 흔들리지 않는 눈빛으로 입을 열었다.

“지금 내가 하려는 일은 다 북신마교를 위함이다. 그걸 알기에 추 문상은 나를 보내준 것이다.”

“하나 추 문상은 분명 몇 가지 조건을…….”

“우리가 북신마교를 정식으로 시작하려 했을 때를 떠올려 보아라. 그때 추 문상이 한 말을…….”

고경천의 말에 호군평이 잠시 미간을 찌푸렸다.

“아시겠지만 북신마교는 무림 전체로 봤을 때 모든 것이 너무나 취약합니다. 역사와 전통은 물론, 조직으로서 단합도 취약합니다. 지금은 서사천의 인물들을 밖으로 벗어나게 해준다는 걸로 묶어뒀지만, 이곳을 벗어나면 어떻게 될지 모릅니다. 그래서 우리에게 필요한 것은 끊임없는 싸움과 패배하지 않는 강인함입니다. 우리는 이 둘 중 하나라도 잃으면 순식간에 모든 것이 무너질 수 있다는 것을 알고 앞으로 행보에 신중을 기해야 합니다."

호군평의 눈동자가 흔들렸다.

"너도 그때의 일을 기억하면 잘 알 것이다. 추 문상은 똑똑한 사람이다. 그런 그가 허락했을 때를 대비하지 않았다고 보느냐? 더욱이 지금 무당은 북신마교의 이름을 정식으로 만천하에 알릴 수 있는 절호의 장소다. 그래서 난 절대 이 기회를 놓칠 수 없다. 그러니 그리 알아라. 당 소저, 갑시다."

고경천은 잠시 둘 사이에 끼어들지 못하는 당아영을 끌고 진무전 밖으로 걸음을 옮겼다.

호군평은 잠시 몸을 움직일 수 없었다. 무슨 일인지 떠나는 날, 제갈효가 당부한 전음이 머리 속에 강하게 맴돌았다.

"교주님의 안전을 네 목숨보다 최우선으로 생각해라."

과연 이게 그냥 노파심에서 한 말인가?
"그래, 내가 너무 순진했다. 추 문상과 제갈 사부님의 말을

그대로 믿었으니. 정말 호랑이 굴인 줄 알면서 들여보낼 자가
누가 있겠는가? 더욱이 그 똑.똑.하.다는 두 분이 말이다.”

호군평은 모든 걸 결론 내렸다.

이젠 어쩌고 자시고도 할 수 없는 일. 그래도 명색이 북두
칠강에 이름 석 자를 올린 입장에서 그에게 남은 것은 한 가
지였다.

'사나이답게 후회만 남기지 않으면 된다.'

그는 지금까지와는 달라진 얼굴로 고경천의 뒤를 따랐다.

사람들은 무당 제자들의 인도로 다른 곳으로 장소를 옮겨
갔다. 그곳은 다름 아닌 무당 상청궁 내에 자리한 거대 연무
장 태극관(太極觀).

평상시라면, 무당 도사들만이 머무는 이곳에 다른 자들이
그 자리를 대신 채웠다. 그들은 승, 도, 속이 뒤섞인 각양각색
의 사람들로 이 중에는 정, 사의 사람들도 속해 있었다. 그들
중 정파 쪽의 사람들은 어느 정도 열을 지키며 각각의 문파를
나타낼 수 있는 깃발을 앞에 세워두고, 사파 쪽은 그저 아무
렇게 뒤섞여 있었다.

어찌 보면 마치 정, 사가 다 모여 영웅대회라도 치르는 듯
한 광경이지만 분위기는 그렇게 뜨겁게 달아오르지 않았다.

육파일방이 주축이 된 정도 쪽은 무언가 숙연했고, 사도 쪽
은 무언가 기대 섞인 욕망의 시선을 앞쪽에 주었다.

그들의 시선이 모인 곳엔 진무전 때처럼 자리가 마련되어 있었다.

한쪽은 정도의 인물들이 앉을 수 있게, 다른 쪽은 사도의 인물들이 앉을 수 있게 해놓았다. 그리고 지금 그 자리를 태허를 주축으로 정도 인사가 한 사람씩 빈자리를 채워갔고, 사도 쪽은 여전히 유일하게 고경천 일행만이 자리했다.

"자네에게 맡기겠네."

태허는 앉으면서 옥정곽을 향해 한마디를 건넸다.

"허허. 드디어 이 늙은이가 나설 때군. 그동안 고생했네. 그리고 육파일방의 장문인들도 쉽지 않은 선택을 한 점에 이 늙은이 감사드리오."

옥정곽은 자리에서 일어서며 육파일방의 장문인들에게 인사를 했다.

"아미타불. 옥 노시주, 감사라면 우리가 드려야 하오. 지난 날의 과오는 우리 모두의 몫이거늘. 그걸 홀로 짊어진 옥 노시주야말로 모두의 감사를 받아야 하오."

"아니오. 소림이야말로 정도의 제일 지주로서 마땅히 모든 걸 받아야 하거늘. 이 늙은이의 고집으로 너무 큰 걸 요구했는 데도 흔쾌히 받아들인 점 감사하게 생각하오."

"만물의 형상은 보이는 것이 다가 아니라 했소. 하물며 인간이 만들어놓은 것이야 말할 필요도 없고. 그러니 옥 노시주는 더 이상 그런 것에 연연하지 마시오. 빈승은 그저 스스로 지옥에 들어가는 그 마음을 본 것만으로도 만족하오."

"이해해 주어 감사하오."

옥정곽은 허공과의 대화를 그렇게 마치고, 아미파의 장문인 자청(慈請)에게 한마디 했다.

"자청 대사, 우리의 하나 된 마음이 제일 먼저 향할 곳은 사천이 될 것이오. 그러니 사천의 일은 걱정 마시오. 반드시 아미가 사천제일이 되게 만들어주겠소."

"아미타불. 옥 노시주만 믿겠소."

자청은 이번 무당행을 사천에서 갑자기 기세를 떨치는 북신마교로 인해 미룰까도 했다.

하지만 아미사천왕의 일은 그를 무당으로 향하게 만들었다. 일부러 문제를 크게 만들지 않으려 제자들까지 단속했건만, 그 결과가 오히려 상무적 전통을 잇는 아미파에 치욕으로 남았다. 그렇다고 아미사천왕까지 패배한 마당에 북신마교를 징벌할 수도 없었다.

그 결과 자청은 예전부터 옥정곽이 육파일방을 상대로 주장한 그 일에 찬성했다. 또 아직 머뭇거리는 다른 문파들도 자청이 이야기를 듣고 결정을 내렸다. 특히 사전과 인접한 섬서의 화산과 종남은 일의 심각성을 느꼈다. 종남은 그렇다 쳐도 화산은 백호칠수의 수좌인 혁진응 문제로 자청의 뜻을 따랐다. 과거에도 혁진응으로 인해 크게 고생했는데, 현무칠수와 백호칠수를 거느린 북신마교주를 어떻게 막을 수 있단 말인가?

결국 오늘 일의 결정적인 역할은 북신마교라 할 수 있었다.

그러나 그 사실은 그들의 바로 곁에 있는 고경천도 꿈에도 생각할 수 없고, 머리 좋다는 추일학과 제갈효도 모르는 일이었다.

"분명 실망하지 않을 것이오."

옥정곽은 늙은 노안에 확신을 담고서 자청과의 대화를 마쳤다. 그다음 앞으로 나와 뜨거운 시선을 보내는 군중들을 마주 보며 입을 열었다.

"오늘 이 자리를 찾아준 동도 여러분, 지루한 시간 기다리느라 수고했소. 그래서 이 늙은이의 소개는 넘어가겠소."

굳이 그 말을 하지 않아도 이미 그가 누군지는 이곳에 참석한 자 모두 알고 있었다. 거기다 옥정곽의 말대로 군중들이 원하는 것은 그게 아니기에 누구 하나 토를 달지 않았다. 오직 옥정곽의 다음 말을 기다리며 눈을 빛냈다.

"이미 동도들도 알고 있을 것이오. 오늘 무당 장문인 생신잔치는 그저 생신잔치가 아니란 걸. 사실 오늘 이렇게 여러 사람들을 이곳에 오게 한 것은 한 가지의 일을 동도들에게 공증받기 위함이오. 그래서 향후 그 일로 문제가 생기지 않게 미리 여러분께 알리고자 하오."

옥정곽의 말이 떨어지자 사람들의 두 눈에 참았던 탐욕의 빛이 드러났다.

자고로 무림에서 전 무림을 상대로 공증받는 일은 많지 않다.

첫째, 영약이나 기보를 두고 혹시라도 벌어질지 모를 혈란을 미리 예방하고자 할 때.

둘째, 분란이 발생한 문파들 간에 제삼의 공증인을 동반해 분란을 종식시키려 할 때.

셋째, 어느 무림인이 더 이상 강호의 은원에 관계되지 않고 무림을 은퇴하려 할 때.

넷째, 새로운 문파가 무림에 첫발을 내디디며 여러 무림인들에게 그 사실을 알릴 때.

이런 경우가 주로 무림에서 공증을 받는 경우다. 이 중에서도 위로 갈수록 그 발생 빈도가 적어 주로 셋째, 넷째가 해당된다.

그러나 오늘은 오히려 아래의 경우는 가능성이 없고 위쪽의 가능성이 많았다. 장소도 무림에 그 명망을 날리는 무당파고, 설사 태허 장문인이 은퇴할 거란 생각은 더더욱 할 수 없었다.

그 때문에 사림들은 거의 첫 번째에 기대를 가졌다. 이미 무당으로 오는 동안 그런 소문도 있어 사람들은 옥정곽의 다음 말을 목이 빠져라 기다렸다.

옥정곽은 사람들의 그런 마음을 눈치 챘는지, 금방 입을 열지 않고 뜸을 들였다. 마치 성급히 뚜껑을 열면 모든 것이 설

익은 상태가 될까 사람들의 얼굴에 불만이 드러날 순간 입을
열었다.

"오늘 이 자리에 정도는 물론, 사도의 동도들까지도 모인
것으로 아오. 비록 그 정체를 숨겼다 하나 각자 어느 곳의 중
요 인물들일 테니, 충분히 이번 일에 대해 공증을 할 수 있을
것이오."

옥정곽은 말을 하며 눈빛과 목청에 더 힘을 담았다.

"노부를 포함한 청룡칠수, 그리고 무당을 포함한 육파일방
의 장문인들은 오늘 이 자리에서 범문파적인 세력의 출범을
알리려 하오. 그 세력의 이름은 대정회(大正會)! 그 주축은 육
파일방으로 이 시간부터 육파일방은 소림지부, 무당지부, 화
산지부, 아미지부, 점창지부, 종남지부, 개방지부란 새로운
이름으로 불릴 것이오. 그래서 이 일곱 개의 힘이 대정회란
이름으로 일사불란하게 움직일 것이오. 향후 정도의 대표는
육파일방이 아니라 이 대정회란 이름이 될 것이오."

쿵!

쾅!

사람들은 옥정곽의 말에 머리 속에 화탄이라도 터지는 기
분을 맛보았다. 말 그대로 폭탄선언. 도대체 얼마만 한 양의
뇌화탄을 터뜨려야 이 말의 충격과 맞먹겠는가? 어떻게 그 오
랜 전통을 자랑해 오던 정도의 일곱 기둥들이 어찌 스스로 지
부로 몸을 낮추며 한곳에 소속될 수 있단 말인가?

“소림 허공은 옥 노시주의 그 말을 따르오.”

“무당 태허도 그 말을 따르오.”

“화산은 그 결정에 적극 찬성이오.”

“아미의 자청은 원하고 있었소.”

“점창은 불만없소.”

“종남은 대찬성이오.”

“개방은 대정회의 선봉이 될 것이오.”

육파일방의 장문인들이 속속들이 자리를 털고 일어나 옥정곽의 말에 확실한 쐐기를 박아주었다.

군중들은 모두 머리 속이 하얗게 변해가는 걸 느꼈다.

육파일방은 각자 긴밀한 관계를 유지하는 것만으로도 충분한 위협이 되었다. 더욱이 소림과 무당은 비록 그 수에서는 달리지만, 현 무림의 패자라는 마염성, 삼양궁, 녹림과 어깨를 맞출 수도 있었다.

그런데 그런 두 문파는 물론, 나머지 다른 문파까지 끌어들여 하나가 되었다는 것은 향후 무림에 대정회와 자웅을 겨룰 수 있는 문파는 없는 거나 다름없었다.

만일 마염성, 삼양궁, 녹림 중 나른 눌이 손을 잡으면 모를까? 육파일방을 은연중 따르는 정도의 중소문파까지 생각하면, 아무리 마염성과 삼양궁이 산하 문파가 많다 해도 이는 대결이 성립되지 않았다.

고경천도 이런 사실을 알기에 자신도 모르게 얼굴이 굳어지는 걸 막을 수 없었다.

'미쳤군, 미쳤어. 육파일방이 이십 년 가까운 봉문 생활을 했다고 하더니, 이런 미친 짓거리를 준비할 줄이야.'

이렇게 되면 향후 무림의 행보는 예측하기 어려웠다.

하지만 옥정곽은 이것만으로도 성이 차지 않은지, 계속해서 놀랄 만한 말을 해나갔다.

"대정회는 앞으로 무림의 협의를 지키기 위해 최선을 다할 것이오. 그러기에 만일 무림의 협의를 깨는 문파가 나온다면, 과거와 달리 적극적으로 우리는 그들을 응징할 것이오. 그래서 다시는 이십 년 전의 비극이 벌어지지 않게 하고, 아울러 전 무림이 평화 속에 영원히 그 뜻을 이어갈 수 있게 할 것이오. 그래서 대정회는 그 일환으로 제일 먼저 이십 년 전에도 무림을 혼란에 빠뜨린 흡정마공 문제를 해결할 것이오. 즉, 대정회는 곧 사천을 어지럽히는 북신마교를 없애는 동시에 흡정마공이 다시는 무림을 어지럽히지 않게 만들 것이오!"

꾸욱.

고경천은 그 말에 자신도 모르게 주먹을 말아 쥐었다. 그리고 입가에 선명하게 그어진 미소를 만들었다.

'후후. 어차피 하려고 했던 거, 그쪽에서 그렇게 나와주신다면, 이쪽에선 더 사양할 수 없지.'

고경천의 전신에 스멀스멀 오기의 아지랑이가 피어올랐다.

그리고 그 아지랑이는 호군평에게도 옮았는지 그도 지금

까지와는 다른 한마디를 했다.

"먼저 걸어오는 싸움이라면 저도 피하지 않습니다."

"좋아. 그렇게 결정되었다면, 더 이상 기다릴 필요도 없겠군. 한번 신나게 놀아……."

고경천과 호군평이 그렇게 결정을 내리고 막 엉덩이를 떼려고 할 때였다.

"이거 기가 막히다 못해 얺히겠군. 이보슈! 아무리 무림 선배라도 그러면 안 되는 것이오! 도대체 누가 더 무림을 어지럽히는데, 지금 그걸 우리에게 넘기겠다고?!"

그들보다 한발 앞서서 누군가 불만을 토해냈다. 그는 굉장한 성량을 자랑했는데, 그보다 더 거친 행동으로 군중들이 길을 열게 만들었다.

"비켜! 어디 그 잘난 낯짝 좀 보게. 도대체 가만히 있는 우리는 왜 걸고 넘어가는 거야? 정말 선배고 뭐고 확 묻어버려야 정신 차릴 텐가?"

그는 작은 덩치에도 안하무인의 행동을 보였다.

그런데 군중들은 그를 막기보다는 오히려 그를 알아보고 길을 열어주었다.

"으… 저자는……."

"설마?"

"그렇다면 저들은……."

작은 사람을 선두로 검을 품에 안고 차가운 인상을 풍기는 자, 또 그 뒤를 면사로 얼굴을 가린 남녀가 섞인 일행이 뒤를 따랐다. 그들 중 다른 자들은 빼고라도 덩치 큰 사내와 멀대같이 키가 큰 자, 또 표홀한 걸음을 자랑하는 여인은 앞의 두 사람과 연관되어 생각하면 그들을 떠올리게 한다.

덜컥.

고경천은 그들의 등장에 참지 못하고 의자를 박차고 일어났다.

第七章

십 년을 기다려 온 만남!

"혀… 현무칠수다!"

"저자는 오염달. 그럼 저자는 최염?"

"나머지는 면사로 얼굴을 가렸지만, 분명 추일학, 허표, 진가도, 홍해구, 홍아연일 것이다."

"저들이 여기에 나타나다니……."

누군가의 친절한 설명이 아니더라도 사람들은 이미 오염달만 보고도 그들이 현무칠수란 걸 충분히 알 수 있었다.

하지만 이미 그들은 강서성을 뒤흔든 흡정마공 일로 몸을 숨겼다고 했다. 그 뒤 풍문에 사천에 나타났다고 하고, 요즘 들어 새롭게 소문이 도는 것이 바로 그들이 백호칠수와 손을 잡고 북신마교란 단체를 세웠다 했다.

그런데 그런 그들이 왜 여기에 있는가? 설마 무엇을 노리려 이곳에 왔단 말인가?

"이노옴!"

오염달 못지않은 노성이 장내를 울렸다. 그리고 그 사람은 검을 세차게 뽑아 든 채로 몸을 날려 오염달 앞쪽으로 떨어져 내렸다.

"난 또 누구라고. 선하령에서 나이에 맞지 않게 훌러덩 벗어 젖혔던 비구니 아니시오? 설마 그 일을 못 잊어 이렇게 나선 것이오?"

"닥쳐라, 이 악적! 감히 선하령에서 그 짓을 하고도 겁도 없이 이곳에 나타났구나. 좋다. 어차피 내 조만간 사천을 찾아가 그 더러운 낯짝을 지옥으로 보내려 했다. 그러니 각오해라!"

단정은 바로 한바탕하려는지 곧바로 애검 의혼(義魂)에 검기를 주입시켰다. 그러자 곧 의혼이 우윳빛 검기에 휩싸이며 주변으로 날카로운 기운들을 뿜어냈다.

"좋아! 어차피 나도 그때 일로 할 말이 많은 사람이니, 봐줄 거란 생각은 눈곱만치도 하지 말아라."

오염달도 곧 기세를 끌어올렸다. 그러자 그의 손이 곧 누런 기운으로 뒤덮이며 단검만 한 손톱이 손끝에서 솟아났다.

"너야말로 불자의 자비를 구하지 마라. 내 검은 악인에게는 조금의 망설임도 없으니 말이다.”

단정과 오염달은 준비를 마쳤다.

각자 성명절기인 멸마모니검과 파철황조를 끌어올리고, 금방이라도 상대를 그 이름 아래 가루로 만들려 했다.

그런데 두 사람의 그런 분위기를 순식간에 흩어버리는 포효성이 태극관의 상석 쪽에서 퍼져 나왔다.

“그만! 굴지서는 물러나시오.”

“하지만…….”

“물러나시오! 난 분명 물러나라 말했소.”

“알겠습니다. 재수 좋은 줄 알아라, 노망난 늙은 비구니.”

오염달은 단정에게 으르렁거리며 파철황조의 기운을 풀고 뒤로 물러났다.

단정은 노망난 비구니란 말을 듣고도 발작하지 못했다. 그녀도 이미 오염달을 물러나게 한 포효성에 놀란 상태였다.

사람들은 너도나도 서둘러 소리가 나온 곳으로 시선을 돌렸다. 도대체 어떤 자이기에 천하의 괴팍하다는 오염달을 말 한마디로 물러나게 하는가? 혹시나 무당 장문인 태허나 소림 방장 허공을 떠올렸지만, 그늘도 그늘처럼 소리가 난 쪽을 바라보고 있었다.

그리고 모든 이들의 시선이 머문 곳.

한 사내가 얼굴을 가렸던 머리를 뒤로 젖히며 뒤쪽에서 단단히 묶었다. 그는 그 상태로 모든 이들의 뜨거운 시선 속에 천천히 걸음을 옮기며 앞으로 나섰다.

그런데 마치 사술처럼 그의 얼굴이 변하기 시작했다. 맨 얼굴에 갑자기 거미줄 같은 검은 선들이 뻗쳐 나더니, 그냥 보기엔 그저 매끈한 사내라 생각되던 얼굴이 굉장한 위압감을 뿜어냈다. 그리고 얼굴이 아니더라도 이미 그의 전신에서는 지금과 달리 폭풍 같은 기세가 사방을 뒤덮어갔다.

'이제부턴 기세 싸움이다. 여기서 밀리면 나는 물론, 그들까지 위험해진다.'

고경천은 일단 오염달과 최염이 명을 어기고 따라왔다는 것에 대해서는 잊었다. 지금 그 앞에 놓인 것은 그런 사소한 문제를 생각할 수가 없도록 만들었다.

천하에 명성이 자자한 중원오주의 둘, 그리고 무림이십팔수 중 정도의 기둥이라는 청룡칠수 일곱. 그 외에도 육파일방의 장문인, 또 그들을 따라온 제자들. 그걸 다 떠나서도 그를 바라보며 묘한 눈빛을 발하는 수많은 군중들을 앞에 두고 할 것은 하나밖에 없었다.

고경천은 일단 정식으로 자기 소개를 다시 했다.

"조금 전에는 실례했소. 본의 아니게 정체를 숨겼는데, 다시 인사드리겠소. 본인은 북신마교의 교주로 있는 고경천이라 하오. 이렇듯 정도의 여러 명숙들을 만나뵙게 되어 반갑소이다."

"……!"

놀라지 않으면 거짓말이라 할 것이다.

고경천이란 이름은 이미 무림에 하나의 폭풍이었다. 흡정마공과 현무칠수, 근자에는 백호칠수까지 거느리고, 사천에 북신마교란 가공할 단체를 만들었다고 했다. 그리고 그 기세는 나날이 욱일승천해 조만간 사천은 물론 서쪽 최고강자가 될 거라는 소문이 맴돌았다.

그런데 그런 곳의 교주가 아무리 어리단 말을 들었다 해도 이십대의 나이란 생각은 하지 못했다. 기껏해야 북두칠강 정도 되는 나이로 그는 이미 중원오주를 능가하고 천중삼원에 다가가고 있었다.

"네… 네… 네놈은……."

단정은 의식하지도 못하는 사이에 말까지 더듬었다.

그녀가 아니더라도 고경천의 등장에 다른 세 사람도 특별한 반응을 보였다.

한 사람은 쇠도 녹일 정도의 뜨거운 전의를 뿜어대고, 한 사람은 정신을 못 차릴 정도의 혼란을, 한 사람은 단순한 호기심에서 특별한 호기심을 느끼며 고경천을 바라보았다.

*　　　*　　　*

천무동.

장삼풍이 무패의 전설을 남겼다고 알려진 곳. 지금 그 앞에서 몇몇 도사들이 한 사람을 기다리고 있었다.

그리고 그런 사람들의 기다림 속에서 천천히 걸음을 옮겨 밖으로 나오는 자가 있었다.

훤칠한 키에 수려한 외모, 무표정한 인상으로 조금 차갑게 느껴지는 인상을 가진 젊은 도사가 모습을 드러냈다.

"기다렸다, 사제."

분명 나이 차이는 사부와 제자뻘이지만, 광효는 분명 젊은 도사를 향해 사제라 불렀다.

"오랜만입니다, 사형."

"그래, 오랜만이구나. 그보다 사제, 성취는 어떻게 되었는가?"

"실망시켜 드리진 않을 것입니다."

무뚝뚝한 음성이라 언뜻 건방져 보이기도 했지만, 그를 잘 아는 사람은 그 말이 얼마나 겸양인지 잘 알고 있었다.

그리고 광효도 그걸 잘 알기에 그의 얼굴엔 벅찬 기쁨이 넘쳐흘렀다.

"장하네, 장해. 이로써 우리는 이십 년을 참아온 한을 풀 수 있구나. 정말 고맙네. 정말 고마워, 광한 사제."

광효의 말에 광한은 미미하나마 미소를 만들었다. 그러나 그 미소는 곧 사라지고 예의 무뚝뚝한 음성으로 말했다.

"전 예전도 그렇고 지금도 그렇고 그저 최선을 다할 뿐입니다. 그러니 부족한 점은 사형께서 많은 도움을 주십시오."

“그래. 이를 말인가? 어서 가게. 사부님은 물론, 사숙과 여러 장문인들, 그리고 옥 대협께서도 목이 빠져라 기다리고 있네.”

“예.”

광한이 걸음을 떼었다.

그리고 그 뒤를 따라 기다리던 나머지 도사들도 걸음을 옮겼다. 그동안 무당의 미래란 이름으로, 또 정파의 미래란 이름으로 불려온 광한의 출도. 이건 최연소 나이에 육대절학의 태극혜검보를 극성으로 깨우쳤다는 걸 떠나서, 무당이 진실로 무림에 나갈 수 있다는 걸 뜻했다.

그래서 그 광한의 뒤를 따르는 도사들은 이 순간 희망에 찬 눈으로 모든 이들이 기다리고 있을 태극관으로 걸음을 옮겼다.

*　　　*　　　*

고경천은 모든 이들의 시선을 받으며 그를 기다리고 있는 일행 곁으로 갔다. 그는 그중에 둘은 알아보았으나 복면인을 보고는 잠시 고개를 갸웃거렸다. 그러다 무언가 뇌리를 스치는 것이 있었다.

“굴지서, 이들은?”

“호호호. 기억 안 나십니까?”

"음……."

고경천은 신음을 삼켰다.

정말 저들도 전생에 무슨 죄를 지었는지 꼭 이런 인연으로 만나게 되었다.

그들도 그런 생각을 하는지 입을 열어 말은 하지 않았어도 두 눈에는 절망, 분노, 두려움 등등 복합적인 감정을 담았다.

'광동오이와 희비연. 정말 이들은 나만큼이나 하늘에 버림받은 자들이군.'

그러나 지금에 와서 동정심을 보일 순 없었다. 이미 호랑이의 등에 탄 상태고, 적들은 그들을 현무칠수로 인식했다. 이 와중에 스스로 나약함을 보여 상대방에게 일부러 틈을 줄 필요가 없었다. 지금 필요한 것은…….

"현무칠수는 내 명이 있을 때까지 절대 나서지 마시오. 말을 하지도 말고, 행동은 더더욱 옮기지 말도록."

"명을 받듭니다."

최염이 재빨리 명을 받았다.

오염달은 무슨 말인가 하다 당아영의 내젓는 고갯짓에 입을 다물었다. 이미 오염달은 그녀를 주모로 결정지었다.

"설마 두 분만 오신 것입니까?"

"아니다. 네 두 사부는 지금 빠져나갈 구멍을 만들고 있으니, 조금 있으면 만날 수 있다."

"그렇군요."

호군평은 이제야 고경천의 말을 이해할 수 있었다.

추일학과 제갈효는 한편으로는 말리고, 한편으로는 그를 협박하고, 한편으로는 현무칠수와 백호칠수 중 둘을 이곳에 몰래 보냈다.

"여하튼 네놈은 지금부터 주모의 안전을 최우선으로 해라. 분위기가 이상하면 아무 생각 없이 주모를 데리고 피해라."

"우사자님!"

오염달은 그 말에 고개를 빠르게 저었다.

"모두들 이곳에서 뼈를 묻지 않으려면 그 방법이 제일 좋다. 가짜 다섯을 데리고 이 많은 군웅들을 다 상대할 수는 없다. 그때는 목숨을 걸어야 하는데, 우리는 목숨을 걸어 주군 하나는 어떻게 할 수 있어도 주모까지는 어떻게 할 수 없다. 그러니 그건 네가 맡아라."

오염달의 강렬한 시선이 아니더라도 호군평은 충분히 상황을 이해할 수 있었다.

"예……."

당아영은 그 둘의 대화를 듣고 무언가 말을 하려고 했다. 그러나 지금 이 순간에 그녀의 밀은 오히려 혼란만 가중시킬 수 있단 걸 그녀는 알고 있었다. 그저 아랫입술을 깨물고, 상황에 몸을 맡기기로 했다. 그리고 정 안 되면 그녀에게도 최후 수단이 있었다.

그들이 이렇게 상황에 대해 대비해 나갈 때,

　놀랐던 군웅들은 조금씩 정신을 차리고 웅성거리기 시작했다. 그들은 서서히 그들끼리 분위기를 고조시키며 옥정곽으로 인해 하얗게 변했던 머리를 새로운 것으로 채워 나갔다.

　흡정마공, 그리고 북신마교주와 현무칠수. 먹다가 체할 수 있어도 그 어떤 것보다 맛있는 먹이란 건 분명했다. 일단 그들을 해치우면 명성은 기본이요, 만일 재수 좋아 흡정마공을 얻게 되는 날이면…….

　그러다 보니 그들의 머리 속에 고경천이 삼양궁의 포위망도 뚫고, 백호칠수도 수하로 거둬들여 북신마교를 세웠다는 이야기는 사라져 버렸다. 소문은 늘 과장되기 마련이고, 인간은 눈으로 보이지 않는 것은 결국 거짓으로 무시해 버리기 마련이다.

　그래서 사람들은 조금씩 그런 기분에 잠식되어 마음속에 검은 기운을 키워 나갔다. 이미 몇몇 자들은 병장기를 손에 들고 조금씩 고경천들에게 다가갔다.

　“음…….”

　옥정곽은 주름진 미간을 깊게 굳히고 있었다.

　변수도 이런 변수가 있을 수 없었다. 지금 한순간에 대정회의 이야기는 뒷전으로 사라지고, 흡정마공과 현무칠수에 대한 것이 연무장을 가득 채웠다.

　이제 와서 아무리 대정회에 대해 떠들어도 소용없고, 그렇다고 고경천을 공격하게 되면 분명 무당산은 순식간에 막을 수 없는 혼란에 빠질 것이다.

진퇴양난.

그러나 변수는 늘 하나로만 끝나는 것이 아니었다.

채앵.

검이 세차게 검집을 빠져나오는 소리가 들리며 뜨거운 불길을 머금은 검이 허공을 날아 고경천 앞에 떨어지며 강렬한 폭발을 일으켰다.

콰아앙!

그 소리는 화탄이 터지는 위력을 방불케 해 사람들은 일순 머리 속을 강렬하게 두들겨 맞은 것 같았다.

"지금… 손님의 신분으로 함부로 나서는 것이 예는 아닌 줄 알지만, 젊은 사람을 상대로 선배 고인들께서 직접 손을 쓸 수 없지 않습니까? 그러니 후배가 나서는 것을 너무 무례하다 여기지 말아주십시오."

옥정곽의 등 뒤에서 시작된 음성은 대답도 듣지 않고, 곧 그와 육파일방의 장문인들을 지나쳐 아직도 흙먼지와 뜨거운 열기를 뿜어내는 검을 향해 걸어가고 있었다.

"오… 오라버니!"

성월여가 그 모습에 놀라 소리쳤다. 설마 성철현이 나설 줄이야. 예를 알고 지킬 줄 아는 그가 주인을 놔두고 먼저 움직이다니…….

그러나 성철현은 성월여의 그런 다급한 소리에도 뒤 한번 돌아보지 않고 오직 한 사람만 뚫어져라 바라보았다.

"고경천……."

입술을 비집고 나오는 것도 상처 입은 야수의 음성. 그는 이미 고경천을 향해 참아두었던 강렬한 살기를 내뿜었다.

옥정곽은 성철현의 느닷없는 행동에 눈살을 찌푸렸다.

그러나 그 이유가 그의 무례함과는 거리가 먼 것이었다. 그는 이번 기회가 오히려 좋은 기회라 여겼는데, 막상 그 자리를 대신할 자가 아직 이곳에 나타나지 않았다.

"차라리 그 아이가 오고 일이 터졌으면……."

그러면 이번 기회에 그의 능력을 여기에 모여 있는 군웅들에게 확실히 보여줄 수 있었다. 향후 대정회의 중심이 되어 무림에 정도의 기치를 드높일 자.

'하지만 아직 결론이 난 것은 아니니 오히려 그 아이를 위한 좋은 무대가 될 수 있다.'

옥정곽은 이렇게 결론 내리고, 주변에 있는 사람들에게 입을 열었다.

"이렇게 된 거 성 소궁주의 말대로 우리 늙은이들은 지켜보도록 합시다. 어차피 저들은 허락없이 함부로 이곳을 벗어날 수 없을 것이니 말이오."

그래서 사람들은 잡기 직전의 맹수를 바라보듯, 느긋한 표정으로 성철현과 고경천의 대결을 지켜보려고 했다.

‘변했군. 전의 인상은 이렇듯 저돌적이지 않았는데…….’

고경천은 검이 떨어져 폭발을 일으킨 자리를 바라보다 점점 거리를 좁혀오는 성철현에게 시선을 두었다.

그동안에도 성철현은 고경천에게서 시선을 떼지 않았다. 그러다 검의 곁에 다다르자 검을 뽑아 들고 입을 열었다.

“사별삼일 즉당괄목상대(士別三日 卽當刮目相對:선비가 사흘을 떨어져 있다 다시 대할 때는 눈을 비비고 대하여야 한다)라고 헤어진 지 몇 달밖에 되지 않았는데, 완전 사람이 달라졌군.”

“그 말 이쪽에서도 하고 싶군. 선하령에서 봤을 때는 많이 침착한 자라고 생각했는데.”

“그때는 그랬지. 그때까지만 해도 삼양궁을 그렇게까지 골탕먹일 자가 존재할 거라 생각지 않았으니까. 거기다 내가 아끼는 소 동생이 반 불구가 된 모습을 보니 변하지 않을 수 없더군. 어쨌든 그 모든 원인을 제공한 자가 다름 아닌 흡정마공이란 저주받은 무학을 익힌 인간 같지도 않은 자니까.”

“그래서 변하니 자신이 생겼는가? 흡정마공을 익힌 날 혼자 상대할 자신이 말이야.”

고경천은 두 눈에서 강렬한 빛을 뿜어댔다. 마치 기세만으로 상대를 눌러 버리겠다는 심산 같았다.

성철현은 그 눈빛 속에서도 표정 하나 찌푸리지 않았다. 그렇다고 여유 부리는 것은 아니지만, 확실히 고경천의 기세를 아무렇게 받아넘겼다.

"아니. 직접 보니 확실히 더 인간 같지 않다는 생각이 드는군. 같은 나이에 이 정도 성취라니, 그동안 북두칠강이라 불린 내가 부끄러워질 지경이야."

"훗. 그래도 자기 능력을 인정할 줄은 아는 걸 보니 마염성의 어느 멍청한 놈보다는 확실히 낫군. 자! 그래서 어떻게 하려는가? 그래도 한번 해보겠는가?"

"물론! 비록 이길 수 없는 싸움이라도 무인은 한 번 검을 뽑아 든 이상, 절대 물러날 수 없지."

성철현은 검을 들어 하늘로 세우며 싸움을 시작할 준비를 했다.

'아쉬워. 잘하면 친구가 될 수도 있는 자인데……'

고경천은 내심 이런 생각이 들었지만, 상대가 진정한 무인인 이상 마음을 고쳐먹었다.

"군평, 아무래도 내가 직접 해야겠다. 네 몫이라 했는데, 이런 상황이니 이해 바란다."

"괜찮습니다. 진짜 무인에겐 그만한 대접을 해줘야지요. 어차피 오늘 싸움은 이게 전부가 아니지 않습니까?"

"그렇지."

고경천은 대결을 위해 일행과 조금 떨어져 성철현에게 다가가다 성월여가 있는 곳을 바라보았다.

성월여는 지금 눈을 크게 부릅뜨고 아랫입술을 깨물고 있었다. 분명 오라버니의 걱정에 감정을 주체하지 못하는 모습이었다.

'계집! 정말 너와 난 처음부터 악연일 수밖에 없다. 지금도 그렇고… 그러나 오늘 하루만은 그 악연이 잠시 비껴가게 해 주지.'

고경천은 성월여를 향한 시선을 거두고, 양손에 기운을 모아갔다. 그러자 그의 손이 여러 가지 색으로 뒤덮여 갔다.

현음빙기의 흑, 천년화리의 백, 공동사로의 청, 마지막으로 송일학에게서 흡수한 무색의 기운까지 그의 손에는 단전을 떠난 네 가지의 기운들이 가득 찼다. 그나마 고경천은 자주 사용하는 소일성의 벽뢰진기는 뺐다. 그것이 소일성을 위해 나섰다는 성철현에 대한 작은 배려였다.

"난 일수만 사용하겠네. 그걸 받고 못 받고는 어디까지나 자네의 운명. 그러나 명심할 것은 나의 이 일수는 현무칠수나 백호칠수 중에서도 함부로 받아내는 사람이 없네. 그러니 최선을 다하는 게 좋을 것이네."

고경천은 친구를 대하듯 편하게 말을 건넸다.

성철현은 말을 하지 않아도 고경천의 양손에서 뿜어지는 기세를 충분히 느끼고 있었다. 그래서 그도 상단으로 세운 애검에 삼양신경 천양편에 수록된 태양검강(太陽劍罡)을 드리운 상태였다.

"싸움에 있어 최선을 다하지 않았다고 하는 것은 패배자의 변명. 난 그럴 생각 없으니, 그쪽이나 조심하게.”

“그럼. 홍월강(虹月罡)!”

고경천은 상대의 말에 더 이상 머뭇거리지 않았다. 그래서 손에 머문 기운을 현음진결상의 현월강을 사용하듯 강하게 뿌렸다.

슈아아앙.

고경천의 손을 떠난 거대한 초승달 모양의 강기가 성철현을 반으로 가를 듯 거세게 날아갔다.

“앗!”

누군가의 입에서 놀란 탄성이 터져 나왔다.

성철현은 검 주위에 주황빛으로 타오르는 검강을 더욱 짙게 만들었다. 그 후 그는 고경천처럼 탄강을 시전해 나가는 것이 아닌 그대로 홍월강을 향해 달려들었다.

그 순간, 여인의 뾰족한 비명이 터져 나왔다.

“악!”

그러나 고수들은 성철현의 그 행동에 오히려 고개를 끄덕였다.

본시 쏘아 보내는 탄강(彈罡)보다 형체로 머물러 있는 성강(成罡)이 더 강했다. 기란 보통 흩어지는 성질이 강하기에 잡아둘수록 그 위력이 강했다.

그렇다 해도 성철현의 행동이 옳다는 것은 아니었다. 만일 그 모든 걸 넘어설 수 있는 절대 위력을 만나게 되면 지금 그

의 행동은 스스로 짚을 짊어지고 불속에 뛰어드는 것과 다르
지 않았다.

쾅!

성철현이 만들어낸 태양검강과 고경천이 만들어낸 홍월강
이 그대로 충돌을 일으켰다.

"커헉!"

한 사람의 다급한 신음성이 터지며 충격을 못 이겨 허공을
날고, 나머지 한 사람은 그 충격에 뒤로 주르륵 밀려난 자신
의 흔적을 바라보았다.

침묵.

사람들은 여러 면에서 지금 상황에 대해 입을 열 수 없었
다.

천하에 명성이 자자한 북두칠강 중 한 사람이 일수에 패퇴
당하다니, 거기다 그 일을 벌인 자가 같은 또래의 흡정마공의
전인이란 고경천이라니…….

고경천에 대한 소문은 현무칠수의 주인이란 것과 흡정마
공 일로 오랜 칩거를 깬 벽운노야를 움직이게 만들었다는 것
이다. 그 뒤 항운산장이 봉문 아닌 봉문에 들고, 또 벽운노야
가 죽었다는 말까지 맴돌았다.

그때도 사람들은 그건 소문이라 믿었고, 그 뒤에 누가 퍼뜨
린 것인지 알 수는 없지만 사천에 그들이 나타났고, 이번엔
백호칠수도 패퇴시켜 북신마교란 단체를 세웠다 했을 때 소

문이 점점 과장되는 것이라 생각했다.

그러나 눈으로 본 지금의 상황은 절대 그런 소문과 달랐다.

중원오주의 하나인 소림 방장도 일수에 물리칠 수 없는 북두칠강을 물리치다니… 그럼 이제 거의 인간의 경지를 벗어났다 알려진 천중삼원에 비교된단 말인가?

웅성웅성.

사람들은 자기들끼리 쑥덕거렸다.

그나마 고경천이 일수의 충격으로 밀려났고, 별로 좋지 않은 표정을 짓는 것을 보며 내상을 당한 것은 아닌가 저희들끼리 쑥덕거렸다.

"오라버니!"

성월여는 하늘을 나는 성철현의 모습에 잠시 정신을 놓고 있다 뒤늦게라도 그를 받아 안으려고 몸을 날렸다.

그리고 그건 그녀와 함께 있던 다른 정파명숙들도 다르지 않은지 너도나도 뒤늦게 몸을 날리려 했다.

그러나,

"무량수불."

누군가 태극관의 전각 지붕을 박차고 허공으로 날아오르며 도호를 터뜨렸다. 그가 날아가는 방향은 성철현이 날아가는 방향으로 그는 허공에서 성철현을 사뿐히 받아내며 땅으로 떨어져 내렸다.

그는 떨어져 내리기 무섭게 안고 있는 자의 몇 군데 경혈을 두드렸다.

파박.

"컥. 쿨럭!"

성철현은 충격에 막혔던 심맥이 뚫리며 선혈을 토해냈다.

그러자 성철현을 받아 안은 자는 그를 조용히 바닥에 눕히고 자리를 털고 있었다.

그는 등에 한 자루의 송문고검을 멘 조금 차가운 인상의 젊은 도사였다. 그는 본능적인지 아님 이미 지켜보고 있었든지 정확히 고경천을 바라보았다.

"광한아!"

태허가 그의 등장에 환한 음성을 토해냈다.

"왔군!"

옥정곽도 그와 다르지 않은지 반가움을 드러냈다.

"아……."

광한의 등장에 무슨 일인지 옥감영도 얼굴이 밝게 변했다.

그러나 광한은 사람들의 그런 반가움 속에서도 그쪽을 바라보지 않았다. 오히려 그들은 무시하고 천천히 고경천이 있는 곳을 향해 걸음을 옮겼다.

"광한?"

고경천은 잠시 얼마 전의 대결에 대해 생각을 하다 잊을 수 없는 그 이름에 고개를 재빨리 들었다. 그리고 유현한 걸음으로 그에게 다가오는 한 젊은 도사의 모습에 피가 발끝에서 머리로 역류하는 기분을 느꼈다.

'십 년이다. 아니… 하루다.'

고경천은 두 눈에 불을 밝혔다.

그에게 있어 지금은 십 년이 아닌 하루 뒤와 같았다. 고경천은 광한에게 패해 무당을 떠나고, 아버지의 죽음과 맞바꾼 무경을 가지고 선인동에 처박혔다. 그다음에는 오직 자신과 아버지를 그 꼴로 만든 무당에 대한 복수를 위해 수련에만 모든 걸 걸었다.

그래서 그는 말도 안 되는 연공 시 지켜야 할 절대사칙도 아무 의심 없이 지켰다. 그 덕에 엄청난 후유증이 남은 것도 모른 채 수련을 마치고, 수련을 끝내고도 그 후유증을 고치려 죽을 고생을 하며 이곳까지 왔다.

지금에 와서는 모든 이들이 눈에 불을 켜고 제거하려는 흡정마공의 주인이 되어 점점 모든 이들에게 미움을 받는 존재가 되었다.

'그러나 그에 대해선 원망하지 않으마. 난 오직 네놈에게 받은 그 비웃음만 고스란히 돌려주면 되니까. 그래서 무당의 기대가 얼마나 부질없던가를 처절히 깨닫게 해주겠다.'

꾸욱.

고경천은 자신도 모르게 주먹을 강하게 틀어쥐었다. 이미 광한을 보는 순간부터 십 년 전 들었던 그 비웃음 소리가 환청처럼 귓가를 맴돌고 있었다.

"교······."

호군평은 혹시나 고경천이 내상이라도 입었나 물어보려다 젊은 도사를 보고 얼굴을 굳히는 모습에 모든 걸 알 수 있었다.

"교주님, 어디 다치셨습니까? 혹시 내상이라도 입은 건?"

오염달은 그런 사실을 눈치 채지 못하고, 정말 그가 다쳤는 줄 알고 안절부절못했다. 명 때문에 직접 나서지 못했을 뿐이지 이미 그는 성철현이 고경천을 향해 검을 뽑아 드는 순간부터 이미 얼굴이 벌겋게 달아올라 있었다.

"내 저놈을 묻지 못하면 오염달이 아니다!"

오염달은 그대로 홀로 누가 있든 말든 성철현과 정도명숙들이 있는 곳으로 걸음을 옮기려 했다.

꽉.

"왜?!"

오염달은 자신을 잡은 최염을 향해 그 분노를 풀었다.

"슬슬 때가 돼가오."

"때라니 무슨 얼어죽을 때! 저놈늘을 모두 붙어버릴 때?"

오염달은 분노에 최염의 손을 거칠게 뿌리치려 했다.

그러나 최염은 오히려 그 팔을 강하게 잡고 차가운 한마디를 꺼냈다.

"아니, 무사히 도망쳐야 할 때."

그 말에 주변에 있던 자들이 눈을 크게 떴다. 도대체 지금 이 상황에 어떻게 도망칠 수 있단 말인가?

그런데도 최엽은 그 사실에 대해 조금도 걱정이 없어 보였다. 그는 주변에 온통 적이라도 도망칠 수 있는 확실한 비결이 있는 듯 보였다.

*   *   *

"흐흐. 그래도 머리 밀고 하니 이십 년 만에 입는 가사치곤 제법 잘 어울리는구나."

"염병타불. 당연한 거 아니오. 그래도 이십 년 전만 해도 늘 이 모습으로 다녔는데."

"이놈아, 소매치기도 하루만 쉬어도 손끝이 떨린다 하지 않느냐? 그런데 넌 하루도 아닌 이십 년이나 속인 짓을 하고도 그런 말이 잘 나온다."

"뭐, 이러면 어떻고 저러면 어떻소? 난 전에 추 문상의 말을 통해 다시 부처를 좇기로 결심했소. 그러니 가사를 입든 염불을 하지 않든 다 상관이 없소. 내 마음에 부처가 살아 있는 한 난 평생 중이오."

"어련하겠냐?"

당협기는 이렇게 말을 끝내고 지금까지와는 표정을 달리하며 다시 말을 꺼냈다.

“시킨 일은 제대로 했겠지?”

“당연한 거 아니오. 여기가 소림사도 아니고, 그저 소림 중 흉내 내면서 무당 도사 속이는 정도야 일도 아니오.”

“흐흐. 좋아. 확실히 했다면 이제 한바탕 연기를 펼칠 일만 남았군.”

“그런데 정말 효과는 확실하오? 만일 제대로 되지 않으면 오히려 일만 복잡해질 수 있소.”

“걱정 마라. 비록 독이란 놈이 위력이 강할수록 냄새며 맛에서 흔적을 남기지만, 그 반대를 생각하면 절대 흔적이 남지 않게 할 수도 있다.”

“아니, 그러면 그 말은 조금도 효과가 없을 수도 있단 말 아니오?”

“멍청한 놈!”

당협기는 아불승의 말에 일갈을 터뜨렸다. 그 후 자부심이 가득 담긴 음성으로 천천히 설명해 주었다.

“귓구멍 열고 잘 들어라. 독이란 것은 그 자체로도 효능이 있지만, 실상 가장 큰 효능은 심리적인 타격이다. 고수야 미리 알고 피해살 수 있지만, 녹은 언제 자신에게 떨어질지 몰라 전전긍긍하기 마련이다. 그래서 대부분 사람들은 독을 쓰는 사람을 꺼려한다. 과거 당가가 무림에서 역사에 비해 별 좋지 않은 대접을 받은 것도 괜히 찜찜하기에 그랬던 것이다. 그 결과 당진용은 당가 가주이면서 독을 멸시한 것이고……."

당협기는 여기까지 말하다 말이 새는 것 같아 얼른 말을 추슬렀다.

"여하튼 독이란 것은 당했다는 그 사실 하나만으로 충분하다. 일단 그런 심리적 타격을 입으면 불안감이 상승하고, 그 불안감은 사람들을 쉽게 흥분시키기 때문이지. 그리고 그 석상 같은 놈은 그걸 알기에 나보고 독을 풀라고 한 것이고. 또 너무 강한 독을 사용하지 말란 것은 일을 벌이기 전에 걸릴 수 있기에 그랬을 수도 있지만. 사실 독이란 것도 무공과 마찬가지로 강하면 강할수록 그 제조자는 뻔하지. 자, 봐라. 지금 천하에서 독으로 유명한 곳이 어딘가?"

"그거야 감숙성의 만독문하고, 남만의 칠독림, 그리고……."

"그쪽 말고 그나마 정도 비스므리한 곳은……."

"음……."

아불승은 생각을 해보았지만, 정도에서 독으로 명성을 얻는 자체가 바보 같은 일이었다.

"그거 봐라. 만일 당가가 과거처럼 정도와 관계를 가깝게 지냈으면, 백이면 백 당가가 의심을 받겠지. 하지만 지금은 의심받을 곳이 없다. 그러니 정도에 덤터기를 씌우려면 적당한 정도가 좋지."

"음… 그런데 정말 이 계획이 최 사자 머리에서 나온 것이오?"

아불승은 믿어지지 않는다는 표정이었다.

"흐흐. 물론 주로 내 머리에서 나왔지. 그러나 이 계획을 세우게 만든 것은 다름 아닌 그지."

"으음. 정말 알다가도 모르겠소. 그잔 얼굴만 봐서는 도대체 무슨 생각을 하는지 알 수 없거늘. 설마 그런 면이 있기에 추 문상이 그를 이번 교주님 호위 업무의 책임자로 선택한 거 아니오?"

"뭐 그건 나도 알 수 없지. 어쨌든 지금 중요한 것은 계획을 세운 게 아니다. 이 계획을 통해 우리가 어떻게 무사히 도망칠 수 있나 없냐다."

"그거야 뭐 그렇지만, 그보다 그 독의 정체……."

아불승은 무언가 입을 열려다 새롭게 느껴지는 인기척에 얼른 자세를 바꾸었다.

지금까지는 주로 태극관으로 대부분의 사람들의 관심이 쏠려 사람을 보지 못했는데, 태극관을 얼마 남겨놓지 않은 시점이 되니 사람의 기척이 느껴졌다.

딩협기도 아불승의 변하는 모습을 보고 표정을 바꾸었다. 소림 승려와 어울릴 만한 정도 인물로서 지금 그는 평상시 들지도 않는 검까지 들고 있었다.

그리고 둘은 자연스레 인기척이 느껴진 곳으로 시선을 돌렸다.

지금 막 한 전각 모퉁이에서 모습을 드러낸 자는 아불승이 변장하기 전처럼 광인의 모습을 보였다. 산발한 머리는 그렇다 쳐도 본시 도복이 없을 득라가 거의 빛이 바래 있었다.

그 사람도 둘의 인기척을 느꼈는지, 잠시 이쪽을 바라보았다. 그러나 곧 시선을 다시 전방으로 향하고 태극관을 향해 걸음을 옮겼다.

"느꼈느냐?"

"예. 아무리 봐도 내 아래가 아닌데요. 어찌 보면 저보다 더 강할지도 모르고."

당협기의 말에 아불승도 심각하게 입을 열었다.

"그런데 분명 모양새는 무당 도사였지?"

"예. 아무리 봐도 저 정도의 능력은 무당육자나 되어야 할 텐데……"

아불승은 어울리지 않게 미간을 굳히며 생각에 잠겼다. 그러다,

"아!"

"혹시?"

당협기와 아불승이 동시에 상대의 얼굴을 바라보았다. 그리고 곧 자신의 생각이 확실하다는 걸 알고 빠르게 태극관으로 몸을 날렸다.

第八章
사부가 주는 처음이자 마지막 선물

"아······."

"으음."

사람들은 자신도 모르게 신음을 터뜨렸다.

지금 벌어지는 싸움. 분명 얼마 전처럼 고경천의 상대는 북두칠강이었다.

그러나 지금 둘이 씨움을 보면 과연 누가 그를 북두칠강과 동급으로 볼까? 아무리 봐도 그들보다 몇 수 위에 있다는 것은 확연해 보였다.

"저놈 분명 북두칠강의 하나라는 광한 맞지?"

"예. 그런데 지금 보니 북두칠강의 어느 누구도 저자의 상대가 되지 않겠습니다."

"너도?"

"부끄럽지만 저도 안 될 것 같군요. 얼마 전의 또 다른 북
두칠강 성철현이라면 모르겠지만, 저자는 안 되겠습니다."

"하긴 내가 붙어도 이긴다는 장담을 못하겠다."

오염달도 호군평의 그 말에 무겁게 고개를 끄덕였다.

그만큼 지금 광한이 보여주는 능력은 대단했다. 내공이야
고경천에게 미치지 못하겠지만, 그가 보여주는 초식은 확실
히 고경천의 그것보다 뛰어났다.

광한은 고경천의 강맹한 공격을 끊임없이 일어났다 사라
지는 원의 고리 속에 가두었다. 그래서 고경천의 공격은 번번
이 광한이 아닌 허공을 가격하게 되었다. 이는 마치 광풍우
속을 어렵지만 확실하게 헤쳐 나가는 편주처럼 지금 그 편주
를 모는 사공의 정교함이 오히려 광풍우를 무색하게 만들어
가고 있었다.

"놀랍소. 태극혜검을 저리 완벽하게 펼치는 자가 나오다
니… 정말 그가 천무 진인에 버금간다는 소문을 인정하지 않
을 수 없구려."

소림 방장 허공은 고개를 천천히 끄덕거렸다.

그러나 그런 칭찬에도 태허는 오히려 그의 자랑인 웃음을
잃어가고 있었다. 물론 허공의 말처럼 광한이 보여주는 능력
은 대단했다. 하지만 그 능력이 고작 수비에 치중하는 것이

전부였다.

본시 태극혜검은 상대를 원의 고리 속에 가두어 그 안에서 스스로의 힘을 이기지 못해 자멸하게 만드는 것이다. 그래서 태극혜검을 수비무공의 정점으로 보고 육대절학의 하나로 올려놓게 만들었다.

육대절학은 각기 장점이 있었다.

소림의 달마역근경은 정심함이, 삼양궁의 삼양신경은 위맹함이, 마염성의 지옥겁화결은 광포함이, 보타암의 천년검학은 무정함이, 녹림의 녹의영련보는 자유로움이 그 으뜸이었다.

그리고 태극혜검보는 끝없이 펼쳐지는 원의 고리가 보여주는 무한함이 특징이건만, 지금 광한의 모습에선 원의 고리가 끊어지지 않고 있어도 무한하게 펼쳐진다고 할 수는 없었다.

"태허, 분명 광한이의 검은 완성된 거지?"

옥정곽도 그걸 알기에 이런 질문을 하게 되었다.

"맞네. 그 아이는 이미 태극혜검을 극성까지 깨우쳐 새롭게 벼형시키는 것도 가능하네."

"그 말은 역시 흡정마공이 대단하다는 말인가?"

"음……."

태허는 그 말을 인정하는 것인지 부정하는 것인지 모를 신음을 토해냈다.

옥정곽과 태허가 오늘 계획한 것은 광한의 그 무위를 여러 사람들에게 선보여 육파일방의 다른 장문인들은 물론, 이곳에 참석한 사람들에게 대정회의 회주가 될 광한을 확실히 알리는 것이었다.

그런데 지금 모습은 확실히 알리긴 알린 거지만, 만일 북신마교주의 손에 패하게 되면 오히려 모든 것이 무너질 수 있었다.

"아무래도 아우들이 나서주어야 할 거 같네. 비록 어린아이를 상대하는 것이 청룡칠수의 명예에 흠이 된다 할지라도 상대는 현무와 백호를 잡고 흡정마공이란 천하 무공의 극성을 익힌 마두일세. 이번 기회에 어쩌지 못하면, 무림은 다시 한 번 흡정마공으로 인해 큰 피를 볼 걸세."

"알겠습니다. 그렇지 않아도 보고만 있으려니 못 견디겠더군요."

을지황이 그 말에 답하며 앞으로 나서려 했다.

나머지 청룡칠수도 그 뒤를 따랐지만, 단정만큼은 잠시 얼굴에 수만 가지 표정을 지었다. 고경천은 그녀에게 있어 과거에 씻을 수 없는 악몽을 남겨준 놈이다. 그러기에 그녀는 여기 있는 누구보다 고경천을 없애 버리고 싶었다.

하지만 현재는 과거와 달라졌다. 과거에는 비록 얕보다 팔이 부러지는 수모를 당했지만, 마음만 먹으면 충분히 이길 수 있는 상대였다.

그런데 지금은 아니다. 지금은 그녀 혼자서는 도저히 어쩔 수 없는 상대가 되어버렸기에 결국 단정은 애검을 쥐고 다른 자들의 뒤를 따랐다.

"사부님!"

성월여는 성철현을 돌보다 단정까지 앞으로 나서자 자신도 모르게 소리쳤다.

청룡칠수 중 옥정곽을 제외한 육 인의 합격. 과연 천하에 있어 누가 받아낼 수 있겠는가? 아마 지금 무림 최고수라는 천중삼원도 고개를 내저을 것이다. 비록 하나하나는 어쩔 수 있다 해도 여섯은 장담할 수 없었다.

"아미타불."

허공은 그들의 움직임을 보고 불호를 터뜨렸다. 분명 딱히 옳은 행동은 아니지만, 옥정곽의 이번 수는 가장 효율적인 한 수였다.

"이는 정도무림을 위함이오. 그러니 장문인들께서는 이해해 주기 바라오. 이십 년을 지겹게 기다려 온 오늘. 다시 이십 년을 기다릴 수는 없지 않소?"

옥정곽은 주변의 술렁거림이 느껴지자 이 말을 해 분위기를 잡았다.

"할아버님……."

옥감영은 옥정곽의 그런 선택을 두 가지 측면에서 이해할 수 있었다. 하나는 전략적인 측면이고, 하나는 혈연적인 측면이었다.

전략적인 측면은 대정회를 위함이고, 혈연적인 측면은 광한이 그의 친손자여서였다.

광한은 옥정곽처럼 실패를 해선 안 되었다. 그걸 위해 그는 이십 년 전에 친손자란 사실도 숨기고 어린 손자를 무당에 보냈다. 그가 벌여놓은 실패를 만회하고, 향후 정도무림의 확실한 미래를 위해 광한에게 흠이 생겨서는 안 되었다.

그렇게 사람들이 모두 전방에 신경을 쓰고 있어선지 그들은 한 사람이 다가오는 것을 알지 못했다.

그는 나타나자마자 무심한 시선으로 광한과 고경천의 대결을 지켜보았다. 또 그곳을 향해 다가가는 청룡칠수의 여섯. 그는 그 모습에 자신만 간신히 들릴 수 있는 한마디를 했다.

"이제야 사부로서 해줄 것이 생겼구나."

'빌어먹을. 저 해괴한 초식 때문에 미치겠군.'

고경천은 폭풍처럼 광한을 몰아치면서도 속으로 열불이 났다. 그는 광한의 등장 때부터 모든 것은 십 년 전의 그날로 돌아갔기에 별다른 말도 하지 않고 그를 공격했다.

그 후, 그는 광한을 바닥에 거꾸러뜨리고 십 년 전의 그 차가운 웃음을 고스란히 돌려주려고 했다.

그런데 광한은 쓰러지기는커녕 묘한 초식으로 그를 점점 지치게 만들어가고 있었다.

원을 그리면 그 원에서 묘한 흡입력이 발생했다. 그러다 보니 고경천은 번번이 노렸던 곳이 아닌, 허공을 가격하게 되었다. 그리고 그 틈을 노리고 원은 점이 되어 고경천의 빈틈을 파고들었다.

'차라리 초식이 아닌 힘으로 누르는 거였는데.'

고경천은 후회했지만, 이젠 엎질러진 물이라 어쩔 수 없었다. 지금 중요한 것은 어떻게든 저 묘한 초식을 깨부수어 강공을 펼칠 시점을 찾는 것이다.

그러나 둘의 싸움은 한 번의 충돌조차 없는 싸움이었다.

광한도 본능적으로 고경천의 강수에 담긴 위력을 아는지 그는 검과 강수가 부딪치려고 하면 검을 틀어버렸다.

그러기에 싸움은 점점 더 집중력을 요구했다. 지금부터는 조금의 실수가 커다란 결과를 야기할 수 있었다. 그건 광한에게 더더욱 크게 작용할 수 있어 그의 얼굴은 본래의 무표정보다 더한 무표정으로 단단하게 굳어졌다.

'좋아. 손이 안 되면 다른 걸로 하면 되지.'

고경천은 도저히 초식으로는 허점을 만들 수 없기에 다른 곳에 허점을 만들려 결심했다.

"광한, 예전이나 지금이나 굉장히 강하구나. 난 너를 만나면 일수에 거꾸러뜨릴 수 있다 생각했는데, 이 정도까지 날 막다니, 그거 하나만으로도 네 능력은 인정해 주겠다."

"……."

그러나 광한은 고경천의 그 말이 하나도 들리지 않았는지, 조금의 반응도 보이지 않고 태극혜검이 그리는 원만 더 가중시켰다.

"역시 예전이나 지금이나 건방진 것은 여전하군. 십 년 전 무공도 제대로 배우지 못한 소년을 이기고도 거만을 떨더니, 지금도 대꾸 없이 거만을 떠는구나."

"……!"

이번만큼은 효과가 있었는지, 광한의 두 눈이 흔들렸다. 그러자 검도 흔들리고 결국 요리조리 부딪치던 그의 송문고검이 네 가지 기운에 물든 고경천의 홍강수와 충돌했다.

카강. 캉.

"윽!"

광한은 충격에 내심 비명을 토해냈다. 그리고 끊이지 않고, 유유히 흘러가던 그의 유운보가 흐트러지며 그의 신형이 뒤로 조금 젖혀졌다.

"어디 이번에는 네가 한번 바닥을 굴러보거라!"

고경천은 크게 소리치며 흐트러진 광한을 향해 홍강수를 날렸다.

쐐애애액.

공기를 가르는 소리가 요란하게 주변으로 퍼지고, 그걸 보는 광한의 두 눈이 거세게 흔들렸다. 도저히 막을 수 있는 자세도 아니고, 피할 수 있는 빠르기가 아니었다.

그런데 광한은 이 순간 오히려 눈을 감고 차가운 웃음을 날렸다.

"훗!"

"……!"

그 웃음소리에 고경천의 눈이 흔들렸다. 그러자 자연스레 뻗었던 손끝이 흔들렸다.

"금주탄월(金珠彈越)!"

금빛 광채가 번뜩이더니 무언가가 빠르게 고경천의 손끝을 향해 날아갔다.

퍽!

정확히 금빛은 고경천의 손을 때려 그 방향을 틀어버렸다.

펑.

"윽!"

그 덕에 광한은 가슴이 아닌 어깨에 홍강수를 얻어맞았다.

으두둑.

뼈가 부러지는 음향이 들리며 광한도 얼마 전의 성철현처럼 허공을 날아야 했다.

"육세!"

옥정곽의 놀란 음성이 터졌다.

그 말에 성수신의는 고경천에게 달려들던 자세를 틀어 날아가는 광한을 잡았다. 그리고 빠른 손놀림으로 놀란 광한의 내기를 달래고, 뼈가 어긋난 부위를 재빨리 치료했다. 그는

성수신의란 명성에 걸맞게 모든 일을 일사천리로 처리해 나
갔다.

그 덕에 다른 자들은 더 이상 광한을 신경 쓰지 않았다. 대
신 새롭게 펼쳐지는 싸움에 모두의 이목이 집중되었다.

오 대 일.

비록 중간에 성수신의가 빠졌지만, 청룡칠수의 다섯이 한
꺼번에 한 사람을 상대했다.

"장백초현(白頭初弦)!"

"일월망혼(日月亡魂)!"

"금광개낭(金光開囊)!"

"광풍파랑(狂風波浪)!"

"모니제마(牟尼制魔)!"

다섯 사람이 동시에 내뿜는 기합성은 그다음에 펼쳐지는
기세보다 오히려 떨어질 정도였다.

장백신옹은 달무리 같은 서늘한 검기를 뿌려대고, 모산방
사는 요기가 흐르는 죽검으로 혼마저 잊게 만들 정도였다. 또
뒤이어 펼쳐지는 만금왕의 금주판은 눈이 멀 듯한 황금빛 안
에 진한 살기를 담았다. 그리고 그 모든 것들은 뒤를 잇는 폭
풍 같은 도기와 우윳빛 검기와 함께 하자 고경천을 그 어디로
도 피할 수 없게 만들었다.

"이… 이런 개 같은 경우가……."

오염달들은 설마했다. 천하에 명성이 자자한 청룡칠수가

한 사람을 합공하다니, 그건 스스로의 얼굴에 먹칠을 떠나 똥칠을 하는 것이나 다름없었다.

보고만 있을 수 없어 오염달이 고경천을 구하러 달려들려 했다.

"아미타불. 시주들은 뜻대로 할 수 없을 것이오. 천하를 어지럽힐 마를 제거하는 것은 부처의 뜻이오."

언제 나타났는지 오염달의 앞을 소림 방장 허공이 가로막았다.

"이런 까까머리 땡중이 무슨 개소리냐? 도대체 누가 천하를 어지럽혔다고? 어서 비켜라! 안 비키면 오늘 이후론 흙 냄새 말고 다른 걸 못 맡게 할 거다."

"오염달 시주, 아직 늦지 않았소. 고개를 돌리면 피안이라고, 더 이상 마에 물들지 말고 정으로 돌아서시오."

"정은 무슨 얼어죽을 정이냐? 그리고 우리가 무슨 마에 물들었다고, 그러니 헛소리 말고 비켜!"

오염달은 참지 못하고 파철황조를 일으켰다. 그리고 선불 맞은 멧돼지처럼 허공을 향해 무식하게 달려들었다.

"이미다불."

허공은 담담히 불호를 외운 후, 소림 절학 중에서도 강맹하기로 유명한 대력금강수(大力金剛手)를 일으켜 오염달의 파철황조를 맞아갔다.

"목숨을 걸어야 할지 모르겠군."

최염은 허공과 손을 섞는 오염달을 보며 검을 뽑아 들었다.
아무리 오염달이 대단하다고 해도 중원오주 중에서도 으뜸이
라 할 수 있는 허공을 상대하는 것은 무리였다. 그래서 그는
오염달을 도와주려 몸을 날렸다.

"젠장."

호군평은 아랫입술을 깨물었다.

그도 몸을 날려 고경천을 구하고 싶었지만, 육파일방의 나
머지 장문인들이 몸을 움직일 준비를 하고 있었다. 더욱이 그
의 주변에 있는 가짜 현무칠수는 시간이 지날수록 혼이라도
빠져나가는 듯했다.

"형수님, 지금부터는 마음 단단히 먹어야 하니 준비를 하
십시오. 저의 두 사부님이 어떤 준비를 해줄지 모르지만, 앞
으로는 단단히 각오해야 합니다."

당아영은 그 말에 고개를 끄덕였지만, 그녀의 두 눈은 청룡
칠수의 맹공 속에서 이리저리 몸을 추스르는 고경천에게서
떨어질 줄 몰랐다.

카강.

파바바방.

소나기처럼 쏟아지는 청룡오수의 공격에 고경천은 이리저
리 빗방울에 몸을 뒤트는 갈대가 되어 있었다. 거의 본능이
이끄는 대로 움직이는 그였지만, 아직까지 용케 버텨냈다.

그러나 시간이 지날수록 점점 초수와 보법이 움츠러드는 것이 선기를 빼앗긴 아픔을 톡톡히 맛봐야 했다. 거기다 청룡칠수는 마치 오랜 시간 손을 맞춘 자들처럼 공수에 흔들림이 없었다. 마치 그들은 이런 일이 있을 줄 미리 준비해 둔 자들 같았다.

'멍청한!'

고경천은 내심 자신을 향해 욕을 했다. 설마 늘 환청처럼 들었던 그 차가운 웃음소리에 손끝이 흔들릴 줄 몰랐다. 그렇게 그 웃음소리를 잊고자 노력했으면서 정작 그 웃음소리를 듣자마자 순간 십 년 전으로 끌려가 마음이 흔들렸다.

"젠장!"

고경천은 자신의 바보 같음을 날려 버리려 신경질적으로 모든 기운을 손끝에 모았다. 그러자 그의 단전에 쌓여 있던 현음빙기와 천년화리, 벽뢰진기, 태청진기, 그리고 송일학에게서 얻는 진기와 독기들. 그 외 자잘한 기운들이 고경천의 양손을 감쌌다.

"조심해라! 놈이 강수로 나온다. 모두 힘을 분산시키지 말고 한꺼번에 공격해라."

장백신옹의 외침에 고경천의 사방을 감쌌던 청룡오수들이 뒤로 물러나며 서로의 기운을 모았다.

장백신옹의 백월진기, 모산방사의 현문도기, 만금왕의 만금진기, 황산패도의 폭풍진기, 단정의 보리진기가 합쳐져 고경천이 뿜어내는 여러 종류의 기운에 맞서갔다.

쾌가가앙!

도저히 인간의 무공이 충돌해 일으킬 수 있는 폭음이 아니었다. 태극관에 있던 자들 중 내공이 약한 자들은 폭음에 내상을 입을 정도였다.

그리고 충격의 여파는 소리만이 아닌지 강렬한 풍압이 연무장의 흙을 말아 올려 주변에 먼지 폭풍을 일으켰다. 그래서 근처에 있던 자들은 잠시 그 먼지 폭풍에 시선을 가려야만 했다.

그래서 옥정곽 일행은 한 사람이 가깝게 다가가는 것을 쉽게 알아채지 못했다.

"윽!"

먼지 폭풍 속에서 답답한 신음이 터졌다.

"쿨럭!"

그 뒤를 이어 신음을 누르는 각혈 소리마저 터졌다.

그리고 그게 신호라도 되듯 먼지 폭풍도 한줄기 장내를 휩쓰는 여름 바람에 서서히 가라앉았다. 그러자 드러나는 장내의 풍경들.

한 사람이 무릎을 꿇고 다섯 사람이 무사히 서 있었다.

"과연!"

육파일방 장문인들 중 누구의 입에서 튀어나온지 모를 탄성이 터졌다.

과연이란 말이 어울릴 정도로 청룡오수는 꼿꼿이 자세를
유지한 채 고경천을 바라보고 있었다. 그에 반해 고경천은 입
가에 진한 선혈을 묻히고, 한쪽 무릎을 바닥에 대었다.

비록 오 대 일이란 상황이었지만, 결국 무림 최대 저주라는
흡정마공을 익힌 북신마교주가 청룡오수에게 무릎을 꿇은 것
이다. 이로써 전설은 깨어질 수 있다는 사실이 입증되었고,
이제 상처를 입은 고경천만 처리하면 저주받은 흡정마공 전
설은 무림에서 사라지는 것이다.

옥정곽은 그 결과에 자신도 모르게 기쁨을 드러냈다. 대정
회 출범과 동시에 흡정마공을 익힌 북신마교주를 무릎 꿇렸
다. 비록 다섯 사람이 한 사람을 상대한 결과라 해도 이는 확
실한 효과를 보일 것이다.

"아우님들, 어서 그 마두를 사로잡게. 그 후 대정회의 이름
아래 심판을 내릴 것이네."

"안 돼! 교주님! 교주님!"

오염달은 잠시 충돌의 여파로 허공과의 싸움을 멈췄었지
만, 곧 눈이 뒤집혀 고경천에게로 달려들러 했다.

"아까도 말했지만, 오 시주는 갈 수 없을 것이네."

"닥쳐! 이 민대머리 중놈아!"

오염달은 허공이 또다시 앞을 가로막자 아예 수비 자체를
도외시하고 무턱대고 공격해 들어갔다.

하지만 오염달의 그런 노력도 허공의 손에 의해 막혔다. 결

국 명성이란 쉽게 변하지 않는 것이라는 듯 허공은 오염달의
그런 거친 공세도 침착하게 막아냈다.

최염은 잠시 갈등했다. 다시 오염달을 도우려 몸을 움직이
는 것이 좋은가? 아님 고경천을 향해 움직여야 하는가?

그러나 장내엔 새로운 변화가 찾아왔다.

"욱!"

"음."

멀쩡히 서 있던 청룡오수들이 결국 참을 수 없었는지 신음
과 함께 피를 토해냈다. 그들 오 인은 쉽게 몸을 가눌 수 없는
지 몸을 비틀기까지 했다.

"……!"

그 모습에 기쁨에 잠겨 있던 옥정곽의 얼굴이 눈에 띄게 흔
들렸다. 더욱이 더 이상 움직이지 못할 거라 여겼던 고경천이
무릎을 세우고 있었다.

"칵! 퉤!"

고경천은 피가 잔뜩 섞인 가래를 뱉어내고, 손을 들어 입가
의 흔적마저 닦았다. 그리고 강렬한 눈빛으로 청룡오수를 바
라보았다.

"빌어먹을. 굉장한 위력이었어, 당신들. 비록 내가 선기를
빼앗겼다지만, 날 이 지경으로까지 몰았으니 정말 청룡칠수
가 대단하긴 대단하군."

"네놈이야말로 정말 대단하구나. 천하의 우리 오 인의 합

격을 받아낼 자는 거의 전무할 텐데."

그나마 다른 자들보다 여력이 있었는지 장백신옹이 고경천의 말을 받았다.

"그런가? 하지만 처음부터 제대로 싸웠으면, 당신들은 이미 바닥을 뒹굴었을 거야."

고경천의 그 한마디에 장백신옹의 얼굴이 굳어졌다. 만일 옥정곽의 명만 아니었으면, 비록 질 수 있다 해도 절대 오 인이 한꺼번에 덤비진 않았을 것이다.

그런데 지금 그런 부분까지 감수했는데도 이기지 못했거늘. 상대는 그에게 제대로 했으면 쉽게 이길 수 있다고 하니…….

장백신옹은 두 눈에 노기를 담고서 고경천을 노려보았다. 그러다 그의 시선이 아래로 내려오며 한 가지를 보게 되었다.

"젊은 사람이 그 정도의 호기를 부리는 것은 당연하다만, 어찌 네 몸은 그걸 거부하는가 보구나. 그렇게 다리가 흔들려서야 어찌 그 호기가 진실이라고 할 수 있겠느냐?"

'빌어먹을!'

고경천의 미간이 보기 싫게 일그러졌다.

정말 지금 그의 상태는 장백신옹이 본 대로 제대로 된 상태가 아니었다. 내부는 이미 한바탕 난리를 겪은 뒤라 조금도 내공을 모을 수 없었다. 더욱이 육체도 이미 한계를 넘어섰다. 그래서 지금 서 있는 것도 그는 무척 곤욕이었는데, 장백신웅이 그걸 보고 만 것이다.

그리고 그사이 청룡오수들은 어느 정도 내상을 다스렸는지, 조금씩 정상을 찾아갔다. 비록 완전하진 않다 해도 그 정도만으로도 지금의 고경천은 충분히 상대할 수 있었다.

"어차피 지금 그 힘도 흡정마공이란 저주받은 마공으로 남에게서 뺏은 힘일 테지. 그렇지 않다면 그 나이에 그런 엄청난 내공은 말이 안 돼. 그러니 비록 우리 다섯이 네놈을 상대했다 해도 그건 흉이 되지 않는다. 어차피 상식을 벗어난 저주받은 마공은 절대 무림에 있어서는 안 되니까."

장백신웅은 애검을 움켜쥐고 고경천에게 걸음을 떼었다. 나머지 청룡사수들도 얼마 전의 충격이 장백신웅과 같은 생각을 하게 만들었는지, 묵묵히 자신의 무기를 들고 고경천에게 다가갔다.

'빌어먹을. 결국 이 정도가 한계인가? 그 지랄 맞은 연공도 끝내고, 저주받은 마공이란 흡정마공까지 익혔거늘. 결과는 이렇듯 허무하게 끝나다니…….'

고경천은 미쳐 버릴 것 같았다. 그동안 망할 하늘을 욕하면서도 어떻게든 헤쳐 나왔는데, 이번만큼은 망할 하늘이 도무지 빠져나갈 구멍을 주지 않았다.

고경천의 눈에 걱정 어린 시선으로 그를 바라보는 일행이 보였다. 오염달은 허공을 상대로 어떻게든 빠져나오려 했고, 최염은 무슨 일인지 누군가를 찾으려 주변을 빠르게 둘러보고 있었다. 그리고 그와 정략결혼이란 틀로 묶여진 인연이지만, 그의 여자가 될 당아영은 멍한 시선으로 그를 바라보았다. 호군평은 얼굴을 일그러뜨린 채, 엄청난 갈등에 휩싸인 모습이었다. 움직이고 싶지만, 그가 움직이면 당아영은 더더욱 혼자가 되게 되었다.

'그래도 걱정해 주는 사람이 있다는 것은 이런 상황 속에서도 즐거움을 주는구나. 그렇다면 그들만큼은 무사히 이곳을 벗어나게 해줘야지. 아직 나에겐 비장의 한 수가 남아 있으니…….'

고경천은 잠시 그에게 다가오는 청룡오수를 바라보았다.

그들은 모두 굳은 표정을 지은 채 그와의 거리를 좁혔다. 그나마 그들은 그의 사지 한두 개를 날릴 마음은 없는지, 공격을 해오지 않았다. 아마 산 채로 잡으려는 모양인데, 만일 근처에 오면…….

'한 사람이면 된다. 그 한 사람만으로도 충분하니까.'

흡정마공은 당해본 자나 당하는 자를 보고 있는 자 모두 묘한 공포심을 일으킨다. 인간의 모든 나약한 모습을 보이다 무너지는 그 순간, 그건 누구나 절대 겪고 싶지 않은 경험이었다.

그래서 특별히 두렵거나 한 것은 없었다. 아직 흡정마공 사용하는 것이 많이 알려지지 않아 필요하면 거짓 행동을 해서라도 속일 자신이 있었다.

그다음에는 어떻게 시간을 벌고, 그 뒤에 목숨을 잃는다 해도 별 미련은 없었다. 단지 하나만 빼고 말이다.

고경천은 다시 시선을 저편으로 던졌다. 얼마 전 그와 싸움에 제대로 종지부를 찍지 못하고 무대 저편으로 사라진 인간.

'광한! 네놈에게만큼은 꼭 그 빚을 돌려주고 싶었는데, 진정……'

고경천은 눈으로 광한의 모습을 찾으려 했다.

광한은 지금 육파일방 장문인들 뒤쪽에서 성철현처럼 한 여인의 간호를 받으며 누워 있었다.

그런데 고경천은 곧 시선을 그 뒤로 돌려야 했다.

그리고 상대도 그 시선을 느꼈는지 고경천을 빤히 바라보다 무뚝뚝한 전음을 전해왔다.

[이것이 사부가 주는 처음이자 마지막 선물이다. 그러니 나처럼 못난 자가 되지 말고, 지금처럼 네 신념대로 살아가라!]

고경천은 그 전음에 눈이 크게 뜨였다.

"멈춰라!"

느닷없이 터져 나온 음성은 지금까지 한번도 듣도 보도 못한 음성이었다. 그리고 그 음성은 분명 고경천을 사로잡는 걸 바라는 육파일방 쪽에서 나왔기에 사람들은 놀라 그쪽을 바라보았다.

그러나 지금 가장 놀란 자는 다름 아닌 육파일방 사람들이었다.

“사제!”

태허는 무허의 등장에 반가워하면서도 그의 행동에는 믿을 수 없다는 듯 눈을 크게 떴다. 분명 자기를 원망해 극마동을 벗어나지 않을 줄 안 그가 이곳에 나타났다. 하지만 그는 지금 이 자리에 동료가 아닌 적으로 변해 있었다.

“이게 무슨 짓인가?”

옥정곽도 놀라 입을 열었다.

무허의 손에 천령개가 잡혀 있는 옥감영의 모습도 참을 수 없지만, 무허는 또 다른 손으로 누워 있는 광한을 가리키고 있었다.

“무슨 짓? 당신이 나에게 무슨 짓이라 할 수 있는가?”

“설마 아직도 이십 년 전 일을 마음에 두고 있단 말인가? 그건 자네 사문은 물론, 정도의 기강을 세우기 위함이었네.”

“기강? 그건 어디까지나 정도의 쓸데없는 체면을 위함이었지. 그래서 한 여인은 스스로 목숨을 끊게 되었고, 아직 어미 젖도 떼지 못한 아이는 그 생사조차 알 수 없게 되었지. 그리고 그 모든 일은 무림인들이 제일현자로 추앙하는 옥정곽! 당신 머리에서 나온 것이고.”

“……?”

다른 사람들은 그 말에 무슨 일인가 의문을 드러냈다.

그 일은 무당과 더불어 육파일방에 속한 다른 자들도 모르는 일이었다.

그 일은 오직 당사자인 두 곳.

무당파와 보타문만 알고 있었다.

단정은 무허의 호통에 무심코 고개를 돌렸다 다시는 고경천 쪽을 향해 머리를 돌리지 못했다. 그리고 그녀는 곧 얼굴이 수차례 변하더니 무허를 향해 소리쳤다.

"닥치시오. 당신은 어찌 또 그 추잡한 과거 일을 꺼내려는 것이오. 정말 스스로 자기 얼굴에 먹칠을 하려는 것이오?"

"후. 내가 한 일이 추잡한 과거라면, 사태 당신이 한 일은 동문을 죽음으로 몬 비인륜적인 과거겠지. 안 그러오? 악을 무엇보다도 싫어한다는 멸악사태!"

"……."

단정은 더 이상 입을 열지 못했다. 아직은 이십 년 전의 그 이야기가 다 풀어진 것이 아니다. 알려진 것은 그저 무허가 도인의 신분으로 계율을 깨고 가정을 꾸렸었다는 거지. 그 이야기에 보타문은 들어가지 않았었다.

그래서인지 그 일을 아는 당사자들은 더 이상 말을 하지 못했다. 괜히 자극해서 모든 이야기가 불거졌다간 정도의 의기를 세우려던 이 자리는 정도의 비리를 폭로하는 장소가 될 뿐이기 때문이었다. 더욱이 두 사람의 생명줄이 무허에게 잡혀 있는 이상, 이 이상의 자극은 오히려 불필요했다.

"원하는 것이 무엇인가? 혹시 이 늙은이의 목숨인가?"

옥정곽이 어렵게 폐부에서 말을 꺼내 뱉어냈다.

무허는 잠시 그런 옥정곽을 바라보다 태허 쪽을 쳐다보았다. 여전히 태허는 옥정곽의 뜻을 많이 존중해 주느라 아무 말도 하지 않았다. 그러나 그의 침묵이 옥정곽의 죽음을 주시한다는 것은 아닐 것이다.

"당신은 이십 년이 지난 지금도 조금도 나아지지 않았소? 설마 아직도 한 사람의 목숨이면 모든 것이 다 해결된다 생각하오? 하지만 난 당신과 다르오. 애초에 내가 원한 것은 당신의 목숨 따위가 아니오. 그 비뚤어진 올곧음. 난 그게 얼마나 잘못되었는지 알려주고 싶었으니까. 그래서 당신의 선택 자체가 얼마나 많은 해악을 불러올 수 있는지 그걸 깨닫게 해주고 싶었소!"

"좋네. 그럼 날 깨닫게 해주게. 그 대신 그 두 아이는 놔주게. 설마 자넨 자신의 사질을 죽이려 하는 것인가? 그래서 무당에 또 죄를 짓고 싶은 것인가?"

"후. 그건 내가 할 말이오. 태허 사형도 할 수 있는 일을 왜 나라고 못하겠소?"

"……?!"

무허의 그 한마디에 태허의 얼굴에 놀람과 의문이 동시에 나타났다.

지금 태허는 아무런 행동을 취하지 않았다. 주로 모든 일은 옥정곽과 나머지 청룡칠수가 했고, 그는 그저 그 모든 걸 지켜보고 있었다.

"정말 모르겠소?"

"무얼 모른다 말하는 건가?"

태허도 이쯤 되니 음성에 은은히 분노가 담겼다.

"십칠 년 전, 무당에 거액을 기부하고 제자가 되었던 한 아이. 아버지가 도굴꾼이란 이유로 그 많은 돈을 기부하고도 결국 무당과 담을 쌓은 나의 제자가 되었던 그 아이 말이오."

"사제의 제자?"

선뜻 그 말이 이해가 안 가는지, 태허가 다시 입을 열었을 때는 꽤 오래 기억을 더듬은 후였다. 그러나 그 기억이란 것도 결국 이야깃거리조차도 되지 않는 기억이었다.

"사제, 지금 그런 쓸데없는 이야기를 왜 하는가? 설마 그 당시 내가 그런 아이를 제자로 주었다고, 지금 이런 일을 벌이는가? 사제, 아무리 내가 사제에게 미안한 감정이 있다지만 다른 것은 다 참을 수 있어도 광한 저 아이에게 문제가 생기는 건 도저히 두고 보지 않을 것이네!"

"사형은 예나 지금이나 말귀를 못 알아듣는구려. 분명 나는 사형이 사질을 해치려 하고 있다는 말을 했지, 그 아이를 나의 제자로 준 것에 대한 이야기는 하지 않았소."

"그럼 더더욱 말이 안 되지 않는가? 도대체 있지도 않은 자네의 제자를 어떻게 해치는가? 도대체 십 년 전에 도망쳐 버린 그 아이가 왜 여기서 튀어나오는가?!"

끝내 상낙자라는 별호가 무색해질 만큼의 태허의 노성이 터졌다. 그의 얼굴의 미소는 사라지고, 대신 분노가 터졌다.

그런데 그의 분노에 대한 대답은 한 사람의 참을 수 없는 앙천광소였다.

"도망? 도망이라. 도망. 하하. 내쫓은 것이 아니고 도망이라 이거지? 아니, 애초에 내쫓고 말고도 없는 일이었단 말이다 이건가? 으하하하!"

고경천도 귀가 있기에 충분히 모든 이야기를 들을 수 있었다. 그러기에 그는 그에 대한 반응을 웃음으로 나타냈다. 만일 지금 상태가 아니었으면, 그는 웃음이 아닌 분노를 보여줬을 것이다.

그러나 지금 그에겐 서 있는 것이 고작, 아니, 웃는 것이 고작인 힘밖에 남지 않았다.

무허는 고경천의 그 웃음소리에 무표정하게 가라앉던 눈가가 거세게 떨렸다. 따지고 보면, 고경천의 불행은 무당도 태허도 아닌, 바로 그 자신이었다. 그러기에 그는 더더욱 마지막이나마 사부로서 무언가 보답을 해줘야 했다.

"사형, 사형은 잊었다 하나 나도 잊지 않고, 그 아이도 잊지 않았소. 그 덕에 무당은 오늘 이런 결과를 맞이한 것이오. 그렇지 않았으면, 그 아이는 흡정마공을 선택하지도 않았을 테고, 나나 사형, 그 아이 모두 이런 상황에 오지도 않았을 것이오."

“……!”

태허의 몸이 벼락이라도 맞은 듯 굳어버렸다.

대신 무허는 그 반응이 좋은지 입가에 차가운 미소를 지었다.

“잘 생각해 보시오. 그 아이의 이름이 무엇인지… 아마 사형도 지금은 기억이 났을 것이오. 그 아이가 비록 도굴꾼을 아버지로 두었지만, 그 이름 하나만큼은 하늘을 울릴 정도였으니 말이오.”

“…….”

태허의 몸이 천천히 뒤로 돌아갔다. 그는 떨리는 노안을 들어 저 한편에 분노로 이글거리는 눈빛을 쏘아 보내는 한 젊은 이를 바라보았다. 지금 그 눈에서 쏟아지는 분노의 빛이 검이 된다면, 그는 금방이라도 난도질당할 정도였다.

“자! 우리 둘은 책임을 져야 할 것이오. 흡정마공의 진정한 탄생 배후가 다른 곳도 아닌 무당이니, 오늘 이 자리에서 그에 대한 대가를 치러야 하는 것 아니겠소? 그래야 하늘이 공평하다 할 수 있지 않겠소?”

“…….”

태허는 아무 말도 하지 못했다. 이 상황에 무슨 말을 할 수 있단 말인가? 지금 여기서 있던 이야기는 이미 모든 이들의 귀에 다 들어갔다. 그러면 소문은 순식간에 천하를 휩쓸 테고 그럼 무당은… 무당은…….

“그만 하게!”

옥정곽이 재빠르게 나섰다.

“뭘 그만 하라는 것이오? 이미 엎질러진 물. 주워 담기엔 늦었소.”

“하나 그 물이 구정물이라면, 다시 담을 필요도 없네. 오히려 흙을 덮어서라도 그 흔적을 없애야지. 비록 무당이 그런 일을 만들었다 하나, 오늘 이 자리에서 흡정마공을 익힌 저 마두를 없애면 모든 건 상관없는 일이 되네.”

그 말에 태허의 미간이 꿈틀거렸다.

하지만 무허는 오히려 싸늘한 한마디를 할 뿐이었다.

“안됐지만 난 그럴 생각이 전혀 없소. 난 이 순간만이라도 십 년 전에 못한 저 아이의 사부 노릇을 한번이라도 제대로 해보려 하오. 그러니 막으려면 나부터 막으시오. 물론 그전에 이 두 아이의 목숨은 없으니 말이오.”

무허가 말끝에 손에 힘을 주었는지 지금까지 아무 말도 없이 굳어 있던 옥감영의 입에서 신음이 나왔다.

“아…….”

“무허 자네!”

옥정곽의 얼굴이 금방 벌겋게 달아올랐지만, 무허는 오히려 바닥에 쓰러진 광한의 혈을 제압한 후, 멱살을 잡아 등에 걸쳤다.

“비키시오!”

그리고 두 인질을 이끌고 사람들을 헤치며 걸음을 옮기려
했다.

"으으……."

옥정곽은 어떻게 해보려 해도 해볼 수 없었다. 무허가 예전
에 어떤 명성을 가졌는지 잘 알고 있는지라 지금은 어찌해 볼
수 없었다.

결국 그가 길을 열어주자 다른 자들도 길을 열지 않을 수
없었다.

무허는 길이 열리자 그들을 지나쳐 고경천이 있는 곳으로
향하려 했다.

"아미타불."

허공이 어느샌가 그의 앞을 막아섰다.

"비키시오."

"무허 도우, 본시 죄업은 쌓는 것이 아니라 더는 것이라 했
소. 지금 도우의 이런 행동은 죄업만 더 쌓는 행동이오. 그러
니 이쯤에서 두 사람을 놔두도록 하시오. 설마 이대로 저 마
두를 강호에 놓아주잔 말이오? 향후 무당은 물론, 정도무림이
어떻게 될지 생각을 해보시오."

허공의 음성엔 무림을 걱정하는 노강호의 진심이 묻어 있
었다. 더욱이 그의 별호가 혜덕대불이기에 그의 이 말은 더더
욱 설득력이 있었다.

하지만,

"이미 내 방장 대사의 덕이 소림십팔나한의 수좌를 타락시킬 정도란 것쯤은 알고 있소. 그러니 내 앞에서 그런 공염불 같은 소리는 하지 마시오."

무허의 한마디에 허공의 백미가 거세게 꿈틀거렸다.

타락한 소림십팔나한의 수좌는 다름 아닌 백호칠수의 하나로 있는 상취광승 아불승을 나타내는 말이었다.

"설마 내 짐작이 맞소? 나는 나의 타락을 장문 사형이 부추겼기에 난 그자도 나와 같은 줄 알고 해본 말인데."

"아미타불."

허공은 더 이상 입을 열지 않고 길을 열어주었다.

무당에 무허가 치부라면, 소림엔 상취광승 아불승이 치부였다. 예전 명심이란 별호로 소림십팔나한의 수좌로 있던 그가 타락함으로써 소림의 명성이 많이 깎이지 않았던가? 어찌 보면 무당에 죄인으로 남은 무허보다 아불승이 더한 먹칠을 한 거나 다름없었다.

"고맙소."

무허는 더 이상 말을 하지 않고 허공을 지나쳤다. 그리고 청룡칠수는 오히려 허공보다 더 쉽게 지나쳐 그는 고경천 앞에 설 수 있었다.

고경천은 뜨겁게 타오르는 두 눈으로 무허를 바라보다 입을 열었다.

"이런다고 내가 당신을 용서할 거라 생각합니까?"

"너는 이 상황에 왔어도 모질지 못하구나. 설마 내가 용서받기 위해 이런 짓을 한다고 생각하느냐?"

"그럼 도대체 이런 바보 같은 짓은 왜 벌였습니까? 난 분명 무당이 시끄러울지 모르니 바보처럼 궁상떨지 말고 마음이 가는 대로 하라고 하지 않았습니까? 정말 누가 모질지 못한 것인지 알 수 없군요."

"다행이다."

그 말에 무허가 뜬금없는 한마디를 했다.

"무어가 다행이란 말이오?"

"우리 두 사제 간에도 비슷한 점이 있구나. 바로 모질지 못한 점."

"……."

고경천은 그 말에 얼굴이 풀어지려다 곧 더 굳히고 큰 소리를 쳤다.

"그보다 인질들을 풀어주십시오. 난 저놈과 이런 식으로 해결을 보고 싶지 않습니다."

"광한이와 해결할 것이 있다고? 넌 과거에 광한이와 별로 만난 적도 없지 않느냐?"

"역시 사… 아니, 당신도 안다고 하면서 모르고 있습니다. 내가 왜 무당을 뛰쳐나갔는지, 그리고 왜 무당을 찾아왔는지."

"그 말은 그 모든 이유가 광한이 때문이란 말이냐?"

"그건 저기 안 듣는 척하는 인간에게 물어보십시오."

고경천의 그 말에 광한의 감은 눈이 꿈틀거렸다.

"난 그쪽이 기억 안 난다. 그러니 나에게 물어봐도 할 말이 없다. 그저 지금 바라는 것은 패배에 대한 깨끗한 결과를 보고 싶을 뿐 더 이상 내 명예를 더럽히지 마라."

"웃기는 소리 하고 있군. 그런 인간이 내 말에 검끝이 흔들려 일장을 허용하느냐?"

"음……."

광한은 대답 대신 두 눈과 입매를 더 단단히 굳혔다.

"여하튼 오늘은 나도 그런 수를 썼기에 완벽히 이겼다고 생각지 않는다. 그러니 너와의 결말은 다음으로 미루겠다."

"패배에 두 번은 없다!"

광한이 처음으로 눈을 뜨고 고경천을 직시했다.

고경천은 잠시 그 눈빛을 받으며 진중한 음성으로 입을 열었다.

"분명 패배에 두 번은 없다. 그러나 한 번의 패배 뒤엔 반드시 승리에 대한 열망이 뒤따른다. 과거 네가 나에게 그럴 기회를 만들어줬으니, 오늘 나도 너에게 그런 기회를 주지. 그러나 다음엔 이런 기회가 없을 것이다. 분명 말하지만, 오늘 너는 그대로 더 있었으면 내 손에 바닥을 뒹굴었을 것이다. 그건 내가 굳이 강조 안 해도 스스로 잘 알 것이다."

광한의 두 눈에서 더 강한 빛이 일었다.

"그러니 더 강해져라. 이렇게 약해서는 내 지난 십 년에 대한 보상으로 턱도 없다. 그리고 네가 강해지지 않으면, 반드시 무당은 내 손에 큰 곤욕을 치를 것이다. 난 오늘 이곳을 벗어나면, 반드시 무당에 다시 돌아온다. 그때는 나 혼자가 아니기에 널 도와줄 사람이 없을 것이다. 그러니 스스로의 힘으로 나를 막아라!"

고경천은 이렇게 말하고 더 이상 이야기하기 싫다는 듯 시선을 돌렸다. 그리고 무허에게 강렬한 음성으로 입을 열었다.

"잘 들으십시오! 전 지금까지 어떤 어려움을 당했더라도 모든 걸 제 스스로 극복했지, 이렇듯 스스로에게 부끄러운 짓은 한 적이 없습니다. 만일 오늘 제가 이 자리에 뼈를 묻는다 해도, 절대 이런 수는 용납할 수 없습니다. 그러니 인질들을 풀어주십시오."

"진심이냐? 오늘 이 자리를 인질의 도움 없이는 벗어날 수 없다. 그건 네 몸이 정상이라도 쉽게 장담할 수 있는 일이 아니다."

"훗. 당신은 모르는군요. 저는 앞으로 정도 사도 아닌, 마도의 선두에 설 사람입니다. 그런 제가 이깟 난관 앞에 무릎을 꿇을 줄 아십니까? 마도는 오직 자유, 모든 속박으로부터 벗어나 진정한 자유를 얻고자 하는 자들이 걷는 길입니다. 그러기에 강하지 않으면 살아갈 수 없는 것이 바로 마도입니다. 그리고 전 그런 마도의 길을 열 북신마교의 교주입니다. 그러니 전 절대 무너질 수 없습니다. 아니, 무너지지 않습니다."

무허의 눈동자가 거세게 떨렸다. 진정 그가 버린 제자는 그가 갖지 못한 가장 커다란 것을 갖고 있었다. 바로 자유로움. 만일 그가 자유로움을 진작 깨달았으면, 그는 이십 년이란 시간을 이렇게 살아오지 않았을 것이다.

"좋다! 내 비록 어느 정도 도움이 될지 모르지만, 마지막으로 너에게 그 길을 갈 수 있게 최선을 다해 길을 열어주겠다. 대신……."

무허는 여기까지 말을 하다가 다음 말을 잇지 못했다.

"대신 사부님이라 불러주겠습니다. 그러니 한 사람을 부탁한다는 그 말은 하지 마십시오. 그건 사부님 스스로 하십시오."

"……."

무허는 사부란 말이 이렇게 기쁨을 주는지 처음 알았다. 또 그 기쁨을 짧게 느낄 수밖에 없는 것이 얼마나 아쉬운지 그 또한 알게 되었다.

그래서 그 시간을 조금 길게 갖고 싶었다.

"잠시나마 운기조식을 해라. 그 뒤에 인질을 풀어주마. 그리고 우리 무당산을 벗어나도록 하자."

"예."

고경천은 그것마저 거절할 수 없기에 할 수 없이 고개를 끄덕였다. 그리고 잠시간 무허의 말대로 운기조식을 했다. 그 후 고경천은 말 꺼낸 대로 두 인질을 돌려보내려고 움직이려 할 때였다.

"인질을 포기하면 안 돼요."

"……?!"

무허와 고경천은 곧 누가 입을 열었나 하다 곧 그 상대를 확인하고 묘한 표정을 지었다.

*   *   *

[정말 분위기가 묘하게 되어버렸지 않느냐? 아까 터뜨렸으면 혼란을 통해 빠져나갈 수 있지 않았느냐?]

[아니, 그럼 다섯째 형은 소림 복장 그대로 일을 벌이자는 거였소? 일단 일을 터뜨리려면 옷부터 바꿔 입어야 순서 아니오. 그래야 사람들이 의심을 하지 않지.]

아불승은 지금 승복을 벗어버리고, 머리엔 두건까지 뒤집어쓰고 사도 진영에 몸을 숨기고 있었다. 그 덕에 최염은 그들을 쉽게 발견할 수 없어 그들이 애초에 세운 계획이 여기까지 지체된 것이다.

[그거야 그렇지만, 이 엄한 분위기를 어떻게 깨뜨릴 것이냐? 지금 정도, 사도, 거기다 우리 일행까지 삼 파로 갈라져 공기가 이상하게 변했지 않느냐? 더욱이 그동안 터진 사건들이 죄다 엄청난 이야기들 아니냐? 그런 마당에 우리가 떠들어

봐야 씨알이라도 먹히겠느냐? 이럴 줄 알았으면, 그냥 강력한 독으로 몇 놈 녹여 버리는 건데, 차라리 지금이라도 독을 써?]

당협기는 품속에 손을 집어넣어 당장 주변에 독이라도 뿌릴 기세였다.

아불승이 얼른 그런 당협기의 팔을 잡았다.

[참으시오. 아까 신나게 떠든 사람이 누군데, 갑자기 일을 복잡하게 만들려 하오? 거기다 저기엔 성수신의도 있는데, 그라면 당장에라도 독의 정체를 알아내지 않겠소?]

[망할! 그럼 어떻게 하자는 것이냐? 이대로 무언가 새롭게 터져 주길 기다리라고?]

[일단 우리가 예상했던 대로 그 도사가 교주님 사부님 아니오? 더욱이 지금 교주님을 위해 인질까지 잡는 짓도 서슴지 않았으니, 분명 저 인질을 협박해 이곳을 벗어나려 하지 않겠소? 그때 우리가 일을 벌이면 오히려 도움이 되지 않겠소?]

[오… 그거 괜찮은 생각이다. 그런데 어찌 그 잠깐 사이에 그런 생각을 했느냐?]

[그거야 저기를 보면 금방 알 수 있소.]

당협기가 고개를 돌리니 최염의 얼음덩이 같은 시선이 이곳을 향하고 있었다.

최염은 지금까지 둘의 행방을 찾다 이제 발견하고 그 차가운 시선을 보내왔다. 또 그 와중에 새로운 계획도 전해주었다.

[여하튼 최 사자가 전하길, 최대한 우리는 일행이 아닌 척하라고 하오. 그래야 후위가 안전해지고, 또 변수에 대응할 수 있다고 말이오.]

[쩝. 알겠다. 정말 이번 일이 끝나면, 내 최 사자에게 술이라도 한잔 대접해야겠다. 그런데 한 가지 묻자.]

[뭘 말이오?]

[너 아까 거짓 소림 중 짓도 서슴지 않고, 또 소림 방장을 보고도 얼굴색 하나 안 변하고. 정말 너 전에 소림사에서 있던 거 맞느냐?]

당협기는 농 삼아 건넨 말이지만, 아불승의 표정이 좀처럼 보기 힘들게 진중하게 변했다.

[과거 우리 형제들이 결의를 하며 했던 말 잊었소? 우린 오늘부터 출신 문파도 동문 사형도 없다. 오직 우리 일곱만이 정을 나눌 수 있는 유일한 존재다.]

[기억한다. 그리고 이젠 일곱이 아니지. 우린 오직 북신마교란 이름 아래서만 존재한다. 그래서 우리가 이십 년 동안 꿈꿔왔던 배경이나 출신에 구애받지 않는 진짜 무림을 이룩한다.]

둘은 더 이상 이야기를 하지 않았다. 대신 장내가 변해갈 그때를 기다리며 결전 준비를 했다.

*   *   *

"낭자, 지금 제정신이오?"

고경천은 옥감영을 보며 미간을 찌푸렸다.

그러고 보면 옥감영은 무허에게 인질이 되었는데도 표정 하나 변하지 않았었다. 여타 여인과 달리 인질이 되었음에도 시종일관 침묵을 유지했었다.

"전 충분히 제정신이에요."

"그럼, 혹시 인질의 대상이 누군지 몰라서 그런 거요?"

"아니요. 잘 알고 있어요. 거기다 제가 말한 인질은 저기 누워 계신 광한 도장을 제외한 저만을 말하는 거예요."

이렇게까지 나오니 고경천으로선 자신이 이상한 것은 아닌가 의심이 들 정도였다.

무허도 조금 묘한 눈으로 옥감영을 바라보았지만 그는 아무 말도 하지 않았다.

"이상하게 생각하지 마세요. 제가 그런 말을 한 것은 나름대로의 보답이니까요. 당신이 인질을 포기한단 그 말로 인해 할아버님이 큰 심화를 입지 않아도 되게 되었어요. 그 자세한 내막은 말할 수 없지만 그 사실 하나만으로 저는 보답을 하고 싶군요."

"이보시오, 낭자. 난 당신 할아버지가 마두라 그러며 제거하려는 사람이오. 그런데 그런 자를 도와 인질이 되겠다고? 지금 할아버님의 뜻에 반하겠다는 말이오?"

"아니요. 전 제 행동이 할아버님의 뜻에 반한다고 생각지
않아요. 어디까지나 전 무당산을 벗어날 때까지만 당신의 인
질이 되어줄 생각이니, 그 뒤에는 당신이 말한 대로 약속을
지켜주기 바랄 뿐이죠."

"만일 내 마음이 바뀌어서 당신을 끝까지 인질로 잡고 있
는다면?"

"아마 그렇게 되면, 당신은 세상에서 제일 골치 아픈 인질
을 달고 다녀야 할 거예요. 그러니 반드시 풀어주게 될 거예
요."

옥감영은 말을 하는 내내 조금도 흔들리지 않았다.

고경천은 잠시 그 눈을 바라보았다. 도대체 무슨 꿍꿍이로
이런 말을 하는지, 그로서는 조금도 이해가 가지 않았다.

'아무리 봐도 이 낭자는 추 문상과 비슷한 부류다.'

고경천은 갑자기 굉장한 거부감이 들었다. 그건 옥감영이
얼굴이 못나서도 아닌 순수하게 추일학과 같은 부류인 사기
꾼(?)의 기운이 풍겨서였다.

"나쁘지 않군."

무허가 그 말에 고개를 끄덕였다.

"잠시만요, 사부님! 전 분명 비겁한 방법을 쓰지 않고 떳떳
하게……."

"들어보니 비겁한 방법이 아닌, 상호 필요에 의해 손을 잡
는 것 아니냐? 난 저 낭자가 어떤 이유로 그런지 몰라도 일단

무엇에 대한 보답이니 이는 비겁한 수가 아니다.”

“하오나 우린 그걸 알 수 없습니다.”

고경천은 쉽게 받아들일 수 없었다. 하늘을 우러러 부끄러움이 없는 삶보다는 하늘에게 부끄러움을 보이는 거 자체가 싫었다. 어디까지나 하늘은 그의 편이 아니었다.

“좋아요. 정 그렇게 나오면, 한 가지 이유를 말해주죠. 만일 당신이 여기서 죽게 되면, 한 여인이 분명 슬퍼하게 될지도 몰라서예요.”

“…….”

고경천은 무슨 뜬금없는 소린가 하다 짓궂은 미소를 지었다.

“설마 그 여인이 낭자는 아니길 바라오. 난 첫눈에 반하고, 겉으로 드러난 외모에 혹하는 자가 제일 싫으니 말이오.”

“호호. 걱정 마세요. 전 체질적으로 잘생긴 남자만 보면 두드러기가 나니까요. 그럼, 우리 협상은 이것으로 끝난 걸로 하죠.”

옥감영은 여기까지 말하고 누워 있는 광한에게 다가갔다.

광한은 지금까지 눈을 감고 있다 옥감영이 다가오는 기척에 눈을 떴다.

옥감영은 잠시 광한을 바라보다 입을 열었다.

“큰일을 하실 분이니 순간의 패배에 너무 연연하지 마세요. 그리고 이 일은 오… 아니, 광한 도장께서도 원하실 거라 여겨 행한 거니까요.”

“음······.”

광한은 무거운 침묵을 토해냈다.

“그럼, 다녀올게요.”

옥감영은 광한에게서 멀어지며 고경천에게 말했다.

“자고로 병법에선 방비하지 않을 때 공격하고, 뜻하지 않을 때 출병한다고 했어요. 그러니 지금 당장 출발하죠. 시간이 많이 흐를수록 사람은 더 나은 수를 생각하고, 준비를 할 수도 있으니까요. 그래야 당신 일행도 무사할 확률이 높아질 거예요. 자, 절 제압하세요.”

옥감영은 눈을 감고 고경천에게 처분을 맡겼다.

고경천은 잠시 착잡한 표정으로 그녀를 바라보다 혈을 짚어갔다. 그녀 말대로 이쪽엔 다른 일행도 있었다.

“아악!”

“······!”

고경천은 막 한 혈을 짚고 났는데, 그녀가 높은 비명을 터뜨리자 놀라 손이 잠시 멎었다.

“인질의 비명 소리는 상대의 조바심을 불러일으키죠.”

옥감영의 말이 떨어지기 무섭게 옥정곽의 노성이 터졌다.

“영아!”

“자! 계속하세요.”

“젠장!”

고경천은 왠지 꼭두각시가 되는 기분도 들었지만, 일단 이
곳엔 아군보다 적이 많기에 그녀의 말대로 했다.

"아악! 윽!"

고경천의 손길이 닿을 때마다 옥감영의 뾰족한 비명이 태
극관을 울렸다.

그리고 그 비명은 듣는 자의 마음을 그대로 후벼 팠다.

"영아!"

"이놈아, 어찌 여인에게 그리 모질게 손을 쓸 수 있느냐?"

"이 악독한 놈!"

옥정곽은 어떻게든 침착을 유지하려 했으나, 청룡칠수의
나머지들은 평소 옥감영을 아꼈기에 오히려 대신 그들이 분
노를 드러냈다.

"자, 저를 들쳐 메세요."

고경천은 옥감영의 그 말에 할 수 없이 그녀를 짐짝처럼 어
깨에 둘러멨다.

"이 음적! 어디 손을 대는 것이냐!"

"어서 영아를 내려놓아라."

"조용히 하시오!"

고경천은 이미 맘에 들지 않는 짓을 해 입을 열 형편이 되
지 않았다.

그래서 무허가 대신 내공을 가미한 호통으로 그들의 입을
막아버렸다.

“또 한 번 내 제자를 욕하는 경우가 생기면, 난 저 아이의 사지 근맥을 하나씩 절단할 테니. 어디 시험해 볼 자신이 있으면 해보시오. 그리고 하루 뒤에 이 아이를 풀어줄 테니 그 안에는 절대 우릴 따라오지 마시오. 만일 뒤따르는 자들이 있으면 이 아이의 시체를 보게 될 것이오.”

무허는 옥감영이 제시한 무당산을 벗어날 정도의 시간만 그들에게 요구했다. 어차피 그 뒤에는 풀어줄 생각이라 그 이상은 필요없었다.

“……”

하지만 그 속사정을 알 수 없는 사람들에겐 살벌한 그 한마디가 입을 얼어붙게 만들었다.

그 모습에 무허가 즐거운 듯 웃음을 터뜨렸다.

“으하하. 이게 바로 자유구나. 말과 행동이 마음이 가는 대로 행하는 것. 이제야 난 유수도(流水道)의 참뜻을 깨닫게 되었구나. 으하하하.”

무허의 웃음소리가 요란하게 터지며 그는 고경천을 이끌고 몸을 날렸다.

그러자 자연스레 오염달과 최염, 호군평, 당아영, 또 가짜 현무칠수가 그들의 뒤를 따랐다.

상황이 이렇게 돌아가니 구경하던 자들에게서도 움직임이 생겼다. 사도 쪽의 사람들이 슬슬 자신들의 병장기에 손을 가져가고 있었다. 지금까지는 그저 재미있는 불구경을 보는 것처럼 가만히 있다 그제야 직접 그 불길에 뛰어들려는 것이었다.

하지만 그들의 움직임이 옥정곽에게는 썩 좋게 보이지 않았다.

"잠깐! 동도 여러분들, 잠시 자중하시오. 지금 소란은 여러분들과는 상관없는 일이오."

"그렇소. 그러니 손님으로서 느긋이 구경이나 해주시오. 그래야 불청객으로 손님 접대도 제대로 못한 이 늙은이의 얼굴이 서지 않겠소?"

태허는 점잖게 말을 했지만, 실상 그 내용은 점잖은 말이 아니었다.

그래선지 사람들의 반응이 뜨겁게 쏟아져 나왔다.

"이미 무당은 낯을 들지 못하지 않소?"

"덕분에 좋은 구경하고 가오."

"정말 육파일방이 이십 년 동안 침묵한 것이 이런 구경거리를 보여주려 한 것인지 몰랐소."

"암, 오늘의 이 진귀한 구경은 그 어떤 보검이나 절세비급을 대하는 것보다 더 흥미로웠소. 으하하하."

"크하하하."

누구의 입에서 터진 비난인지 모르게 동시 다발적으로 곳곳에서 비난들이 쏟아져 나왔다.

그리고 그 비난 속에 육파일방의 장문인들의 얼굴은 썩은

돼지의 혓바닥처럼 안 좋게 물들었다.

그러나 가장 안색이 안 좋게 변한 자는 다름 아닌 오늘 일을 준비한 옥정곽이었다. 장장 이십 년을 이날을 위해 육파일방을 설득해 오고, 대를 이을 자신의 친손자마저 무당에 출가시키기까지 했다.

그런데 육파일방은 이미 가슴에 불만을 품게 되었고, 그가 자랑스러워하던 친손자는 동문 손에 이끌려 사라졌다.

"으으… 으으드득."

옥정곽은 평소 수양이 깊기로 유명한데, 오늘만큼은 그 수양을 제대로 드러내지 못했다.

거기다 오늘의 치욕은 이게 다가 아니었다.

"컥!"

"도… 독이다!"

누군가 요란한 비명을 터뜨리며 입에서 피분수를 뿜어냈다. 그리고 조금 있다 한 사람은 바닥을 뒹굴면서 고통을 호소하기까지 했다.

"독?"

"독이라니… 설마?"

처음 비명이 사도 쪽에서 터진 것이라 사도 진영 사람들은 곧 얼굴 표정이 험하게 변했다.

"우욱!"

또 다른 자가 신음 소리를 내며 자리에 주저앉았다.

그 후 사람들은 각기 진기를 일주천해 가며 몸의 상태를 살펴느라 여념이 없었다. 그리고 그들은 너 나 할 거 없이 한마디를 토해냈다.

"이런, 내공이 사라진다. 음식에 산공독(散功毒)이 풀어져 있던 듯하다."

"나도 내공이……."

"이런 망할, 설마 우리를 불러놓고 떼죽음이라도 시키려고 했단 말인가?"

"정말 정도가 이리도 악독하다니……."

"도망쳐라! 이대로 있다간 쥐도 새도 모르게 당한다."

누가 먼저랄 것도 없이 사람들이 사방팔방으로 몸을 날렸다. 차라리 죽기 살기로 덤비면, 상대하기 편하지만 이렇듯 사방으로 몸을 날리면 오히려 상대하기가 어려웠다.

"멈추시오! 아니오, 우리는 절대 독을 풀지 않았소! 멈추시오! 성수신의가 해명해 줄 것이오!"

"무당은 절대 독을 사용하지 않소."

"아니, 육파일방은 독을 사용해 남을……."

누구 할 거 없이 육파일방 사람들이 소리를 쳤다. 그리고 청룡칠수들, 특히 성수신의는 도망치는 자를 잡아 상대의 동의도 구하지 않고 진맥을 했다.

그 덕에 사람들의 혼란은 더욱 가중되었다. 마치 정도 쪽에서 내공이 흩어지길 기다리는 것처럼 사람들의 발악은 더욱 거세졌다.

창창.

캉.

급기야 병장기를 꺼내 드는 자도 있고, 어떤 자들은 육장을 사용해 앞을 막아서는 자들을 처치했다.

그 혼란 속에 두 사람이 슬며시 몸을 일으켰다.

[그런데 다섯째 형, 산공독을 사용한 거요? 그건 좀 해도 너무한 거 아니오?]

[너무하긴. 아무리 약한 독이라 해도 효과가 확실한 게 좋지. 거기다 도망치는 초식동물이 때론 덤벼드는 육식동물보다 더 잡기 어려운 법이다. 그보다 지금 사용한 산공독은 그 약효가 오래 지속되지 않는다. 길어봐야 한 식경. 그러니 우리도 빨리 몸을 빼야 한다. 서두르자.]

"아미타불."

아불승은 근자에 고쳐지기 시작한 아미타불을 남기고, 다른 자들처럼 혼전 속에 몸을 날렸다.

第九章
이번엔 제대로 붙어 보자!

“이 정도론 절대 당신이 무사하다고 할 수 없어요.”

“뭐요?”

고경천은 기가 막혔다. 그는 도대체 눈앞의 여자를 이해할 수가 없었다.

“말 그대로예요. 무당산을 벗어났다 해도 장강을 건너지 않고는 절대 무사할 수 있다 할 수 없어요.”

옥감영의 말에 고경천뿐만이 아닌 다른 사람들도 묘한 시선을 보냈다.

고경천 일행은 아불승과 당협기가 벌인 혼란으로 무사히 무당산을 벗어날 수 있었다. 그 뒤 그들은 서둘러 남진을 해

방현(房縣)이란 마을에 모였다. 일단 북신마교의 일이 소문난 마당에 그들의 목적이 사천이란 것은 뻔했다. 그래서 일부러 남행을 해 장강을 건너 과거 강서성을 벗어났을 때의 그 방법을 쓰려고 했다.

그 때문에 그들은 이쯤에서 옥감영을 보내려 했다. 그녀의 존재는 과거 소일성처럼 적의 추격을 불붙이는 요인밖에 되지 않았다. 더욱이 혹시라도 모를 그녀가 흔적이라도 남겼다간 졸지에 그들은 행적이 노출될 수 있었다.

그런데 마치 그 속마음을 본 것처럼 옥감영이 이렇게 말하고 있었다.

"옥 낭자는 왜 그렇게 생각하죠?"

당아영은 위험을 벗어나자 어느 정도 안정을 찾았다. 그리고 그녀는 본능적으로 위험을 감지했기에 이번 기회에 그녀를 떨어뜨리려 했다.

"이름이 정삼이라고 했었나요? 한데 이미 당신들 정체가 밝혀졌으니 더 이상 이름을 숨길 필요는 없을 텐데. 이름이나 가르쳐 주세요."

당아영은 그런 옥감영을 응시하다 입을 열었다.

"당아영이에요."

"아… 당신이 바로 당가의 보배라 불리는 당 소저였군요. 만나서 반가워요. 저는……."

"옥 소저, 이미 난 옥 소저의 이름을 알고 있고, 지금은 모른다 해도 한가로이 소개나 하고 있을 때가 아니에요. 알고 있겠지만 우리는 그렇게 한가하지 않아요. 포위망이 펼쳐지기 전에 우리는 한시 빨리 이곳을 벗어나야 해요."

"예, 그래야지요. 지금 여러분은 이 순간부터 정도제일주적이에요. 당신들로 인해 할아버님은 이십 년이나 고심해 온 일을 망쳤으니까요. 더욱이 이번 일로 정도의 명예는 땅에 떨어졌고, 그로 인해 육파일방의 수장들도 당신들을 가만히 두지 않을 거예요. 그러니 한시 빨리 벗어나야지요. 아마 벌써부터 추적이 시작되고 있을 테니까요."

"좋아요. 그렇게 잘 알고 있으니 이야기가 쉽겠네요. 단도직입적으로 말하죠. 지금 우리 입장에서 옥 소저는 짐보다 못한 존재예요. 더 자세히 말하면, 옥 소저란 존재로 인해 정도는 더 기를 쓰고 우리를 쫓아오겠지요. 그러니 우리 입장에선 인질로서 가치보단 빨리 제거해야 할 위험 요소뿐이 되지 않아요. 그러니 여기서 헤어지죠."

"아니요. 전 본래 그럴 생각이었어요. 그런데 당신들을 보고 있으니, 그렇게 하면 안 되겠어요. 전 애초에 여기까지면 충분히 여러분이 몸을 뺄 수 있다 생각했는데, 지금 그 생각이 바뀌었어요."

"그 말이 무슨 의미죠?"

당아영은 왠지 그녀가 떨어지려 하지 않는 이유가 여인으로 느끼는 본능과 관계가 있다 여겼다. 그녀가 보기에 지금 옥감영은 과거 그녀처럼 고경천에게 호기심을 갖고 있었다.

"그건 현무칠수의 수좌이면서 무림이현 중 한 사람인 대지서생께서 잘 아실 거예요. 그렇지 않은가요?"

옥감영의 시선이 면사를 쓰고 있는 덩치 좋은 사내에게로 향했다.

그런데 그는 옥감영의 그런 시선을 받자 눈에 띌 정도로 눈에 떨림을 보였다. 그리고 본능적으로 오염달 쪽으로 시선을 돌렸다.

"뭐… 음."

오염달은 그 시선에 발끈하려다 곧 입을 다물었다. 그도 그 정도의 눈치는 충분히 있었다.

"아니, 대지서생이 아니시라도 지금 면사를 쓰고 있는 현무칠수의 나머지 분들은 잘 알고 있을 거라고 보는데요."

옥감영이 다른 사람까지 걸고넘어지자 그들은 자연스레 시선을 피했다. 아마 면사가 아니었으면 씁쓸히 미소 짓고 있는 그들의 얼굴이 보였을 것이다.

"옥 소저! 그건 우리 문제요. 그러니 이제 더 이상 우리 일에 신경을 쓰지 마시오. 이 정도 해준 것만으로도 난 충분히 보상을 받았다 생각하오. 따라서 우린 더 이상 함께 있을 필요가 없으니 이제 돌아가시오."

고경천이 얼른 그녀의 시선을 막으며 차갑게 말을 했다. 그리고 더 이상 이야기하기 싫다는 듯 고개를 돌려 버렸다.

"후회하실 거예요."

"후회?"

고경천의 음성이 조금 올라갔다. 그리고 고개를 돌렸을 때
는 그의 눈빛도 변해 있었다.

"예. 손자병법에 나오길, 지피지기백전불태(知彼知己百戰不
殆)라 했어요. 이 말은 곧 상대편과 나를 알면 싸움에 임해도
절대 위태롭지 않다는 말로 나로 인해 당신은 상대를 알 수
있고, 나도 알 수 있는 가짜 현무칠수로는 절대 상대를 속
일……."

"그만!"

고경천의 음성이 크게 터졌다. 그는 주변 사람들까지 놀랄
정도의 큰 음성으로 그녀의 말을 끊은 뒤 한자한자 입을 열었
다.

"잘 들어, 곱게 자란 아가씨. 지금까지 얼마나 많은 책을
읽었는지 모르지만, 당신 사람을 죽여봤어?"

"……."

옥감영은 기세에 질렸는지 얼른 그 말에 대답을 하지 못했
다. 아니면 그녀는 그런 경우가 없었기에 말을 하지 못하는지
도 몰랐다.

"없으면 입 다물고 조용히 돌아가. 무림의 일이 고작 병법
서 몇 권 읽은 걸로 해결되었으면, 진작에 대부분의 무림인들
은 죽어라 무공을 익히지 않고 병법서를 읽었겠지. 하나 무림

은 오직 강하고 약하고의 문제야. 그 말은 즉, 내가 이 난관을 벗어나고 못 벗어나고는 나의 강함에 달려 있지 당신을 데리고 가고 말고가 아니야. 그러니 짐짝처럼 돌아가기 싫으면, 스스로 돌아갈 수 있을 때 돌아가."

고경천은 이 말을 끝으로 그녀와 함께 있는 것도 싫은지 곧 사람들이 모여 있던 대청을 벗어나 무허가 머물고 있는 곳으로 나가려 했다. 그러다 무슨 생각이 들었는지 걸음을 멈추고 입을 열었다.

"그리고 과거 이런 일이 있었소. 조(趙)나라 명장 조사(趙奢)의 아들 조괄(趙括)이 아버지로부터 병서를 배워 병법에 밝았소. 하지만 조사는 죽을 때 유언을 남겼소. 절대 나라에서 아들을 장수로 삼지 말아달라. 자! 병법 좋아하는 아가씨, 조사는 왜 그런 유언을 남겼을까? 책을 많이 읽었으면 그 이유는 알고 있지 않소?"

"……."

옥감영의 입술이 이지러지도록 꾹 맞물렸다.

고경천의 그 말은 교주고슬(膠柱鼓瑟)과 연관된 말로 이는 실전 경험이 없는 조괄이 이론만으로 작전을 펴다 참패를 당한 데서 비롯하게 되었다.

"그럼 옥 소저가 무사히 무당으로 돌아가게 뒷일을 부탁하오. 난 잠시 사부님께 가보겠소."

고경천이 사라지고 장내의 분위기는 잠시 가라앉아 있었다.

처음에 옥감영을 보내려던 당아영도 지금 조금 안쓰러운 눈으로 옥감영을 바라보았다.

옥감영은 잠시 고경천이 사라진 곳을 바라보다 자리에서 벌떡 일어났다. 그 후 차가운 한마디를 끝으로 밖으로 나갔다.

"부전이굴(不戰而屈)도 모르는 멍청한 자."

"음."

당아영은 그 말에 짧은 신음을 흘렸다.

싸우지 않고도 이기는 것이 제일 좋단 것은 병법에서도 자주 나오는 말이다. 결국 고경천은 그런 것도 모르는 멍청한 자라고 한 것이다.

확실히 옥감영의 그 말은 맞았다. 지금 이 상황에서 싸움은 최하책 중에서도 최하책이었다. 하지만,

"그게 바로 무림이오!"

호군평이 대신 나서며 옥감영의 말에 반응을 보였다.

옥감영은 잠시 그 말에 문고리를 잡아가는 손을 멈췄지만, 곧 문을 열고 밖으로 나갔다.

"고 공자 말한 대로 서두르죠."

당아영은 조금 가라앉은 분위기를 바꾸기 위해 여인인 그녀가 나섰다.

"그런데 주모, 장강으로 향하려는 우리의 의도를 바꿔야 하지 않을까요? 이미 우리의 행선지를 눈치 채 그녀가 말할

수도 있지 않습니까?"

호군펑의 그 말에 당아영이 미소를 지었다.

"아니요. 그녀는 말하지 않을 거예요."

"주모, 그녀가 우리를 도와줬다 하나 적입니다."

"아니에요. 비록 그녀가 적이지만, 그전에 그녀는 여인이에요. 그러기에 적이 될지 말지는 알 수가 없어요."

"예?"

"그런 게 있어요. 자, 서두르죠."

당아영은 묘한 미소를 지으며 사람들을 재촉했다.

고경천은 일행이 모여 있던 곳을 벗어나자 혼자 조용히 휴식을 취하겠다는 무허가 머무는 곳으로 향했다.

똑똑.

"들어가도 되겠습니까?"

"들어와라."

"예."

고경천은 무허의 허락에 문을 열고 들어갔다.

무허는 침상에서 결가부좌를 틀고 고경천이 올 때까지 운공이라도 행한 듯 아직 그 자세를 풀지 않았다. 그는 그 자세로 고경천을 향해 입을 열었다.

"그렇지 않아도 할 이야기가 있었다."

'공교롭군.'

고경천도 마침 할 이야기가 있었는데 그도 그러자 조금 묘한 생각이 들었다. 이미 무허와의 지난날에 대한 것은 다 잊어버렸다. 이젠 앞으로 한 배를 탄 사이가 되어 함께 가야 했다.

고경천은 일단 의자를 끌어다 침상 앞에 앉았다.

"하실 이야기가 무엇입니까?"

"앞으로의 일에 대한 것이다."

"아… 저도 마침 그 생각을 하고 있었습니다. 저도 사부님께 그것에 대해 묻고 싶었습니다."

"그러냐? 그럼 먼저 말해보거라."

"아니, 사부님이 먼저 말씀하십시오."

무허는 그 말에 대답을 하지 않고, 무심히 고경천의 두 눈만 바라보았다. 그러다 결정을 내렸는지 입을 열었다.

"경천아, 난 너와 함께 가지 않겠다."

무허의 한마디에 고경천의 미간이 꿈틀거렸다. 그래서 그는 얼른 그에 대한 질문을 던졌다.

"사부님! 왜 갑자기 그런 말을 하십니까?"

"갑자기가 아니다. 난 처음부터 너와 함께 할 생각이 없었다. 그건 이미 네가 날 처음 만나는 순간 정해진 거나 다름없었다."

'혹시?'

고경천은 그 순간 하나의 일이 떠올랐다.

"그럼 사부님은 저에게 부탁하려고 했던 일을 직접 하기로 결정하신 것입니까?"

무허는 그 말에 보일 듯 말 듯한 미소를 지으며 고개를 저었다.

"설마 그럼 무당으로 다시 돌아가겠다는 말은 아니겠지요?"

"그럴 일은 없다."

다행히 이번은 말로서 고경천의 의문을 해소해 주어 한편으로 마음이 놓였다.

그러나 오히려 그럴수록 고경천의 의문만 가중되었다.

"사부님, 그럼 도대체 이유가 무엇입니까? 어차피 사부님은 무당은 물론, 정도와 함께할 수 없는 몸이 되었습니다. 그런데 지금 어디로 가겠다는 것입니까? 차라리 저와 함께 북신마교로 돌아가 태상의 자리에 앉아주십시오. 그래서 제가 혹시라도 저지를지 모를 실수를 막아주십시오. 저는 아직 모든 것이 많이 부족합니다."

"넌 부족하지 않다."

"하지만 저는 지금까지 모든 걸 혼자서 해왔습니다. 그 덕에 전 동료들에게 알게 모르게 많은 마음의 상처를 입혔습니다. 그리고 이제 그걸 깨달은 이상, 전 저를 잡아줄 어른이 필요합니다. 그러기에 전 사부님이 태상의 자리에 앉기를 원하고, 지금도 그 부탁을 드리려 이렇게 찾아온 것입니다."

고경천은 무허와 함께 돌아가고 싶었다. 비록 지난 시간들은 미움에 대한 기억이 전부지만, 이제 그 모든 걸 버린 이상 스승은 그에게 있어 아버지와 같은 존재였다. 특히 자신으로 인해 무당으로 돌아가지도 못하고, 정도와 척을 두게 된 이상 절대 그를 혼자 둘 수 없었다.

하지만 무허의 고개는 이번에도 좌우로 내저어졌다.

"사부님!"

고경천의 목소리가 자신도 모르게 높아졌다.

"난 더 이상 미련이 없다."

"그게 무슨 말씀이신지……?"

"말 그대로다. 더 이상 속세에 미련이 없다. 해서 이제 모든 걸 벗어버리고 싶다."

"……!"

고경천의 눈이 더없이 커졌다.

"이미 난 이십 년 전에 속세와 이별을 했어야 한다. 그런 것이 이십 년을 쓸데없는 번뇌와 방황으로 보낸 거지."

그러며 무허는 잠시 입가에 뉴에 띠는 미소를 지었다.

"난 무당산에서 옥정곽과 태허 사형의 어쩔 줄 몰라 하는 표정을 보며 많은 것을 느꼈다. 진작에 참지 않았으면 이런 기분을 쉽게 느낄 수 있었거늘. 물이 고이면 썩기 마련이고, 사람의 마음도 잡아두면 오히려 그게 더한 아집과 번뇌로 흐르는 것이거늘……."

마지막 말은 스스로에게 가르침을 내리는 것처럼 공허하기만 했다.

고경천은 점점 편해지는 무허의 얼굴을 보며 아무 말도 할수 없었다. 모든 오욕칠정에서 벗어나 마음의 자유를 느끼고 있는 무허의 모습. 정말 그는 더 이상 속세와는 인연이 없는 사람처럼 느껴졌다.

그래선지 이미 무허는 등선의 길에 한발 내민 사람처럼 보였다.

무허는 그렇게 점점 편안한 상태로 변하다 얼굴에 진정한 미소를 보여주었다. 그의 지금 미소는 상낙자라 불리는 태허의 그런 웃음보다 몇 배는 뛰어난 진낙자의 웃음이라 할 만했다.

"경천아……."

무허의 부름이 지금까지 고경천을 불렀던 어떤 부름보다 부드러웠다.

"예……."

고경천은 막을 수 없다 여겨선지 음성이 떨려 나왔다. 사람이 완전히 달라졌을 때는 죽음을 앞두었을 때라고 하지 않던가? 그래서 그는 무슨 수를 쓰더라도 무허를 막을 수 없다 여겼다.

"나는 오늘 쓸모없는 육신의 껍질을 벗어 진정한 마음의 자유를 얻으려 한다. 그러기 전에 난 속세와 연관된 모든 것들을 버려 진정한 등선에 들려고 한다. 그러니……."

무허는 그러며 고경천에게 자신이 버려야 할 속세와 연관된 것들에 대해 말해주었다.

그리고 그중 몇 가지는 고경천의 얼굴에 경악 어린 표정을 짓게 만들었다.

＊　　＊　　＊

옥감영은 고경천 일행이 묵고 있는 방현을 얼마 벗어나지 않아, 그녀를 찾으려는 한 무리의 정도무림인들을 보게 되었다. 그들은 그녀를 알아보자 안위를 물어본 후, 득라를 걸친 무당 제자가 대표로 나서 말을 꺼냈다.

"옥 낭자, 무사하셨군요. 그보다 상청궁을 어지럽힌 그 악적들은 어떻게 되었습니까? 아직 멀리가지 않았을 터인데, 지금 무당에 모였던 정도인들이 모두 그를 찾으러 주변으로 퍼져 있는 상태입니다. 그리고 상청궁에 계신 육파일방의 장문인들과 청룡칠수 분들도 옥 소저의 위치를 아는 대로 바로 뒤를 따르려 대기 중이십니다."

옥감영은 그 말을 하는 도사의 얼굴을 보며 잠시 미간을 찌푸렸다. 그리고 무언가 결정을 내렸는지 한마디를 꺼냈다.

"지금 상청궁에 계신 장문인과 할아버님께 연락을 빨리 해주세요."

"말씀하시지요."

옥감영은 상대가 전서구와 지필묵을 준비해 그녀의 말을 적으려는 것을 보고 한자한자 힘을 주어 말했다.

"지금 모든 전력을 장강으로 보내야 한다고, 또 우리는 한 시라도 빨리 움직여 장강에서 천라지망을 펼쳐 놓고 그들을 기다려야 한다고. 그래서 그들이 장강을 건너려는 순간 일망타진해 상청궁 일에 대한 죗값을 받아내야 한다고."

도사는 옥감영의 그 말을 자기들만의 표식으로 서신에 적어나갔다. 그리고 그녀의 말이 끝나자 준비해 놓았던 전서구에 서신을 담아 하늘로 날려 보냈다.

푸드드득.

전서구는 힘차게 날갯짓을 하며 허공으로 날아올랐다.

옥감영은 날아오르는 전서구를 보며 자신만 들릴 만한 한마디를 했다.

"일단 약속은 지켜주겠어요. 그러나 날 비웃은 실력으로 얼마나 시련을 헤쳐 나갈 수 있는지, 내 이 두 눈으로 똑똑히 지켜보겠어요."

*　　　*　　　*

고경천의 떨림은 손끝에서 시작되어 점점 몸 전체로 번져갔다. 그러나 그의 손은 마치 풀이라도 발라놓은 것처럼 무허

의 몸에서 떨어지지 않았다. 대신 강한 떨림을 보이던 고경천
의 입술이 천천히 벌어졌다.

"사… 사부님."

"……."

무허는 대답하지 않았다. 그저 입가에 한줄기 미소만 지은
채로 고경천을 향해 미소만 남겨주고 있었다.

"비… 빌어먹을."

고경천의 얼굴이 보기 싫게 일그러졌다. 왜 그런 멍청한 짓
을 자신에게 시키는가 말인가? 또 왜 자신은 그런 멍청한 짓
을 했단 말인가?

그리고 그런 고경천의 마음을 알았는지, 이 순간 무허의 환
청이 고경천의 귓가에 맴돌았다.

'넌 절대 후회도 슬퍼하지도 말아라. 그건 앞을 바라봐야
할 눈을 자꾸 뒤돌아가게만 만들 뿐이다.'

"하지만 인간에게 그건 벗어날 수 없는 운명과 같은 것입
니다."

'운명은 벗어날 수 없는 것이 아니라, 벗어나기 힘든 것일
뿐이다. 그래서 너 스스로도 그걸 잘 알기에 지금까지 운명을
벗어나기 위해 살아오지 않았느냐?'

"하나 하늘은 인간이 숨을 다할 때까지 그 운명의 족쇄를 풀
어주지 않습니다. 그런데 어찌 벗어날 수 있다고 하십니까?'

'그건 하나만 알고 둘은 모르는 것이다. 운명은 육신이 아닌 마음에 작용하는 것, 스스로 운명을 탓하는 자는 결국 자신의 마음을 탓하는 것이나 다름없다. 스스로 마음의 자유를 얻는 자! 그에게 있어 운명의 족쇄는 이미 몸 밖에 있는 거나 다름없다.'

"웃기는군요. 그렇게 잘 아는 분이 왜 이십 년을 그런 바보 같은 궁상을 떨었습니까? 또 왜 다른 사람에게 사부를 죽였다는 이런 몹쓸 운명까지 덧씌우는 것입니까?"

'아니다. 넌 나를 죽인 것이 아닌, 나에게 마음의 자유를 준 것이다. 그러니 그런 마음은 조금도 먹지 마라. 내 말했듯이 운명의 족쇄는 스스로가 덧씌운 마음의 결과, 오직 마음먹기에 달렸을 뿐이니, 부디 자유로운 마음으로 그것이 정과 사와 다른 마라 할지라도 상관치 말고 네 마음이 원하는 대로 가도록 해라.'

고경천은 여기까지 환청과의 대화를 나누자 더 이상 입을 열 수 없었다. 아니, 그보다는 마음의 갈등이 더 이상 이어지지 않았다고 하는 편이 옳을 것이다.

그래선지 떨어지지 않았던 고경천의 손이 무허의 몸에서 떨어졌다.

"사부님, 선계와 불계는 먼 곳이 아니라 하니 부디 그곳에서 사모님을 뵙기를 바라겠습니다. 그래서 지난 이십 년 동안 마음에 담아놓은 수많은 말을 그분과 나누길 빌겠습니다."

고경천은 자리에서 일어나 모든 내공을 고경천에게 전해 주며 숨을 거둔 무허를 향해 처음 입문했을 때처럼 구배지 례를 올렸다. 그 후, 고경천은 무허가 숨을 거두기 전 그에 게 남겼다는 하나의 물건을 찾으러 침상의 베갯머리를 들췄 다.

양의분심신공(兩意分心神功).

고경천은 제일 먼저 눈을 잡는 여섯 자에 선뜻 손을 내밀지 못했다. 그러다 조심스럽게 책자를 집어 들며 한마디를 내뱉 었다.

"사부님은 끝까지 저에게 몹쓸 것들만 남겨주시는군요. 저 는 분명 무당과 연을 맺고 싶지 않다고 했거늘. 어찌 이걸 저 에게 남겨주시는 것입니까?"

그러나 고경천은 말과는 달리 망설이지 않고 책자를 품속 에 넣었다.

"하지만 이건… 이미 이십 년 전에 사부님 손에 불태워졌 다 다시 쓰여진 것이니, 무당의 것이 아닌 단순히 사부님의 유품이라 생각하겠습니다."

고경천은 무허의 말대로 마음이 시키는 대로 결정을 내렸다.

사실 그의 그런 마음의 결정이 아니라도 무당에선 양의분심신공을 사라진 무학이라 여겨 이미 포기하고 있던 상태였다. 단지 그걸 고경천이 모를 뿐, 양의분심신공은 이미 무당과 인연이 끊어진 상태였다.

고경천은 문을 나서기 전, 편안히 등선을 이룬 무허의 모습을 가만히 바라보았다.

'사부님, 사부님은 끝까지 이십 년 전 잃어버린 딸을 찾아 달라 이야기하지 않았지만, 양의분심신공이 저에게 전해진 이상 저는 그걸 반드시 이뤄 드리겠습니다.'

마지막 인사와 같은 눈인사를 남기며 고경천은 방을 벗어났다. 그리고 그는 얼마 전 머물렀던 일행이 모여 있는 한 대청으로 향했다.

그곳에선 그가 없는 동안 이야기를 한창 나누고 있었던지, 말소리가 도란도란 들려왔다.

"아무래도 교주님의 상태가 이상합니다. 아무리 봐도 어디가 이상하진 않고 그런 짓을 할 수 없습니다. 설마 상청궁에서의 충격이 아직도 가시지 않은 것은 아닌지 아무런 대답도 없는데 혼자서 떠들고 있질 않나……."

말을 하는 오염달의 음성에 걱정이 묻어났다.

그러나 그걸 듣는 고경천의 입가엔 씁쓸한 미소가 지어졌다. 얼마 전 고경천이 무허의 환청과 나누었던 그 대화를 오염달이 들은 듯했다.

"걱정 마세요. 제가 보기에 그분은 그 정도로 상태가 이상

해질 분은 아니니까요. 그보다 밖의 상황을 보러 가신 것은 어떻게 되었나요?"

다행히 당아영이 말을 돌려 고경천이 이상하게 되는 것을 막아주었다.

그래서 고경천은 들어가려던 걸 멈추고, 밖에서 대화를 들었다. 그건 그도 궁금한 사실이고, 왠지 오염달의 그런 말을 듣고 바로 들어가기가 조금 애매했다.

"그러고 보면 그것도 이상합니다. 도대체 정도 그놈들이 겁이라도 집어먹었는지, 하루가 지난 오늘까지도 코빼기 하나 보이지 않습니다. 분명 그 계집이 우리가 있는 곳을 까발릴 것이라 생각했는데……."

'하루?'

고경천은 오염달의 이야기를 듣다 벌써 이곳에 머문 지 하루가 지났다는 걸 깨달았다.

그는 무허에게서 내공을 받으며, 그에게 흡정마공 특유의 고통을 주지 않으려 흡정마기를 약하게 사용했다. 그간 수련의 효과가 있이 고경천의 의도대로 되이 무허는 그게 고통을 느끼지 못했다. 대신 조금만 집중력이 흐트러져도 큰일이 되기에 고경천은 그사이 이렇게 시간이 지난 건 알지 못했다.

그러나 그거에 대한 생각을 오래 할 수 없게 사람들의 이야기는 계속 이어졌다.

"호호. 그건 제가 전에 호 공자에게 말했듯, 여자의 마음은 아무도 모르는 거예요. 그러니 그녀가 일부러 우리의 위치를 숨겨줬을지도 모르지요. 덕분에 이곳까지 추적의 손길이 뻗치지 않고, 아마 그들은 지금 이곳과 먼 사천이 이어지는 서편을 수색하고 있겠지요."

"하지만 주모님, 그건 안심할 수 없습니다. 우리의 다음 행선지를 눈치로 알아챈 그녀가 그렇게 멍청한 짓을 하리라 생각지 않습니다. 어디까지나 그녀는 정도의 핵심이라 할 수 있는 사해조수의 손녀입니다."

이번에는 호군평이 그 둘의 대화에 끼어들었다.

"알아요. 그러나 일단 이곳은 안전할 거예요. 그건 같은 여자이기에 어느 정도 알 수 있어요. 하지만 이곳을 벗어나면, 호 공자의 말대로 어떤 위험이 올지 알 수 없으니, 우리는 탈출 경로를 새롭게 잡을 필요가 있어요."

고경천은 여기까지 이야기가 나오자 더 이상 기다리지 않고 문을 열고 안으로 들어섰다.

"그럴 필요 없소."

고경천의 등장에 사람들의 시선이 모두 그에게로 몰렸다.

"교주님! 괜찮으시군요."

멀쩡히 등장한 고경천의 모습에 오염달이 반갑게 그를 불렀다.

"그렇소. 나는 지극히 정상이라 미친놈처럼 혼자 지껄이지 않았소. 그건 그저 사부님과 대화를 나누고 있던 중이니 오

사자께서는 걱정하지 않아도 되오."

"……."

그 한마디에 모두는 고경천이 그들의 대화를 다 들은 걸 알았다.

그래서 당아영은 별다른 말을 하지 않고 바로 질문을 던질 수 있었다.

"고 공자, 왜 그런 말을 하시나요? 우리가 장강으로 향할 거라는 것은 이미 옥 낭자가 알고 있어요."

"그건 나도 알고 있소. 그래서 난 더더욱 그곳으로 향하겠다는 것이오. 정도가 나에게 남긴 그 빚! 내 손으로 받아내야 하기에 철저히 그들이 준비한 걸 박살 내주겠소."

고경천의 음성이 많이 차가워져 있었기에 아무도 그 말에 바로 대답을 하지 못했다. 그래서 고경천은 더 이상 입을 열지 않고 한쪽에 꿀 먹은 벙어리가 되어버린 광동오이와 희비연을 바라보았다.

그들은 이미 한 번도 아닌, 두 번의 절망에 모든 걸 포기한 상대치럼 보였다. 어니, 어쩌면 그가 없는 사이, 오연달에게 단단히 교육을 받았을지도 몰랐다.

"당신들은 이번 일에 더 이상 관여할 필요가 없소. 그러니 여기서 헤어집시다."

고경천의 그 말에 광동오이와 희비연의 두 눈에 누구나 알아챌 수 있는 희망의 빛이 떠올랐다.

그러나 그런 희망의 빛도 오염달의 바로 이어지는 한마디에 금방 절망으로 바뀌어졌다.

"교주님, 그놈들은 이미 북신마교도가 된다고 결정했습니다. 그러니 이제 앞으로 그놈들은 우리와 한 배를 탄 공동체 운명이나 다름없습니다."

"그게 무슨 말이오?"

"그게… 이놈들아! 얼른 네놈들 입으로 직접 말해라. 설마 한번 내뱉은 말을 번복하지는 않겠지?"

오염달이 대답할 말이 궁해선지 그들을 향해 으르렁거렸다.

그러나 누구 하나 용기있게 그 말에 대해 대답해 주지 않았다.

"아니, 이놈들이! 정말 네놈들 단체로 흙 냄새 맡고 싶으냐?"

"예… 저희는 이미 북신마교도가 되기로 했습니다. 그러니 떠나란 그 말을 따를 수 없습니다."

그나마 혀가 남과 다른 수천택이 대표로 말을 꺼냈다.

고경천은 그 말에 잠시 미간을 찌푸렸다 입을 열었다.

"오 사자, 우리의 목적을 잊었소? 우리가 하려는 일은 강요가 아닌 자발적으로 해야 그걸 이룰 수 있소. 앞으로 정도는 물론, 사도와도 한바탕해야 하는 우리인데 어찌 강제로 뭘 할 수 있겠소?"

"아… 아닙니다. 저는 강요한 적 없습니다. 분명 저들이 스스로 교도가 된다고 했습니다. 이놈들아! 내가 언제 강요한 적 있느냐?"

"어… 없습니다. 저희가 선택한 길이니 걱정 마십시오."

수천택이 얼른 대답했다. 정말 그의 말대로 그들은 이런 길을 선택할 수밖에 없었다. 전과 달리 그들은 이미 상청궁을 방문했을 당시 모든 사람들에게 얼굴이 팔렸다. 그리고 옥감영이 이미 그들이 가짜 현무칠수란 걸 파악한 이상, 어떻게든 꼬리가 밟힐 여지가 있었다.

고경천은 수천택은 물론, 다른 이들의 얼굴을 살폈다. 분명 수천택의 말처럼 그들이 썩 원하는 표정들은 아니지만, 그렇다고 거짓말로 결정한 것은 아닌 듯했다.

"좋소. 어차피 스스로 선택한 이상, 북신마교는 당신들의 선택이 잘못되지 않다는 걸 분명히 보여주겠소. 그건 내 이름을 걸고 맹세하오."

고경천은 그나마 이런 말로 그들의 그런 마음을 다독여 주었다. 그 후 갱내의 모든 사람들을 둘러보다 말없이 있는 최염과 오염달을 뚫어지게 바라보았다.

"음……."

오염달은 그 눈빛이 부담이 되는지 작은 신음을 토해냈다.

"두 분은 분명 나에게 할 말이 있을 것이오."

최염과 오염달이 고경천의 시선을 피했다.

"난 분명 교를 떠날 당시, 북신마교의 어떤 사람도 내 뒤를 쫓지 말라 했소. 그런데 여러분은 내 명을 무시하고, 이렇듯 여기까지 따라왔소."

"교주님, 그건……."

"내 이야기 아직 끝나지 않았소!"

"……."

오염달의 목이 자라목처럼 줄어들었다.

"난 전에도 말했지만, 난 절대 핫바지 저고리가 될 생각이 없소. 알겠소? 내 마지막으로 명, 아니, 경고를 하겠소. 당신 둘! 이 시간부로 여기 있는 사람들을 데리고 서쪽으로 향하시오. 만일 이 경고에 이의를 제기하거나 어기는 일이 생긴다면, 난 다시는 북신마교로 돌아가지 않을 테니 그리 아시오. 알겠소?"

"교주님!"

지금까지 침묵으로 일관했던 최염이 처음으로 입을 떼었다.

"최 사자, 난 분명 이의를 제기하는 걸 용납하지 않는다 했소."

고경천의 두 눈이 최염의 무심한 얼굴에 꽂혔다.

최염은 잠시 그 눈빛을 받다 고개를 돌렸다. 정말 고경천의 말처럼 어기기라도 하면, 정말 그가 북신마교를 떠나 버릴 것 같았다.

“여러분, 잘 들으시오. 난 이 시간부로 날 지긋지긋하게 괴롭히는 운명이란 놈과 제대로 붙어볼 것이오. 그래서 내가 그 운명을 이겨낼 수 있는 놈인가 아닌가 확인해 보겠소. 만일 여기서 내가 꺾이면 난 운명을 이겨내지 못할 그저 그런 놈이고, 이겨낸다면 그걸 바탕으로 북신마교의 건교이념을 실현시키겠소. 그러니 부디 나의 이번 선택을 이해해 주시오. 부탁하오.”

처음의 음성과 달리 마지막 말에는 부탁이란 두 글자로 여러 사람의 마음을 뒤흔들었다.

그 때문인지 누구 하나 입을 열지 못했다. 그저 흔들리는 두 눈으로 고경천의 변하지 않을 단단한 얼굴을 보았다.

'빌어먹을 하늘! 이번엔 제대로 붙어보자! 그래서 누가 더 지독한 놈인지 그 끝을 보자!'

지금 고경천은 무허의 환청처럼 운명이란 놈이 정말 벗어날 수 없는 것인지, 아님 벗어나기 힘든 것인지 확인하고 싶었다. 그래서 그 결과를 가지고 앞으로의 방침으로 삼으려 했다.

방현의 남쪽 어귀.

고경천을 제외한 북신마교의 나머지는 새벽녘의 서늘한 공기를 마시며 떠나가는 고경천과 이별을 나누고 있었다. 이미 고경천의 확고한 결심을 엿본 그들은 말없이 그 모습을 지

커보아야만 했다. 그건 명을 따를 필요가 없는 당아영도 절대
말릴 수 없었다.

"주모님! 걱정 마십시오. 우리와 따로 행동했던 두 사람에
게 연락을 해두었습니다. 그러니……."

오염달은 왠지 서글퍼 보이는 당아영의 모습에 어울리지
않는 위로의 말까지 던졌다.

"아니에요. 걱정하지 않아요. 단지 무가의 딸로 태어나서
도, 속 좁은 여인처럼 잘 다녀오라는 말도 못한 제가 답답해
서 그런 것뿐이에요."

"음……."

"가요. 경고까지 했는데, 반드시 따라야죠. 괜히 저 때문에
여러분이 교주님을 잃는 모습을 보긴 싫군요."

"알겠습니다."

당아영이 몸을 돌리자 다른 자들도 모두 몸을 돌렸다. 그리
고 그들은 고경천과는 방향이 다른 서쪽을 향해 길을 떠났다.

그리고 그들의 출발과 더불어 무림엔 놀라운 소문이 하나
둘 퍼져 나가기 시작했다.

그 첫 번째는 사라졌다 알려진 흡정마공 사건의 주역인 고
경천과 현무칠수에 관한 것이다. 분명 그들의 흔적은 강서성
에서 꼬리를 감췄다 하는데, 사천에 나타나 북신마교란 단체
를 세웠다 했다. 더욱이 그들은 누구도 쉽게 손대지 못한 서
사천을 삼켜 그걸 바탕으로 삼았단 것이다. 그 와중에 현무칠

수와 가장 강한 무력을 가졌다는 백호칠수가 그 휘하로 들어 갔고, 근자에 공동파를 등에 업고 서서히 두각을 드러내던 청 성파가 사라졌다고 했다. 그리고 지금 청성산은 북신마교의 근거지가 되어 그들이 사천에 기세를 뿌리고 있다는 소문이 었다.

둘째는 시작부터 무성한 소문을 남겼던 무당산의 일에 대 한 진실이었다. 그동안 무당파와 육파일방은 기보니 절대비 급이니 하는 소문에도 침묵을 지켜왔다. 그리고 초대장을 보 내고도 정작 그 대상자를 확인하지 않은 일. 또 신분을 숨긴 일도 묵인한 것이 그들이 이십 년 동안 준비한 대정회를 천하 에 알리기 위함이었다니… 그런데 여기서 한 가지 의문이 들 었다. 그냥 선포를 하기만 해도 될 일을 굳이 이런 번거로운 준비를 했을까? 그건 세 번째 소문과 연관이 되었다.

세 번째는 일단 무당에 관한 소문의 연장선상이었다. 무당 은 본래 그들이 오랜 시간 공을 들여 키운 북두칠강 중 하나 인 광한을 천하에 소개시키려 했다. 최연소 나이에 천하육대 절학의 하나인 태극혜검을 완성한 자! 더욱이 그는 앞으로 발 전 가능성을 염두에 두면, 얼마 지나지 않아 천하에 그 명성 을 드러낼 것이다. 하지만 광한은 그 오랜 기간을 준비하고, 제대로 날아보기도 전에 그 날개가 꺾였다. 그건 그날 무당에 참석한 북두칠강의 다른 일인인 삼양궁의 차기궁주 성철현도 다르지 않았다. 그들은 모두 한 사람에 의해 피를 토해야 했고, 그자는 마치 북두칠강은 애초에 상대가 안 된다는 듯 그 뒤에 벌어진 청룡칠수의 다섯과의 싸움에서도 그들을 피 토하게 만들었다.

바로 이 소문이 두 번째 소문의 가치를 떨어뜨렸고, 첫 번째는 올리는 역할을 했다.

소문의 주인공은 다름 아닌, 예전 흡정마공의 전인이며 현 무칠수의 주인이라는 고경천! 그는 사천을 잠식했다는 소문을 진실로 만들려는 듯 무당산에서 이토록 엄청난 위력을 보여주었다. 그래서 졸지에 그의 위치는 무림이십팔수보다 위에 올라갔다. 거기다 하나가 아닌 다섯을 상대한 그의 능력은 중원오주보다도 위에 놓게 만들었다. 아직은 무림 최고수라는 천중삼원에게는 미치지 않았다. 하지만 그의 나이를 놓고 봤을 때는 이미 천중삼원을 능가하고 있었다. 더욱이 무림의 전설로 남은 흡정마공의 엄청난 능력! 어쩌면 그는 지금까지 손을 댈 수 없는 하늘로 불려진 천중삼원을 능가할지 몰랐다.

그래서 사람들은 호북성으로 몰려들었다. 그 이유가 고경천을 없애기 위함인지, 아니면 단지 그의 얼굴을 한 번이라도 보기 위함인지 알 수 없지만, 사람들은 이것저것 각자의 이유를 가지고 한쪽을 터놓고 자연스레 천라지망을 펼치게 되었다. 바로 중원의 또 다른 젖줄인 장강을 배경으로 말이다.

하지만 고경천은 이 사실을 제대로 알기도 전에 배수의 진이라 할 수 있는 장강을 목표로 가는 중이었다.

"청룡칠수와 육파일방! 네놈들이 나를 건드린 것이 얼마나 잘못한 것인지, 이번 기회에 확실히 보여주겠다. 그리고 세상 물정 모르는 그 건방진 계집의 그 코도 납작하게 만들어주지."

고경천은 지금보다 더한 투혼을 불태우며 빠르게 남행을 해나갔다.

그러나 이 순간 모든 시선이 고경천에게만 쏠리는 것이 아니었다. 다른 곳에서는 그 시선을 다른 쪽으로 돌릴 준비를 하고 있었다.

*   *   *

북신마교의 회의청.

그들은 오후가 되자 고경천이 떠난 후 한 번도 열리지 않은 수뇌 회의를 열었다.

그런데 분명 한창 장강으로 향하고 있을 고경천으로 인해 빈자리가 되어야 할 그 자리에 고경천이 앉아 있었다.

그러니 이 자리에 참석한 북신마교의 수뇌 중 누구 하나 그걸 문제 삼지 않았다. 이미 이 자리에 참석한 모두는 그가 임시로 교주위를 대신하는 허표란 걸 알아서이다.

늘 그렇듯 회의는 추일학이 진행했다. 그는 평소처럼 수더분한 인상에 편안한 미소를 짓고 말을 꺼냈다.

"그동안 모두 준비하느라 수고했소. 그 덕에 용케 날짜를 맞출 수 있었소."

"정말 추 문상의 고생이 제일 컸소. 그건 우리 모두 알고 있소. 교주님을 가장 많이 생각하는 추 문상의 마음이 그 짧은 시간 안에 교의 모든 걸 안정시킬 수 있었던 것이오."

"아니오. 본시 무림인들이 번외로 친 서사천의 힘이 생각보다 컸다는 것이오. 어차피 내가 한 일이라곤 그 힘을 요소에 맞게 분리한 일. 실질적인 인선을 담당한 제갈 전주야말로 가장 고생했소."

"하하. 어차피 나야 늘 보던 자들이니, 금방 할 수 있었지만 그들에 맞는 자리를 만드는 것은 쉬운 일이 아니오."

추일학과 제갈효는 잠시 겸양의 인사를 나누고, 추일학이 본격적인 말을 하려 하자 제갈효도 표정을 진중히 하고 다음 말을 기다렸다.

"여러분도 알겠지만, 교 내의 모든 일이 안정을 찾았다 해도 아직 그것이 탄탄하게 자리를 잡으려면 시간이 걸리오. 특히 앞으로의 모든 것들은 새롭게 자리를 차지한 여러분이 해 줘야 할 것이오."

추일학의 시선이 새롭게 참석한 몇몇 자들에게 향했다.

그들은 그동안 흡수되지 않던 서사천 무림인들이었다. 그들은 북신마교가 정식으로 기치를 세우며 서사천에서 새롭게 영입되었다. 지금도 계속해서 서사천 무인들이 북신마교에 편입되는 중이지만, 수뇌부는 정해졌다.

“앞으로 교를 위해서 힘을 쓰겠소.”

“난 잘난 척하던 정, 사의 인간들에게 한 방 먹일 수만 있다면 만족하오.”

“맡겨주시오.”

몇몇 자들이 계속해서 추일학의 말에 확신이 담긴 음성으로 입을 열었다. 그들은 백호칠수를 제외하고 처음으로 북신마교에 몸을 담은 양정과 철극 이상의 기세를 뿜었다.

“알겠소. 애초부터 여러분의 한의 힘이 지금의 무림을 바꿀 수 있다 믿었소. 그래서 교주님을 설득해 서사천을 우리의 거점으로 삼으려 한 것이고, 지금에 와서는 그 선택이 절대 둘이 될 수 없는 최상의 선택임을 확신하오. 그러니 모두들 새로운 무림을 위해 힘을 씁시다.”

“맡은 바 소임에 최선을 다하겠소.”

모두들 한결같은 목소리로 추일학의 말에 답했다.

추일학은 잠시 벅찬 눈으로 그들을 바라보았다. 예전 사부가 그에게 남긴 꼭 삼음교를 부활시키란 유언을 그는 비록 다른 이름이지만 만들어냈다. 그건 북신마교주인 고경천의 무학이 삼음교와 연관이 된 이상 변하지 않는 진실이었다.

“이제 모든 준비는 끝났소. 우린 이제 그 준비된 힘을 가지고 우리의 이상을 실천할 때요. 바로 정, 사도 아닌 마도라는 제삼의 길! 우린 이 길을 무림에 정식으로 선포할 것이오.”

추일학은 여기까지 말을 하고, 본론을 꺼내려는지 잠시 말을 멈추었다.

사람들은 잠시 그런 추일학의 얼굴을 보며 다음 말을 기다렸다. 바로 다음에 나올 말이 오늘 모임의 목적이고, 그들은 그걸 위해 며칠 동안 최선을 다해왔다.

"우린 내일 아침 아미파로 향할 것이오. 그리고 아미파를 시작으로 북신마교의 이름을 전 무림에 알릴 것이오!"

추일학의 힘있는 한마디가 대청을 울렸다.

모든 이들은 잠시 그 말의 무게를 느끼다 제갈효가 던지는 선창을 따라 했다.

"북신마교의 영광을 위해!"

"영광을 위해!"

모든 이들은 하나가 되어 크게 소리쳤다.

추일학은 뜨겁게 전의를 다지는 수뇌부들의 얼굴을 보며 내심 다른 생각을 하고 있었다.

'혼수모어(混水摸魚), 물고기를 잡으려면 일단 물부터 흐려야 한다. 그래야 우리가 원하는 것을 얻을 수 있다!'

본래 추일학이 이런 계획을 세운 것은 아니었다. 그는 어차피 고경천의 무당행을 말릴 수 없다 여겨 그걸 기회로 만들려고 했다.

그래서 그가 원한 것은 전 무림의 혼란!

일단 그 시발점을 무당산으로 보았다. 분명 고경천은 얌전히 있으라 하면 할수록 무당산 일을 복잡하게 만들 것이다.

그럼 자연스레 그 일은 생각보다 크게 터질 것이다.

그사이 북신마교는 북신마교 나름대로 또 다른 혼란을 만들면 되었다. 그것이 바로 지금 추일학이 계획한 아미파의 침공, 그는 이걸 기회로 무림을 완전 혼란 속에 빠뜨릴 생각이었다.

지금까지 무림은 북의 마염성, 남의 삼양궁, 동의 녹림, 중앙의 육파일방이 균형을 잡고 있었다. 그리고 이 구도는 이십 년 전의 악몽 후에 생긴 구도라 각각은 상대를 견제할 뿐 쉽게 움직이지 않았다.

그러나 여기에 새로운 세력이 끼어들면 문제가 달라졌다. 특히 번외로 치던 서쪽에 그런 세력이 등장하면 같은 소속의 아미파가 있는 육파일방은 신경 쓰지 않을 수 없었다. 또 그게 아니더라도 중앙에 있는 육파일방은 사천이 막히면 자연 사방이 막혀 고립될 운명에 처하게 되었다. 그럼 중앙에 위치한 육파일방은 본의 아니게 사방에서 압력을 받지 않을 수 없어, 그들은 어떻게든 서쪽에 새로운 세력이 등장하는 것을 그대로 두고 볼 수 없었다.

그러나 그렇게 되면 반드시 중앙에 힘의 공백이 생긴다. 아무리 소림과 무당이 오랜 역사와 저력을 갖고 있다 해도 단일 능력으로는 북, 남, 동의 세력 어느 한곳도 막을 수 없어 자연스레 세 곳 중 어느 한곳의 간섭을 받게 될 것이다.

'그렇게 되면 천하는 자연스레 난세로 빠지고, 우린 그 난

세를 이용해 세력을 더욱 공고히 해야만 한다. 어차피 육파일 방은 북, 남, 동의 세력으로 인해 전력으로 우릴 칠 수 없을 터, 그 기회를 잡아 사천과 감숙을 제압하면 북신마교는 확실히 자리를 잡을 수 있다.'

추일학은 앞으로의 무림 판도가 눈에 그려지는 듯했다. 그러나 그는 곧 두 눈에 걱정스런 빛을 담았다. 실상 그가 이번 일을 벌이는 바탕엔 오직 하나를 염두에 두어서였다.

'교주님, 제가 할 수 있는 것은 여기까지입니다. 이 흙탕물 속에서 살아남는 것은 오직 교주님의 능력! 부디 무사히 교로 복귀해 약속대로 교도들을 이끌어주십시오.'

그러나 그의 내심은 불안함으로 가득했다. 그건 고경천이 장강행을 선택했다는 사실을 모르는 이 마당에도 그가 벌인 과거의 행적이 그에게 이런 불안감을 불러왔다.

그래선지 추일학은 회의를 일찍 끝마쳤다. 그리고 내일 출전 준비에 만전을 기해 모든 걱정을 날리려 대청을 벗어나 자신의 처소로 향했다.

第十章
주작이 보낸 조대장

허름한 마의를 입은 노인이 밤하늘에 뜬 반달이라도 감상하는가 했는데, 갑자기 조금 들뜬 듯한 한마디를 토해냈다.

"허허. 드디어 별들이 움직이는 것인가?"

분명 별은 움직인다 했다. 그러나 그건 인간의 눈으로 볼 수 없는 움직임인데, 노인은 그걸 볼 수 있는지 한참 밤하늘 이곳저곳을 바라보았다.

"여기 계셨군요."

노인이 별을 감상하는 한편에는 사방이 탁 트인 정자가 하나 있었다. 그런데 지금 정자 반대편에서 한 사람이 노인을 향해 말을 건네며 다가왔다.

그러나 노인은 그 음성에도 밤하늘에서 시선을 거두지 않았다.

그래선지 나타난 사람은 조용히 노인의 뒤에 시립한 채 노인의 시선이 밤하늘에서 떨어지기를 기다렸다.

"네가 한번 가봐야겠다."

노인은 사람이 나타나고도 한참 지나서야 시선을 나타난 자에게 돌렸다. 그런데 노인의 두 눈이 특이했다. 검은 눈동자가 있어야 할 자리에 흰색 동자가 자리 잡고 있었다.

그리고 이 특징이야말로 노인의 정체를 드러내는 것과 다름이 없었다. 주작칠수의 수뇌이며 무림제일이인이라 불리는 천기신옹 손괴량, 노인의 정체는 바로 그였다.

"예. 어디를 가면 되겠습니까?"

손괴량의 말을 받은 자는 이십대 후반의 청년이었다. 그는 순박한 얼굴과 어울리지 않는 혜지 어린 눈을 갖고 있는데, 만일 눈만 아니면 사람들이 멍청하다 무시할 수 있는 외양이었다.

"장강 이북으로 가도록 해라. 가서 한 사람을 나에게 데려오면 되느니라."

"그자가 누구입니까?"

"내 전에 북극성의 정기를 타고난 아이를 만났다고 하지 않았더냐?"

"그럼 소문의 그 사람을 말하는 것입니까?"

"그래. 그 아이를 나에게 데려오면 되느니라."

"예. 그런데 문(門)의 힘을 써서 데려올까요? 아니면……."

"문의 힘을 쓸 필요까지는 없느니라. 어디까지나 그 아이에게 주어진 시련은 스스로가 이겨내야 할 터, 너는 그 아이가 장강을 건널 수 있을 때까지만 도와주면 된다. 그 후, 그 아이에게 갈 방향만 가르쳐 주고 넌 돌아오도록 하거라."

"예. 그럼 이만 물러가도록 하겠습니다."

순박한 얼굴의 청년은 곧 정중히 고개를 숙이고 이곳을 떠나갔다.

그가 사라지자 손괴량은 정자로 걸음을 옮겼다.

정자 안에는 이미 주안상이 차려 있었다. 그러나 과거 고경천을 만났을 때처럼 탁자 위에는 작은 술잔 하나만 자리했다.

손괴량은 버릇처럼 술잔을 들어 깨작거렸다. 그러다 나직이 현기가 담긴 한마디를 꺼냈다.

"별이 별을 만나고, 별이 별을 부르는 것은 하늘이 정해놓은 이치. 인간이 별의 운명을 타고난 이상 천기는 곧 인간의 운명을 뜻하기도 한다. 그러기에 천기는 인간에게 정해진 운명을 알려주기도 하지만, 인간에 의해 바뀌어진 운명을 보여주기도 하지. 즉 천기는 정할 수도, 바꿀 수도 있는 동전의 양면과 같은 것이다."

여기까지 말한 손괴량은 목이 마른지 잠시 술잔을 들어 입술을 축였다. 그리고 지금과는 다른 말투로 입을 열었다.

"그래서 난 천기를 바꿀 인재를 찾아 천하를 주유하고, 이제 그 결과를 볼 수 있는 시점까지 왔다. 과연 그 아이가 어느 정도 능력을 발휘할지 알 수 없지만, 스스로 가시밭길을 헤쳐나가는 그 아이의 끈기만 보더라도 능히 일을 맡길 수 있다. 과연 이 혼란 속에서 혈성(血星)이 모습을 드러낼지 알 수 없지만, 혼돈이 허무를 부르는 만큼 반드시 혈성은 몸을 드러내지 않을 수 없을 것이다. 그럼 흡정신공을 마공으로 바꾼 흡혈마공(吸血魔功)은 몸을 드러낼 것이고, 이번에야말로 그 진정한 저주를 막아내는 것이다."

손괴량은 말을 마치자 술잔을 들어 지금 그의 심정을 드러내듯 한번에 들이켰다.

그는 과거 술을 굉장히 즐기는 사람이었다. 그러나 그는 한 가지 실수로 그 좋아하는 술을 하루에 한 잔 이상은 마시지 않기로 결심했다. 그 결과 그는 늘 술잔을 깨작거리는 버릇을 갖게 되었고, 몇십 년이 흘렀다.

그리고 그 원인이 바로 그의 말속에서 나온 흡혈마공!

무림인들은 모르는 그만의 비밀이 아무도 없는 정자 속에서 이렇게 조금 모습을 드러내었다.

*　　　*　　　*

"쫓아라! 조금만 서두르면 장강이다!"

"잡아라!"

"놈은 더 이상 도망칠 곳이 없다."

수십, 아니, 수백 자루라 해도 과언이 아닌 병장기들이 햇빛을 받아 사방으로 빛을 뿌려댔다. 그리고 그 병장기의 주인들은 넓은 호광평야(湖廣平野)를 뒤덮었다. 모두 제각각의 복장에 얼굴이지만, 지금만큼은 한 소속이라도 된 듯 그들은 한 사람을 쫓았다.

그리고 그 모든 사람들의 선두에는 몰이꾼에 의해 몰아지는 짐승 같은 한 사람이 몸을 날리고 있었다. 그는 머리가 산발이 되고, 의복도 여기저기 찢겨 악전고투라도 치른 듯 보였다.

그러나 산발한 사이로 드러난 두 눈만큼은 조금도 흐트러지지 않았다. 오히려 예전 그를 아는 자들은 지금의 눈빛이 과거보다 더 깊고 맑게 빛난다고 생각할 것이다.

'그래. 놈들 말대로 조금만 있으면 장강이다.'

고경천은 점점 공기 속에 짙어지는 물기를 맡으며 달리는 두 발에 더욱 박차를 사했다. 그리고 저 멀리 장강의 검푸른 물줄기가 시선을 잡아끌자 그는 달리는 속도를 줄이며 따라오는 자들이 거리를 좁힐 수 있도록 도와주기까지 했다.

"놈이 지쳤다!"

"장장 보름이다. 놈이 아무리 흡정마공이란 절세마공을 익혔다 해도 놈도 인간이다."

"모두들 이번 기회에 저 살인마를 없애 무림의 정의를 세우자!"

쫓는 자들은 고경천의 그런 모습이 지쳐서라 생각해 더욱 기세를 올렸다.

그러나 고경천은 오히려 전보다 더 강해져 지금은 과거의 그보다 두 배는 강해졌다 해도 과언이 아니었다.

일단 고경천의 내공은 무허의 내공에, 도망치는 동안 추격자들에게서 얻은 내공까지 합해져 지금 자신도 그 양이 어느 정도인지 알 수 없었다. 그는 일부러 자신에게 시선을 붙잡으려 흡정마공 사용에 주저함을 두지 않았다. 그래야 서쪽으로 방향을 잡은 나머지 일행이 수월하게 도망칠 수 있다 여겨 그는 최대한 악랄한 모습을 보였다. 어차피 상대는 그를 살려둘 생각이 없는 자들이니 고경천은 예전처럼 망설이지 않았다.

또 하나는 그의 무공의 변화였다. 전엔 흡정을 하게 되면, 그 외의 무공은 사용할 수 없게 되었다. 하지만 무허가 숨을 거두며 남겨준 양의분심신공, 그건 확실히 고경천에게 날개를 달아주었다. 그는 양의분심신공 덕분에 흡정과 무공, 이 두 가지를 다 사용할 수 있었다. 그래서 어떤 때는 흡정으로 얻은 내공을 본래의 내공과 합쳐 상대를 공격하기까지 했다. 이러다 보니 오히려 적의 숫자가 많은 것이 고경천의 무공만 높여주는 역할을 했다. 덕분에 그는 무공과 흡정이 더욱 능수능란해져 또 다른 변화를 맞이하고 있었다.

'과연 흡정마공은 환청 말대로 엄청난 공능을 갖고 있다. 이번에 깨닫게 된 이 응용 방법으로 나는 사람의 몸에 직접 손을 대지 않아도 되게 되었다.'

고경천은 이제 더 이상 움직이지 않았다. 어차피 등 뒤는 장강의 검푸른 물줄기가 있어 움직일 수 없었다.

사람들은 고경천이 더 이상 몸을 뺄 수 없다 여겨 발목까지 올라오는 풀들을 헤치며 고경천을 반원 안에 가두며 포위망을 좁혀왔다. 모두들 두 눈에 흉흉함을 드러냈지만, 상처 입은 야수도 야수인 것을 알기에 조심하는 모습이었다.

이렇듯 둘 사이에 점점 뜨거운 열기가 흐르자 한줄기 바람이 흘렀다. 그러나 그 바람도 여름의 열기를 잔뜩 머금은 바람이라 사람들의 분위기는 더욱 불타올랐다.

'좋아. 이번 기회에 진화된 흡정마공의 맛을 똑똑히 보여주지.'

고경천은 양손에 평상시처럼 단전에 가득 찬 내공을 끌어올렸다. 그런데 평상시에는 여러 가지 내공을 끌어올리면, 응당 각기 다른 특성으로 인해 다양한 기운을 뿌리던 손이 지금은 아무런 기운도 뿌리지 않고 사이한 묵빛 기운만 뿌렸다.

"하앗!"

고경천은 기합성을 토해내며 그들보다 먼저 움직였다.

"쳐라!"

"죽여라!"

사람들도 고경천이 몸을 움직이자 경계하던 모습을 지우고, 그대로 각자의 무공을 쏟아냈다. 검기, 도기 등 병장기에서 뿜어지는 기운들과 장력, 지력 등 육장에서 뿜어지는 기운들이 복합적으로 섞여져 고경천의 전신에 비처럼 흘러내렸다.

"흡정수(吸精手)!"

고경천은 묵빛으로 변한 손을 들어 날아오는 각종 기운들을 향해 그대로 부딪쳐 갔다.

"너무 엄청난 놈이야. 낚을 자신 없어."

한참 싸움이 벌어지는 곳과 떨어진 장강 위. 그곳에는 하나의 나룻배가 홀로 떠 있고, 그 나룻배에 두 노소가 있었다.

한 사람은 울퉁불퉁한 근육을 자랑하는 독안의 노인이고, 한 사람은 순박하기 그지없는 얼굴을 가진 청년이었다.

그런데 지금 둘은 마치 세상에서 제일 재미있는 구경을 한다는 듯, 강변에서 벌어지는 싸움 구경을 즐기고 있었다. 그들은 이미 이 구경을 장강을 타고 내려가며 지켜봤다. 그러며 여러 번 기회를 기다렸는데, 좀처럼 그들이 나설 기회가 없었다. 결국 노인이 자신없다는 듯 포기와 같은 한마디를 꺼낸 것이다.

"독안조룡(獨眼釣龍), 사 어르신은 평생 낚시를 해왔으면서, 벌써 인내심을 바닥내 보이시는 겁니까?"

"이건 인내심 문제가 아닐세. 아무리 자네의 부탁이라도 너무 어려운 일이야. 차라리 장강 밑바닥에 사는 교룡(蛟龍)을 낚으라면 낚겠지만, 저놈은 낚싯대로 낚을 놈이 아니야."

독안조룡 사공수(司政水)는 도저히 자신없다는 듯 고개를 좌우로 내저었다.

"하오나 우리가 저기에 섞이지 않고, 월척을 낚는 방법은 이것밖에 없습니다."

"그럼 어떻게든 저놈이 순순히 잡혀줄 방법을 찾아보게. 그보다 차라리 덤벼드는 피라미 떼들을 쫓는 게 어떤가? 그게 더 빠를 듯한데?"

"안 됩니다. 그건 총수(總帥)께서 허락하지 않은 일이라 저로서는 할 수 없습니다."

"아니, 어차피 장강에 떠다니는 배들의 출항을 막은 걸로도 충분하지 않은가? 그랬으면 졸지에 저놈은 장강 위에서 포위될 위험에 빠질 수도 있었는데."

"하지만 그건 저 사람에게도 도움이 안 되는 일입니다. 그래서 그가 장강을 넘지 못하고, 계속해서 장강을 따라 동으로 이동하고 있지 않습니까?"

"에잉! 뭐가 이리 복잡하나? 어차피 육파일방의 놈들은 중간에 저놈 부하가 아미파를 친다는 일로 도중에 빠지지 않았는가? 만일 그렇지 않았으면, 우리가 도와주지 않곤 절대 위험을 벗어나지 못했을 걸세. 그런데 지금 그게 운이 좋아서 여기까지 흘렀을 뿐인데… 여튼 잡고 싶으면, 저놈이 순순히 잡혀줄 방도를 찾아보게. 안 그럼 자네의 부탁이라도 나는 못 낚네.”

사공수는 청년의 말에도 할 수 없다며 움직일 생각을 하지 않았다.

순박한 청년은 방법이라도 찾는 듯 시선을 그곳에 고정시킨 채 아무런 말도 하지 않았다.

퍽. 스으.

분명 기운과 기운의 충돌이 일어났건만, 소리는 바람이 빠지는 것처럼 맥이 없었다. 그래서 오히려 싸움은 생각처럼 살벌해 보이지 않았다.

그러나 고경천은 지금 온 신경을 집중했다. 그는 지금 양의 분심신공을 이용해 마음을 두 개로 나누어 흡정마공과 홍강수를 동시에 시전하는 중이었다. 말 그대로 그는 홍강수 위에 흡정마공을 덧씌어 흡정수라는 무학을 만들었다.

흡정수는 말 그대로 정기를 흡수하는 무공이었다. 그러나 기존에 상대의 몸속에 흡정마기를 집어 넣는 것이 아니었다. 홍강수 위에 흡정마기를 둘러 상대의 기운이 홍강수에 저지당하면, 손에 두른 흡정마기가 그 기운을 흡수한다는 것이다.

하지만 생각보다 이런 방식으로 흡수하는 양은 많지 않았다. 어차피 기란 몸을 떠나면 곧 사라지기에 빠르게 흡수해도 몸에 쌓이는 양은 많지 않았다. 그렇다 해도 한두 번의 공격이 아닌 수십, 수백 번의 공격이다 보니 고경천은 착실히 상대의 기운을 몸속에 잡아두었다.

그래서 싸움이 길면 길어질수록 팔팔해지는 것은 고경천이요, 점점 지쳐 나가는 것은 그를 공격하는 무리들이었다.

'이번 기회에 놈들에게 보상을 받아내는 것이다. 어차피 버린(?) 내공이니 내가 가져도 찍소리 못하겠지.'

고경천은 그들이 상대를 공격하기 위해 가한 내공을 버렸다 여겼다. 그래서 오히려 상대를 물리치는 방법이 아닌, 잡힐 듯 말 듯 애를 태우며 그는 싸움을 장기적으로 이끌었다.

그러나 그것도 한 사람의 전음에 의해 더 이상 길게 끌 수도 없게 되었다.

[거기 싸우고 있는 형장! 아무리 귀하가 대단한 무공과 내공을 가졌다 해도 영원히 싸울 수는 없지 않소? 어떻소, 이곳에 와서 잠시 쉬었다 다시 싸우는 것이?]

'이게 무슨 소리인가?'

고경천은 싸우는 와중에 주변을 살폈지만, 아무리 봐도 주변엔 그를 잡아먹으려 달려드는 인간들뿐이지 그를 위해 휴식처를 제공해 줄 사람은 없었다. 그보다는 지금 이 마당에 쉴 곳이 있다는 말 자체가 우스웠다.

하지만 중요한 것은 분명 이건 환청이 아니란 것이었다.

'아무래도 일단 싸움을 잠시 멈춰야겠군.'

고경천은 날로 내공을 먹으려던 생각을 지우고 강공을 펼칠 준비를 했다. 곧 그의 전신 장포가 강하게 부풀어 오르고 고경천의 주변으로 매서운 기의 바람이 일기 시작했다.

"무… 물러나라. 놈이 강공으로 나온다."

"일단 빠져라."

정면에서 공격하는 자들은 기세에 밀려 자신도 모르게 뒷걸음질쳤다. 이미 그들은 고경천이 청룡오수의 다섯을 상대하고도 무사한 일을 소문으로 들어 알고 있었다. 그렇기에 비록 그가 지쳤다 해도 그걸 정면으로 맞아선 견딜 수 없을 것이다.

그러나 더 큰 문제는 고경천은 그들이 아는 것과 달리 지치지 않았다는 것이다.

"홍월강!"

고경천은 양손을 앞으로 뻗었다가 좌우로 강하게 벌렸다.

슈아아악.

고경천의 양손에서 다양한 색깔로 물든 두 개의 초승달 모양의 강기가 대지와 평행하게 앞으로 뻗어나갔다. 각각이 이장이 넘는 강기는 풀을 베는 낫이 되어 사람들을 덮쳤다.

"피… 피해!"

"아니, 마… 막아!"

너도나도 놀라 몸을 빼려 했지만, 사람들로 인해 등이 막힌 자들은 결국 각자의 병장기를 들어 막으려 했다.

하지만 과거 이 일격으로 무림이십팔수의 최고라는 혁진 웅도 무너진 일이 있었다. 그 후에는 북두칠강의 일인인 성철 현이 이 일격을 제대로 받지 못해 피를 토했다.

툭.

투캉!

서거거걱!

그때보다도 더 강해진 홍월강은 추수를 앞둔 논의 벼를 베듯 손쉽게 사람들을 반으로 가르며 주변을 휩쓸었다.

"컥!"

"끄륵."

비명도 필요없었다. 이 비명은 맨 처음 강기를 맞은 사람이 아닌, 힘이 약해져 뒤에 공격을 받은 자들이 내뱉은 비명이었다.

"……."

정적.

아무런 말이 필요없었다. 도대체 이 엄청난 능력을 도대체 무엇으로 말할 수 있단 말인가? 아무리 이 자리에 정도의 주력인 육파일방이 빠졌다 해도 이건 너무했다.

고경천은 자신이 벌인 결과를 보고 자신도 모르게 미간을 굳혔다. 이곳까지 오는 동안 살인을 하지 않은 것이 아니었다. 그렇다고 특별히 손에 사정을 두는 편도 아닌데, 지금 벌어진 참상은 그도 보기 어려웠디.

병장기와 같이 허리가 갈라져 목숨을 잃은 사람들.

주변은 곧 여름이 주는 초록빛을 잃어버린 채 점점 붉게 물들어갔다.

'어차피 무림은 약육강식이다. 그러기에 승자의 승리가 늘 아름답지만은 않지 않은가?'

고경천은 그곳에서 시선을 돌렸다. 일단 그가 의도했던 싸움의 휴식이 찾아왔다. 그래서 사람들이 다시 정신을 차리고 덤비기 전에 전음의 근원지를 찾으려 했다. 그리고 한참 주변을 둘러보던 그는 장강 중앙에 홀로 떠 있는 한 척의 배를 보게 되었다.

'배?'

조금 의아한 생각이 들었다. 지금까지 그는 배를 구하려 장강과 인전합 마을을 둘러보았다.

그러나 마을에 있는 사공으로부터 그는 한결같은 대답만 들었다.

"허락없이 배를 띄울 수 없다."

그들은 돈을 얼마를 주던 배를 띄우려 하지 않았다. 그렇다고 그들을 협박해서 배를 띄우게 만들 수 없었다. 주변에 모두 그를 쫓으려는 적들이라 그럴 시간도 없었을뿐더러, 사공

들 모두가 무공이 없는 평범한 자들이기에 차마 그렇게 할 수
도 없었다.

그런데 배라니……?

고경천은 일단 거기서부터 의심이 들었다. 그리고 눈에 힘
을 주고 배를 바라보니 배 위에 있는 사람이 분명 자신을 바
라보고 있었다.

[귀하요? 나를 부른 사람이?]

[그렇소.]

고경천의 선택이 틀리지 않았는지, 즉각 그의 전음에 대답
이 왔다.

[무슨 꿍꿍이오?]

[꿍꿍이는 없소. 그저 말 그대로일 뿐이오.]

[후! 설마 나를 배로 끌어들이려는 수작 아니오?]

고경천의 그 전음에 상대방의 전음이 잠깐 끊겼다. 그러나
곧 상대방의 웃음기가 서린 전음이 들려왔다.

[겁나면 그만두시오.]

그 한마디가 고경천의 미간을 꿈틀거리게 만들었다.

[그럴 리가… 대신 말과 다를 때는 각오하는 게 좋을 것이
오.]

[그럴 일은 없소. 그럼 장강으로 몸을 날리시오. 그다음에
는 이쪽에서 알아…….]

[그럴 필요 없소.]

고경천은 상대의 대답도 기다리지 않고 몸을 날렸다. 곧 그의 몸은 검푸른 빛이 넘실대는 장강 위를 날았다.

사람들은 잠시 그 모습에 멍한 표정을 짓다 곧 깨닫고 날아가는 고경천을 향해 암기를 뿌렸다.

"놈이 도망친다! 암기를 뿌려라!"

"암기!"

한 사람의 외침을 시작으로 사방에서 사람들이 품속에서 암기를 꺼내 날아가는 고경천에게로 뿌렸다.

슉!

쐐액!

공기가 찢어지는 요란한 소리와 함께 수백 개는 거뜬히 넘어선 암기들이 고경천이 날아가는 방향으로 빠르게 날아갔다.

고경천은 허공을 나는 가운데 암기가 날아오는 소리를 들었다. 그래서 허공에서 몸을 틀어 그대로 장력을 발밑의 장강을 향해 쏘아댔다.

펑. 퍼버버벙.

연환으로 펼쳐지는 장력은 곧 장강의 물줄기를 위로 솟구치게 만들었다. 그 와중에 고경천의 몸도 허공으로 떠올라 더욱 빠르게 배가 있는 곳으로 날아갔다.

그리고 물벼락을 맞은 암기들은 미처 그 벽을 뚫지 못하고, 고경천을 대신해 장강에 몸을 빠뜨려야 했다. 대신 고경천은 날아가는 와중에 힘이 떨어질 때마다 같은 방법을 썼다.

펑. 퍼벙!

남들보다 많은 내공이 그에게 이런 강력한 장력을 연속해서 무식하게 날릴 수 있는 기회를 주었다. 그 덕에 고경천은 무사히 배에 날아 내렸다.

툭.

고경천의 발이 뱃전을 누르자 배가 잠시 흔들렸다. 그러나 그 흔들림이란 너무 미미해 마치 사람이 타지 않은 듯했다. 그래서 그들은 잠시 각자의 얼굴을 바라볼 시간을 가질 수 있었다.

"그럼 말 그대로 좀 쉬겠소."

고경천은 상대가 말이 없자 그대로 배에 앉아 몸을 난간에 잠시 기댔다.

"……."

사공수는 고경천을 낚으려 들었던 낚싯대를 손에서 떼지 못하고 잠시 고경천과 순박한 청년의 얼굴을 번갈아 보았다. 도대체 이 상황을 어떻게 받아들여야 할지 그도 신 잠시 결정을 내리지 못했다.

그러나 순박한 청년도 곧 고경천처럼 자리에 앉아 등을 난간에 기대자 그도 할 수 없이 둘을 따라 바닥에 앉았다.

"묻지 않소?"

순박한 청년이 먼저 입을 열었다.

"물어볼 필요가 있소? 적군이면 곧 행동을 보일 테고, 아군이라면 오랜만에 편안히 쉴 수 있는데, 굳이 입 아프게 뭐 하러 물어보겠소? 그리고 형장 말대로 난 요 며칠 제대로 쉬지 못해 지금 쓰러지기 일보 직전이오. 그러니 잠시 좀 쉽시다."

"알겠소."

순박한 청년은 그 말에 미소를 지으며 더 이상 입을 열지 않았다. 그러자 둘 사이에 낀 사공수만 분위기를 파악할 수 없었다.

평소 순박한 젊은이는 생긴 것과 달리 혜지가 뛰어나고, 가진 무공도 높았다. 거기다 엄청난 분을 가까운 데서 모셔 그 위치도 낮지 않았다. 다른 자들은 몰라도 그건 사공수 입장에서는 큰 것이다.

그런데 그런 그도 고경천을 상대로 이런 반응이라니…….

그래서 결국 그들은 배 위에서 대략 말없이 한 식경을 보냈다.

"으차!"

고경천은 그 시간이 지나자 다 쉬었다는 듯 자리를 박차고 일어나며 기지개를 켰다.

사공수는 그가 떠나려고 일어난 걸 알고 순박한 청년의 얼굴을 바라보았다. 그러나 여전히 그는 말없이 조용히 고경천이 하는 양만 보았다.

"자! 잘 쉬었소. 그럼 이만 가보겠소."

"정말 가려 하오?"

"그럼 안 가고 여서 뭐 하겠소?"

그 말에 순박한 청년의 얼굴에 미소가 피어났다.

"형장은 이 배를 이용해 장강을 건널 생각이 없소?"

"있소!"

너무 명쾌하게 나온 답이라 조금 어안이 벙벙할 정도였다.

"그럼 형장은 왜 강을 건너게 해달라 말을 하지 않는 것이오?"

"그건 분명 그 부탁을 하면 형장이 나에게 무언가 보답을 바라지 않겠소? 왠지 난 그 보답이 저기 가서 싸우는 것보다 오히려 클 거 같다는 생각이 드오. 그래서 복잡하지 않게 지금처럼 차라리 싸우며 강을 건널 기회를 찾든지, 아님 강을 건너는 걸 깨끗이 포기할 생각이오. 어차피 강을 건너는 것도 그냥 탈출을 위한 방법일 뿐, 굳이 필요치도 않은 빚을 만들이두고 싶지 않소."

조금 무책임한 듯한 밀이라 꼭 남의 일을 말하는 듯했다.

"하하하."

그 덕에 순박한 청년이 끝내 웃음을 터뜨렸다. 그러며 웃음과 섞인 말을 해나갔다.

"형장은 소문과 달리 참 재미있는 사람이오. 소문에는 세상에 둘도 없을 마두라 그러던데, 지금 보니 내 생전 두 번 보기 힘든 괴짜요."

"그건 남 말할 게 아니오. 분명 목적이 있어서 불러놓고 끝내 입을 열지 않는 당신. 당신도 괴짜요."

"하하. 그 말도 일리있소. 자! 내 정식으로 인사를 하겠소. 난 남들이 천둔공자라 부르는 단우헌(端羽軒)이라 하오."

"단우헌?"

고경천은 그 별호와 이름이 귀에 익다 여겼다. 그러다 곧 하나가 떠올라 한마디를 덧붙였다.

"북두칠강."

고경천은 이번의 만남으로 북두칠강의 여섯 번째 인물을 보게 되었다.

단우헌은 북두칠강 중에서도 가장 기이한 인물이었다. 출신 문파도 알려지지 않고, 그 행적도 신묘하기 이를 데 없었다. 만일 길을 가다 그를 보게 되더라도 절대 그가 북두칠강의 일인이란 사실을 알 수 없을 것이다. 그의 얼굴에 눈을 빼면, 어디 한군데 북두칠강 같은 부분이 없었다.

배는 유유히 장강을 타고 그대로 흘러갔다. 그런데 배는 강북으로도 강남으로도 아닌 딱 중간에 걸친 채로 있었다. 마치 어느 곳으로도 갈 수도 안 갈 수도 있다는 뜻을 내포한 거 같았다.

"자! 날 부른 목적을 말해보시오. 설마 천하의 북두칠강의 일인이란 사람이 정말 말 그대로 날 쉬게 만들려 불렀겠소?"

고경천은 초반부터 중심부를 치고 나갔다.

"아니오. 어차피 목적이 있어서 형장을 불렀소."

단우헌도 돌리지 않고 그대로 답했다.

"말하기 편하구려. 좋소, 그 목적을 들어봅시다."

"아니, 그전에 한 가지 물어봅시다."

"말하시오."

"당신 정말 흡정마공을 익혔소?"

이제 와서 거의 기정사실로 굳은 사실을 단우헌이 물어왔다.

하지만 고경천은 그 말에 대답 대신 또 다른 질문을 던졌다.

"당신 정말 단우헌 맞소?"

"맞소."

"그럼, 나도 흡정마공을 익힌 게 맞소."

궤변과 같은 고경천의 말이었으나 오히려 그 말에 단우헌은 미소를 지으며 그대로 넘어갔다.

"좋소. 그럼 낭신에게 이 서찰을 줘도 될 것 같소."

"……?"

고경천은 갑작스레 무슨 서찰 타령인가 하다 단우헌이 서찰을 내밀기에 아무렇지 않게 받아 들었다. 어차피 독이 묻어 있다 해도 그는 흡정마공이 있어 별걱정도 하지 않았다.

서찰은 생각보다 두툼했다. 그러나 막상 안을 열어보니 나머지는 주작이 그려진 백지 여섯 장과 나머지 하나만이 주작

외에 몇 글자가 적혀 있었다. 거기에 다음과 같은 말이 적혀 있었다.

자네, 어디 내 점괘대로 하니까 모든 것이 잘 풀렸는가?

이 한 줄이지만 고경천은 그 뜻을 충분히 알고도 남았다. 그리고 그 상대를 생각하자 고경천의 얼굴이 보기 싫게 일그러졌다.

"빌어먹을 망할 백안 늙은이!"

대뜸 그의 입에서 욕이 튀어나왔다.

그래서 그들은 고경천이 누구를 욕하나 하다 곧 그 대상을 알고 사공수가 발작을 하려고 했다.

그러나 사공수는 단우헌이 고개를 가로로 젓자 발작을 하지 않았다.

고경천은 어느 정도 분이 가셨는지, 서찰을 건네 단우헌에게 따지듯 물었다.

"이 늙은이 어딨소?"

"왜 그러시오?"

"내 그 망할 늙은이를 만나야겠소. 내 그 늙은이 때문에 어떤 고생을 했는지 생각하면……."

고경천은 몸을 부르르 떨기까지 했다.

"만나고 싶소?"

"알고 있소?"

"물론 알고는 있소."

"좋소. 위치를 말해주시오. 내 당장이라도 가서 만나게."

고경천의 그런 행동에 단우헌은 미소를 지었다. 생각보다 고경천이 순순히 간다고 하자 그는 일이 쉬워졌다. 만일 가기 싫다고 하면 어떻게 하나 잠시 고민을 했던 적도 있었다.

그러나 그가 고경천이 과거 손괴량의 점괘로 인해 어떤 고생을 했는지 알면 고경천이 손괴량을 못 만나게 했을 것이다. 하지만 그걸 알 리 없는 단우헌은 단지 몇 가지 주의 사항만 이야기해 주었다.

"형장도 알다시피 그분은 이인으로 통하오. 그래서 평상시 그분의 위치를 제대로 파악하기 어렵소. 그러나 방법이 없는 것도 아니오. 그런데 그 방법이 생각보다 쉽지 않소."

"말해보시오. 그 방법이 무엇인지……."

"그 방법은 말이오, 일단 주작칠수의 나머지를 만나는 것부터……."

그러며 단우헌은 그 방법에 대해 이야기를 해주었다.

하지만 무림에 알려지기로 손괴량보다 더 만나기 어려운 자들이 바로 주작칠수였다. 그나마 손괴량은 가끔 무림 활동을 하는데, 주작칠수는 거의 모습을 드러내지 않았다. 그래서 사람들은 혹시 주작칠수가 다 죽었거나 거짓은 아니냐는 말을 했다. 그러나 손괴량이 분명 다른 여섯이 존재한다고 이야기해 그나마 나머지도 있다고 알고 있을 뿐이다.

"좋소! 해봅시다. 어차피 내 강남으로 향하려 했던 몸. 그 망할 늙은이를 만나 담판을 짓고 돌아갈 것이오."

"알겠소. 사 어르신, 배를 동정호로 몰아주십시오."

"알겠네."

사공수는 고경천이 사사건건 손괴량을 망할 늙은이라 불러 화가 났지만, 애초부터 절대 고경천을 데려가야 된다는 명이 있었기에 그는 차오르는 화를 꾹 내리누르고 배를 몰았다.

그러자 배는 빠르게 동으로 이동하며, 장강의 지류가 동정호와 만나는 감리(監利)라는 부근으로 빠르게 흘러갔다.

『흡정마공』 제4권 끝

 청어람 독자님들을 위한 Special EVENT!!

3권을 잡아라!
로또가 부럽지 않다!!

읽는 만큼, 보내는 만큼 행운이 커진다!!
한 달에 한 번씩 행운의 주인공 찾기!

청어람 엽서를 찾아라! 

책을 읽고 느낀 점 등을 마구마구 써서 보내면 당신에게도 행운이!!

기간 : 2007년 6월~8월 말까지
상품 : 로또상 – 닌텐도 DSL 1명
　　　 행운상 – 작가 사인본 1질 5명(작품 선택 가능)
방법 : **6월~8월** 중 출간된 청어람 도서 3권에 첨부된 엽서를 작성한 후 보내주시면
　　　 한 달에 한 번, 매월 말 추첨을 통해 행운의 주인공이 탄생됩니다.
　　　 (매월 말 홈페이지에 당첨자 공지 예정)

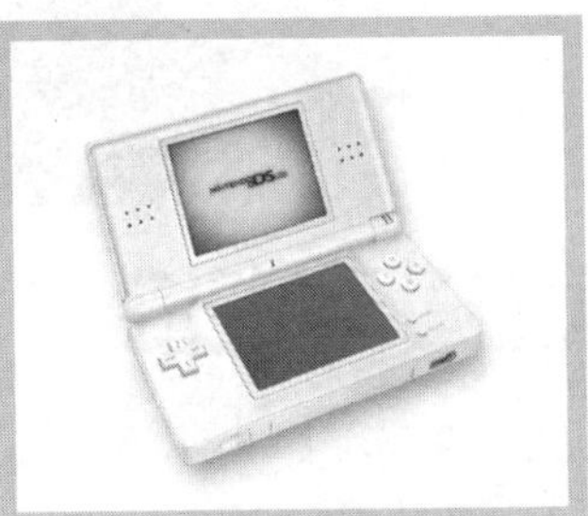

[로또상] 닌텐도 DSL

[행운상] 작가 사인본 서적

BOOK Publishing CHUNGEORAM
BLUE
BOOK